사자, 포효하다

유순하 지음

사자, 포효하다

문이당

이것은,
국가가
국민을
구조하지 않은
'사건'이다.

이것은 마지막 기회다.
아무리 힘들고 고통스러워도 우리는 눈을 떠야 한다.
우리가 눈을 뜨지 않으면
끝내 눈을 감지 못할 아이들이 있기 때문이다.

—박민규(작가)

차례

프롤로그

첫째 마당: 사자, 포효하다

프롤로그

―미안하다. 그러나 나는 당신들 속을 좀 긁어 주려고 한다

대한민국을 속속들이 망가뜨려 마침내는 세월호世越號 참사, 그 집단 학살 참극까지 벌어지게 된 대한민국의 병적 증세를 꼽아 보면 108가지쯤 된다. 다음 책 집필을 위한 목록을 만들면서 나온 숫자인데, 그중에서 최악을 고르라 한다면, 나는 배타적 정의 과잉 증세를 고르겠다. 나를 제외한 타인은 모두가 죽어 마땅할 것들뿐인데 오로지 나만은 정의롭다, 그런 것. 그래서 5000만 국민이 언제나 5000만 조각으로 갈라져 있다 할 만큼 국론이 산산조각 나 있는 대한민국에 서기 2014년 4월 16일, 느닷없는 예외가 생겼다.

대한민국 70년 역사상 최악의 인재人災인 세월호 참사 때문이었다. 도대체 이게 나라냐! 세월호 침몰이 아니라 대한민국 침몰이다! 모든 사람들이 무겁게 탄식했다. 다른 목소리는 없었

다. 극히 드문 국론 통일이었다. 그래서 세월호 참사 뒤에는 모두 가슴에 노란 리본 상장喪章을 달고 세월호 희생자와 유족들 앞에서 죄인을 자처하며 결코 잊지 않겠다고, "대한민국을 세월호 이전과 다르게 하겠다"라며 다투어 맹세했다. 이와 함께 국가 개조라는 절대적 목표가 설정되었고, 적폐積弊 청산을 통한 비정상의 정상화를 강도 높게 부르짖었다.

그런데 6·4 지방 선거와 7·30 보궐 선거라는 정치적 행사를 '무사히' 끝낸 그때쯤부터 세월호 침몰은 단순한 교통사고에 지나지 않는다는 쪽이 대세가 되면서, 처음과 마찬가지로 세월호 침몰을 대한민국 침몰로 보려는 사람들은 '국가를 교란시키는 세력'으로 매도되었고, 노란 리본은 불온의 상징이 되었으며, "세월호 유족들을 두 번 울린 21가지 막말"(한겨레신문, 2014년 8월 22일)이나, 자기 자식이 어떻게 죽어 갔는지 그 원인이라도 밝혀내야겠다는 그들을 대놓고 조롱하는 퍼포먼스가 지극한 애국 행위가 되었고, 세월호 참사를 어떻게 보느냐에 따라 국론은 다시 갈라졌다. 너무나도 당당한 모습으로 시대를 여지없이 망가뜨리고 있는 허다한 '비정상' 가운데 아주 단순한 앞의 예 하나만 보아도 이런 나라는 나라라 할 수 없고, 나라라 해서도 안 된다.

불편할 질문

그렇다면 아직 젊은 당신들은 어떤가? 도무지 어느 한구석 성한 데가 없고, 이놈이나 저놈이나 글러 먹은 사람밖에 없다는

데 모두 동의하고 있는 이 나라에서 당신들은 멀쩡하신가? 그래서 당신들은 편안하게 남 탓을 하고 있어도 좋을 만큼 떳떳하신가? 당신들이 필시 언짢아할 이런 의문을 품어 보게 되는 이유는, 이 땅의 평균적인 사람들에게 그런 것처럼, 당신들에게도 나는 동의하지 않기 때문이다. 이렇게 이야기하면 당신들은 또 무엇이라 하겠는가? 그리고 세월호 희생자들과 당신들은 운명적 공동체여서, 세월호 그들을 죽게 한 바로 그 현실이 당신들도 죽이고 있다 한다면 당신들은 수긍하겠는가? 그러나 그것 역시 사실이다. 당신들도 꼭 같은 이유로 죽어 가고 있다. 이건 역설이나 비유가 아니라, 이 책에서 기초 수학처럼 구체적으로 차근차근 실증될 엄연한 현실이다. 그런데도 당신들은 그것을 모르고 있거나, 모르는 척하거나, 부정하고 있다. 내가 이렇게 단정적으로 말한다면 당신들은 또 뭐라 하겠는가?

나의 이유

이를테면 숨 가쁘게 잇닿는 이런 의문들을 금치 못하게 하는 엄혹한 현실을 겨냥하고 있는 이 책에서, 나는 우리의 절대적 미래인 당신들로 하여금, 당신들이 처해 있는 현실과 당신들 자신을 있는 그대로 알아차리게 함으로써, 어떻게든 당신들 속을 좀 긁어 주려고 한다. 왜 그러느냐고? 참 송구스럽지만, 그렇게 하지 않고는 내 뜻을 전할 수 없기 때문이다.

그러나 독자들 속을 긁어 주겠다는 나의 이런 의도가 처음은 아니다. 이미 세상에 나간 『당신들의 일본』(문이당, 2014)은 가수 조영남 씨를 단박에 무너뜨린 무조건적 반일, 그 거대한 세력의 속을 긁고도 남을 이야기들만 일부러 공들여 모아 놓은 것이었다. 논리가 거덜 난 다음에는 폭력밖에 없다는 것을 익히 알고 있었지만, 그 결과는 끔찍했다. 책이 나온 이틀 뒤, 다음(Daum) 포털 메인의 '주목, 이 신간!' 코너에 이 책 출간을 알리는 연합 뉴스 기사가 하루 동안 걸려 있었는데, 책 관련 기사로는 드물게 270여 개나 달린 댓글의 상당 부분은 '친일파 늙은 새퀭이의 헛소리'라는 식의 폭언들이었다. 책을 읽지도 않은 상태였기에 더 무시무시해 보였다.

그 뒤 인터넷으로 읽어 본 독후감들도 마찬가지였다. 긍정 평가에 견줘 소수이기는 했지만, 부정 평가의 상당 부분은 부정적 선입감이 확고하게 전제된 상태에서 내 책을 공격했고 저자인 나에 대한 모독도 아주 예사로운 것이었다. 심지어는 재채기만 잘못해도 빨갱이가 되는 나라답게, 티라 할 수도 없는 티 하나를 침소봉대하여 전체를 헐뜯어 대는 전통적인 수법도 어김없이 나타났다. 속 터지는데 궐기 대회도 하지 말라는 말이냐는 볼멘 불만도 있었다.

그렇다면 우리가 부정할 수 없는 한일 간 현실에 대한 대안은 무엇인가? 허구한 날 죽어라 목청이나 돋우고 있자는 것인가? 그래서 현안이 줄기차게 악화되는 것을 속수무책 바라보고 있기나 하자는 것인가? 묻고 싶은 것은 또 있다. 이케하라 마모

루(池原衛)라는 일본인이 쓴 한국 비판은 40만 부 이상이나 팔릴 만큼 탐독하면서, 조영남이라는 한국인이 쓴 한국 비판은 그 강도가 훨씬 약한데도 거국적으로 들고일어나 조영남에게 몰매를 때린 그 이중성은 어떻게 이해해야 할까? 그것은 일본의 영원한 가마우지 노릇이나 하기로 아예 작심한 망국적 이중성이 아닐까?

나로 하여금 의문을 금하지 못하게 하는 일은 계속 이어진다. 이 책의 완성된 번역 원고까지 들고 일본에서 가장 크다는 출판사 사람들 셋이 나를 만나러 온 것은, 이 책이 출간되고 두 달이 안 돼서였다. 그토록 빠른 진행보다 그들의 열린 자세가 더 놀라웠다. 이 책은 대체적으로 일본을 거울삼아 우리를 비판적으로 비춰 보는 거였지만, 국가의 정체성에 대해서만은 일본을 더 혹독하게 비판했다. 이 대목 표현대로 하자면, 전후戰後 일본의 재건 밑천이 된 'sex money'까지 들먹이며 그들의 속을 긁었다. 그렇게 하지 않고는 그들에게 내 뜻을 전할 수 없다고 생각했기 때문이다. 나는 물었다. 그거 손대려는 거 아니죠? 그들 가운데 하나가 대답했다. 그것이 이 책을 일본에서 출간하려는 이유 가운데 하나인데 왜 손을 댑니까? 나는 그렇게 열려 있는 그들이 부러웠다. 그들은 그렇게 열려 있는데, 우리는 왜 닫으려 하는 것일까? 우리는 왜 스스로를 가두려 하는 것일까? 자기비판, 자아 성찰을 거부한 채 도대체 어떻게 하자는 것일까? 죽자고 남 탓만 하자는 거 아닌가? 영구불변하게 '도대체 이게 나라냐!'라는 탄식이나 되풀이하자는 것일까? 그거야말로 영원히 노예로 살자는 맹세와 같은 건 아닐까? 의문은 실로 절박하게 잇닿지만, 답은 불가능하다. 그게 우리 현실이다. 그러나 어찌하랴. 쓰는 자는 단지 쓸 뿐, 읽는 이의 관점을 강요할 수는 없다. 진인사盡人事했으니, 시간의 슬기에나 의지한 채 대천명待天命하고 있을 수밖에.

비단 이 경우만이 아니다. 세상을 향한 나의 본격적 발언 첫 번째가 되는 『한 몽상가의 여자론』(문예출판사, 1994)이 발표되었을 때, 「여성신문」에서 커버스토리로 나에게 원색적 공격을 퍼부은 것을 비롯하여 모든 여성주의자들이 격한 반응을 보였던 게 좋은 예가 되겠다. 유기적 관계일 수밖에 없는 사회적 현상 전체를 살필 능력이 결여된 상태에서, 어느 한 부분에만 매달려 들입다 목청이나 돋우고 있는 여성론자들의 주장과 실천이 사실은 여성들 자신의 삶을 망치고 있다는 소견을 담은 그 책이 나온 얼마 뒤, 어느 여자 대학에서 기획한 페미니즘 관련 토론회가 무산된 것은 내가 나온다는 것을 알게 된 여성학자들이 참석하지 않겠다고 한 것이 이유였다. 무조건적 거부였다. 이런 예가 보여 주는 것처럼 도대체 대한민국에는 다양한 의견들이 모일 수 있는 광장이 없다. 그야말로 백가쟁명, 5000만 국민이 5000만 조각으로 갈라지는 극단적 국론 분열의 이유가 될 텐데, 동지 아니면 적이고, 내 입맛에 맞지 않으면 곧장 막말이 발사된다.

그토록 호된 경험을 익히 했으면서도 이번에는 왜 굳이 독자들 속을 긁어 주겠다며 아예 선포까지 하고 시작하는가?『당신들의 일본』이 표적으로 삼은 반일 세력보다 이 책의 독자인 젊은이들의 무조건적 배타성이 더 옹글다는 게 나의 판단이기 때문이다. 물론 알고 있다. 반일 세력의 적어도 상당 부분이 사실은 젊은이들이라는 것을. 그런데『당신들의 일본』의 '일본'이 반일 세력에게 객체인 데 견줘, 이 책의 '청춘'은 바로 젊은이들 자신이고, 젊은이들은 일본보다 그들 자신의 이야기에서 훨씬 더 배타적이다. 자신들의 관습이나 관행과 다른 의견을 향해, 마치 신성 모독이라도 당한 것처럼 일쑤 백안白眼이 되고야 마는 실로 무시무시한 배타의 그 벽을 어떻게 돌파할 것인가? 바로 그 벽을 향해 글을 쓰는 자로서 고민이 될 수밖에 없는데, 그 어느 때보다 훨씬 더 도전적이 되어야 할 것 같다. 그것이 내가 굳이 당신들 속을 긁어 주겠다며 아예 표방하고 나설 수밖에 없는 이유다. '늙은 새퀭이'라는 폭언이 또 나올는지도 모른다. 각오하고 있다. 아예 '늙은 새퀭이'를 포스트잇에 써서 백신 삼아 책상 앞에 딱 붙여 두었다.

무늬만 유행하는 세상

그런데 이렇게 좀 비장한 전제를 달아 두기는 했지만, 내가 이제부터 시작하려는 이야기들은 거의 모두 당신들이 이미 알고 있으면서도, 아마도 순응주의가 그 심리적 바탕이 될 대책 없는 포기 심리에서 모르는 척하거나 눈을 돌리고 있는 것들일 수도 있다. 그러므로 당신들이 모르는 척하거나 눈을 돌리고 있지 못하도록, 당신들 속을 여러 방법으로, 더욱더 집요하게 긁어 댈 수밖에 없을 것 같다. 그래서 당신들이 마침내 나에게 버럭 화를 내고 싶어 할 만큼 속 부대껴 한다면, 나는 그것을 일단 성공이라 여기고 반기겠다. 왜냐하면 속이 몹시 부대낀 그것이 '도대체 이게 나라냐!'라는 기막힌 탄식을 대를 물려 가며 할 수밖에 없게 된 우리의 만성적 막장 현실을 사실적으로 극복하는 희망적 프로세스의 시작이 될 것이기 때문이다. 그리고 그것은 또한 세월호 참사 뒤 돌림병처럼 번진, 사실상 무늬만의 반성, 미안, 그런 게 아니라, 아주 조금이나마 실천하는 반성, 실천하는 미안을 흉내라도 내 보자며, 참 거북하기 짝이 없는 이런 글을 쓰려 하는 나의 궁극적 지향이기도 하다. 내가 지금 당신들을 오독하고 있다고 빈축한다면, 조금만 기다리시기 바란다. 자못 과격해 보이는 나의 이 대목 의견이 결코 터무니없는 게 아니라는 것을 뒷받침해 주는 매우 객관적이고 실증적인 증언들을 곧 읽어 보게 될 것이다.

사라진 악성 댓글들

　『당신들의 일본』 출간 기사에 대한 우리 포털의 악성 댓글은 실로 지독했지만, 일본 쪽에 견준다면 그 수와 표현 면에서 아주 약소한 편이었다. '당신, 일본에서도 떴네'라는, 일본 쪽 지인의 우스개 투 연락을 받고 일본 야후에 들어가 보니 수십 개 웹사이트에 적게는 수십 개부터 많게는 수백 개까지 달린 악성 댓글들이 아예 살벌했다. 유튜브도 보였다. 거두절미한, 내 책의 어느 극소 부분에 대한 광적 과민 반응이었다. 참 우습게도 같은 책이 반일과 혐한, 양쪽 모두의 공격 대상이 된 셈인데, 일본에 혐한 사이트가 그토록 많다는 것부터 놀라웠다. 일본에서는 혐한이 상업적 이익 추구 대상이 된다는 게 헛말이 아니었구나 싶었다. 본질 외적 감정에 사로잡혀 들입다 목청을 돋우고 있다는 면에서 양쪽이 다를 바 없었지만, 그쪽은 그래도 낫다 싶었다. 이쪽은 열등감에 시달리고 있는 것인 반면에 그쪽은 우월감을 즐기고 있는 것이었기 때문이다.

격려가 될 만한 일들도 있었다. 첫 번째는 우리 포털에서 악성 댓글들이 사라지기 시작한 것이었다. 상상해 본 적이 없는 일인데, 댓글들 수가 날마다 조금씩 줄어들더니 일주일쯤 뒤에는 200개도 남지 않게 되었으며, 사라진 댓글들은 대개 고강도 욕설들이었다. 자기가 쓴 악성 댓글을 일부러 다시 찾아와 삭제한 그 속들이 오죽했으랴 싶었다. 내 속이 아렸지만, 반가웠고 고마웠다. 바로 그들의 존재가 우리의 가능성이라고 생각되었다. 또 있다. 몇몇 언론과 인터넷 서평자들이 보여 준 긍정적 관심부터 이메일을 보내 준 독자들까지, 무조건적 반대를 넘어선 사려 깊은 성찰들을 여럿 만날 수 있었다.

한술 밥에 배부를 수는 없다. 그렇게 되기를 기대하지도 않았다. 괜한 열등감에 짓눌려, 밟힌 지렁이의 신음 같은 뒷소리만 내지 말고, 대화를 해 볼 씨앗 하나라도 뿌려 보자, 그것이 나의 의도였다. 『당신들의 일본』은 현상적인 것뿐만 아니라 그 현상의 근원이 될 사상적, 전통적 다름을 두 나라 문화의 바탕이 된 주자학과 양명학 그리고 선비와 사무라이의 차이를 통해 분석적으로 규명한 것이다. 시간이 지나면 진지한 독자들의 눈이 거기까지 미쳐, 내가 그 책에도 표명해 둔 바 그대로 관심 있는 전문 학자들의 후속 연구가 이어지지 않을까. 포기하지 않고 나아가다 보면 뭐든 진전이 있으리라 기대한다.

그런데 이 말씀을 적어 두어야 할 것 같다

이 책 제목에 들어 있는 '희망'에 낚여 이 책을 펼쳐 보게 된 독자에게 말씀드리겠다. 이 책에서 이야기하려는 '희망'은 당신이 기대하는 '그 희망'이 아닐 가능성이 크다. 정치인들이 번들번들 웃는 얼굴로 펼쳐 보이는 장밋빛 그림부터 허다한 멘토들의 현란한 능변까지, 당대에서 희망을 이야기하는 모든 언어는 순도 100퍼센트 사기일 가능성이 크다. 도무지 성한 구석이 없다는 데 모두가 동의하고 있을 만큼 확고한 불임의 땅에서는 최소한의 수확도 기대하기가 어렵다. 우리는 허다하게 속아 왔다. 그러면서도 희망이라는, 막연하기 짝이 없는 뜬구름에 애면글면 매달려 왔고, 그 끝은 언제나 허방이고 낭떠러지였다. 사람들은 너도나도 성급한 대안을 요구하지만, 그런 대안은 불가능하다. 우리가 당면하고 있는 현실은 그만큼 녹록지 않다.

요즘 무슨 유행처럼 적폐에 대해 중언부언하고 있는데, 적폐란 그야말로 오랜 세월에 걸쳐 누적된 폐해다. 그 적폐를 극복하고 최소한의 희망이나마 창출해 내기 위해서는 그 폐해를 누적시킨 그 세월보다 더 긴 인고를 각오해야 할는지도 모른다. 『당신들의 일본』에 대한 독자들의 주된 불만도 당장의 대안 부재 때문인데, 그런 대안이 가능한 현실이라면 무엇 때문에 그토록 긴 세월 동안 일본에 그토록 조목조목 당해 와야만 했겠는가. 나는 이 책에서도, 순도 높은 사기가 분명한 그런 희망 같은 것은 아예 포기하도록, 나로서 가능한 온갖 증거들을 들이대며 당신들로 하여금 완벽하게 절망하도록 나의 모든 지모를 다하겠다. 그리고 사기가 아닌, 진정한 희망의 씨앗 하나를 뿌려 보겠다. 당신들이 기대하는 그 희망은 영원한 속임수에 지나지 않겠지만, 내가 뿌린 이 씨앗은, 당신이 바치는 수고의 질과 양에 따라서는, 바로 당신의 현실에서 손에 쥐어 볼 수 있다. 이것이 이 글을 쓰는 나의 관점이다.

다시 토론을 제안한다

여기까지 적어 오는 동안 이미 그렇게 되어 버렸지만, 이야기가 이야기인지라 더러 나의 어조가 괜히 강퍅하게 가팔라지는 경우가 있을 것 같다. 그건 내가 미숙해서일 뿐, 사실은 뭔가를 주장하는 것이 아니다. 나는 무엇이든 주장할 만큼 알지 못한다. 내 바닥이 워낙 얕기도 하지만, 세상은 한낱 개인이 조금이나마 아는 척하기에는 너무나도 거대하고 복잡하기 때문이다. 그러므로 나는 어떻게든 주장하지 않고, 그저 평균적인 독서인으로서 아직 젊은 당신들을 향한 살짝 귀띔처럼 정답 제시가 아니라 단지 토론을 위한 발제처럼, 당신들에게 동의하지 않고 있는 그 이유까지, 나의 소견을 내가 아는 꼭 그만큼만, 그리고 비판적 합리주의자를 자처하는 사람답게 매우 실증적으로 진술하려 한다. 언어의 회로가 부재한 상태에서 괜히 목청들만 들입다 드높여 대는 세상이므로, 나라도 언어의 회로를 구성하는 고리 하나가 되어 토론의 마당 하나를 마련해 보자, 말하자면 그런 것이 되겠다. 우리 사회가 요 모양 요 꼴이 되어 있는 것은 토론다운 토론 없이 중구난방, 백가쟁명 상태여서 바다로 가야 할 배가 산을 향했기 때문이다. 제대로 된 토론을 통한 정반합 프로세스를 거쳐 모순들이 지양되어야 하는데, 그런 게 없다 보니 모순은 모순대로 굳어지고, 무한 증식까지 하면서 사회는 더 나빠지게 된다.

'다르다'는 '틀리다'가 아니다. 다른 것들끼리는 상보적일 수 있다. 그러므로 서로 다른 것들은 합리의 언어를 통해 서로 만나, 서로의 결여를 보완하면서 이 망국적 국론 분열부터 극복해야 한다. 허구한 날 죽을 둥 살 둥 싸움질이나 해 대는 상태에서 국가 개조든, 혁신이든, 희망이든, 미래든, 어떻게 가능할 수 있겠는가? 그러므로 만나야 한다. 만나, 무릎 맞대고 낮은 목소리로 이야기를 나눠야 한다. 그렇게 되기를 바라며, 다시 한 번 삼가 제안한다. 토론의 전제는 상대방의 인지이고, 가능한 한 최대한의 수용적 관용이 전제되어야 한다. 어떤 형태의 것이든, 배타적 언어는 토론을 위한 게 아니다. 지혜가 필요하다. 다시 간청한다. 도무지 성한 구석이라곤 찾아볼 수 없을 만큼 썩어 문드러진 세상에 대해 불퇴전의 적개심을 가슴에 품어 키우자. 그리고 우리, 광장에서 만나자.

첫째 가름
사자, 포효하다

관점에 따라 여러 가지 답이 나올 수 있을 듯한데, 나에게 젊음의 표상 딱 하나만 들라 하면 아마 야성이라고 대답할 것 같다. 노예적 순응을 요구하는 기왕의 질서에 순치되지 않은 천부의 야성이야말로 무릇 젊은이라면 간직하고 있어야 할 으뜸 덕목일 것이기 때문이다. 그런데 내 시야의 요즘 젊은이들은 야성을 잃고 있는 것 같다. 아니, 이 문장을 고쳐 쓰는 게 온당할 듯싶다. 오늘의 젊은이들은 세계적으로도 유명하다는 헬리콥터 부모의 과보호나 앵무새 교사의 무작정 주입으로 야성을 함양할 기회를 원천적으로 박탈당한 상태다. 열린 들판의 거친 바람을 견뎌 내지 못하는 온실의 화초나 어미 캥거루의 아기 주머니에 들어앉아 불안한 눈빛으로 바깥을 살피고 있는 새끼 캥거루 같은 것. 그래서 이른바 피터 팬 증후군(Peter Pan syndrome)은 운명적 족쇄 같은 게 되었다. 그들은 아플 수밖에 없다. 만일 그렇다면, 또는 그렇다고 그냥 가정해 보기로 한다면, 그다음 진단과 처방은 간단할 듯하다. 야성을 회복해야 한다. 야성, 그것은 젊은이의 생명이나 증표 같다. 야성 없이 희망은 없다. 반드시 되찾아야 한다. 이 가름의 주제는 야성이다.

야성의 천적, 순응주의 비판

　우리 역사와 현실의 치명적 맹점인 순응주의를 사실적으로 인지하고 극복하지 않는 이상, 희망이라는 것은 아예 있을 수도 없다. 순응은 노예의 길이기 때문이다. 이 글을 구상하는 동안 문득 생각난 것인데, 순응주의에 대한 제대로 된 논의는 없었던 것 같았다. 소란스럽기 짝이 없는 이 백가쟁명의 시대에 어찌 그럴 수 있었을까? 괜히 소란하기만 했던 게 아닌가. 괴이쩍다는 느낌이 들기까지 했다. 그렇다면 이제라도 그 이야기를 대화를 위한 탁자 위에 올려놓기로 했을 때, 『아프니까 청춘이다』(김난도, 쌤앤파커스, 2010)보다 더 나은 질료는 눈에 띄지 않았다. 비판을 받아야 하는 것은 모든 공간물公刊物의 운명이다. 저자의 해량을 바란다.

신화의 시작

『아프니까 청춘이다』는 하나같이 모두가 좋은 말씀에, 더구나 '그대여, ~하라'는 식 경구警句 투 문장이 주조를 이루고 있는, 문장은 감성적 미문이고, 지루한 것을 싫어하는 젊은이들의 가독성을 배려한 날렵한 편집에, 당대 젊은이들의 우상 가운데 하나인 조국 교수의 극찬까지 덧붙어, 두루 젊은 독자들에게 흡인력이 있었을 것 같다. 인터넷 서점 예스24에 들어가 보면 '회원 리뷰'가 500개 이상 올라와 있는데 평균 평가가 별 넷이다. 최상급 반응이라 할 수 있을 듯하다. 그러나 기시감旣視感이라는 표현에 빗대 기독감旣讀感, 그러니까 이미 어디선가 읽은 듯한 느낌이랄까. 새로운 것은 없다. 저자 자신이 이렇게 적어 놓고 있기도 하다.

어찌 보면 이 책의 내용들은 모두 '큰 지식을 얻고', '큰 책임을 느끼고', '큰 꿈을 꾸라'는 뻔한 이야기의 반복이다.

'책'이라는 정적인 뜻과 함께 '책을 짓는다'는 동적 의미도 간직하고 있기에 '책' 대신 '저술'이라는 표현을 쓰기로 하겠는데, 비슷비슷한 책들이 쏟아져 나오고 있는 현실이지만, 학문이든 예술이든 신변잡기든 모든 저술은 새로워야 한다. 새롭지 않은 것은 본질적으로 저술이 아니다. 굳이 읽을 가치가 없기 때문이다. 저자가 이런 사실을 모를 리 없다. 그런데 '뻔한 이야기'를 아예 표 나게 전제하고 있다.

어떻게 이해해야 할까. 강준만 교수는 "뻔한 이야기의 반복이라고 했지만, 겸양이다"(『멘토의 시대』, 인물과사상사, 2012)라고 하면서 '신선하게 여긴 대목' 몇의 예를 들었는데, 그만한 정도의 새로움마저 없는 저술이 어디 있겠는가. 예스24, 어느 독자 의견에 "거의 모두가 이미 읽어 본 듯한 느낌이었다"라는 구절이 있었는데, 내 소감도 비슷하여, 드물게 눈에 띄는 저자 자신의 사적 체험 정도를 제쳐 두고 보면 새로운 게 많지 않아 보였다.

그래서 『아프니까 청춘이다』는 특히 뒤로 갈수록 신선도가 떨어져 더욱더 읽어 나가기가 어려웠다. 그런데도 '아프니까 청춘이다'라는 칼날 같은 단정의 근거를 알아보기 위해 어떻게든 정독해 나가려고 애썼지만 그럴 만한 대목은 좀처럼 나타나 주지 않았다. 그랬기에 맨 마지막 쪽 「아들에게 주는 편지」 거의 끝 대목에서 이런 말을 읽게 되었을 때 좀 생뚱맞은 느낌이었다.

아프니까 청춘이라고. 그러므로 너무 흔들리지 말라고. 담담히 그 성장통을 받아들이라고. 그 아픔을 훗날의 더 나은 나를 위한 연료로 사용하라고. 청춘은 원래 그렇게 아픈 것이라는 말로 너와 네 친구들에게 들려주는 아빠의 긴 이야기를 매듭지을까 해.

삼단 논법에서 앞의 두 전제와 딴판으로 다른 결론이 느닷없이 돌출한 듯했다. 곧 생물은 죽는다, 사람은 생물이다, 그러므로 사람은 죽는다, 가 되어야 할 텐데, 사람은 웃는다, 이를테면 이런 문장이 갑자기 튀어나온 것 같았다. 어찌 된 일일까? 내가 잘못 읽은 것일까? 거기까지 읽어 나가는 동안 아프니까 청춘이다, 라는 단정과, 논리적 근거가 아예 제시되지도 않은 그 단정이 젊은이들에게 미친 영향에 대한 반작용, 그런 것들로 말미암아 이 책을 분석해 볼 의도가 이미 싹트고 있기도 한 터여서 나는 재독을 감행했다. 마찬가지였다. 마지막 쪽 이전에서 '아픔'에 대한 것은 실연한 제자에게 주는 편지 「이별, 그 후」에서뿐이었다. 설마 흔해 빠진 것일 실연의 아픔을 청춘의 아픔으로 못 박아 둔 것은 아니겠지? 의문은 더 짙어졌다. 더 짙어진 의문에 대한 가능한 답 하나는 그 뒤 여기저기 자료를 뒤적거려 보는 과정에서 찾을 수 있었다. 이 책을 멀티밀리언셀러로 만든 출판사 사장은 이렇게 말한다.

기자: 『아프니까 청춘이다』가 폭발적 반응을 얻게 된 데는 내용 못지않게 제목 덕도 컸다. 이번에도 직접 정했나?

사장: 물론이다. 그동안 낸 책 중에서 『혼 창 통』만 신문 기자인 저자의 기획 기사에 썼던 제목을 그대로 썼고 나머지 책들은 모두 직원들과 토론을 거쳐 내가 정한다. 저자가 초고에 적어 온 제목은 '젊은 그대들에게'였다.

—조선일보, 2011년 2월 26일

『아프니까 청춘이다』의 신화는 그렇게 시작된 셈인데, 인터뷰 덕분에 이 책을 읽어 나가는 동안 내가 거부할 수 없었던 두 가지 의문이 풀렸다.

두 가지 의문

첫째는 '생뚱맞은 느낌'에 대한 가능한 답이다. 그러니까 출판사에서 바꾼 제목을 통보받은 뒤에, 저자가 바뀐 그 제목에 알맞을 만한 문장 하나를 끼워 넣은 것 같았다. 그런데 그보다 더 중요한 것은 주제다. 이 책의 주제는 결코 '아프니까 청춘이다'가 아니다. 그런데 왜 그런 제목을 붙인 것일까? 이것이 나의 두 번째 의문이었다. 이 책의 주제 또는 키워드를 굳이 찾아보자면 '불안'이다. 두 번째 읽으면서 일부러 헤아려 보니까 '불안'이라는 낱말이 마흔 차례쯤 되풀이된다.

그런데 '불안'이라는 키워드 역시 몹시 어긋난 듯한 느낌을 준다. 현대인에게 '불안'은 비단 20대만은 아니다. 생애 내내 불안을 느끼지 않는 경우는 없다. 오히려 나이가 들어 갈수록 불안은 더 무거워진다. 불안의 극단이 될 돌연사는 40대에 가장 많다. 현대인에게 불안은 존재의 절대적 전제여서 생존은 결국 불안과의 전투다. 그런데 마치 '불안'을 20대 청춘만의 전유물인 것처럼 되풀이하며, 표지 맨 위에다 아예 '불안하니까 청춘이다'라고 못을 박아 두기까지 했다. 그렇다면 장년의 불안이나 노년의 불안은 어떻게 할 것인가? 현실적으로 초등학생 자살자가 나올 만큼 소년의 불안도 사실은 청년 못지않은데, 그것은 또 어떻게 할 것인가? 이런 의문을 금하지 못하게 하는 그것이 독자인 나로 하여금 몹시 어긋난 듯한 느낌을 품어 볼 수밖에 없게 했는데, 같은 날 인터뷰에서 출판사 사장 자신도 이렇게 이야기하고 있다.

기자: 『아프니까 청춘이다』를 통해 전하고 싶었던 메시지는 무엇인가?

사장: 우리도 10대나 20대 때 그랬지만 자신의 가능성을 스스로 작게 본다. 그러나 사람의 잠재력은 참으로 무궁무진하다. 그런데 일부에서 젊은이들에게 '88만 원 세대'라는 딱지를 붙여 자조하게 만들었다. 사회 비판적 관점에서 그랬다는 점은 알지만 함부로 젊은이들을 좁은 틀에 가두려는 시도에는 동의할 수 없다. 어른들이 '88만 원 세대론'과는 다른 관점에서 젊은 세대를 보고 있다는 점을 알리고 싶었다.

사장의 이 표현은 사실이고, 그런 쪽에서만 보자면 이 책의 주된 독자일 젊은이들에게는 기독감이니 하는 것이 적거나 아예 없을 테니까 '자조'하는 젊은이들을 위한 선배나 교수의 무겁지 않은 위로로서 재미있게 읽을 만한 것은 될 듯하다. 그러니까 이 책이 독자에게 주려는 메시지에는 '아프니까 청춘이다' 같은 것은 애초에 없었다. 그런데도 저자 스스로 '뻔한 이야기'라고 전제해 둘 만큼 진부한 내용으로 구성된 이 책이 무려 200만 권 이상이나 팔렸고, 아직도 팔리고 있다 한다.

양서와 악서

자료를 찾아보는 과정에서 이 책의 장단점을 아주 잘 요약해 두었다고 생각되는 것이 눈에 띄었다. 동아일보 2011년 12월 7일 자에 실린 '2011년 베스트셀러 10에 대한 각계 전문가들의 100자 평'이 그것이다.

이건 좋다☞ 20대 청춘을 잘 아는 멘토가 그들의 지친 어깨를 다독여 주며 위로의 말을 건네는 책. 공감할 수 있는 조언과 어록이 넘친다. 멋진 제목으로 독자를 사로잡은 출판사에도 박수를 보낸다.

이건 나쁘다☞ 사회적 문제를 개인적 차원으로 끌어내려, 위로와 공감만 있을 뿐 해결책 없는 '당의정'에 불과. 책 한 권 안 보는 사람도 화제가 된다니 찾아 읽는 책. 1등만 남는 출판 유통 구조를 여실히 보여 준다.

양서라는 말이 있으니까 악서라는 말도 있어야 할 것 같다. 그런데 양서와 악서를 구분하는 기준은 무엇일까? 아주 단순화시켜 보기로 하자면, 어느 기준에서든 읽는 사람의 영혼을 살찌게 하는 것은 양서라 할 수 있을 듯하다. 그렇다면 『아프니까 청춘이다」는 어느 쪽일까? "사회적 문제를 개인적 차원으로 끌어 내려, 위로와 공감만 있을 뿐 해결책 없는 당의정에 불과"한 데다, 더구나 독자들로 하여금 불안이 20대 청춘의 전유물인 것처럼 인식시키면서 청춘은 원래 아픈 것이다, 라는 체념을 하도록 만들었다는 면에서 양서 쪽이 될 수는 없을 듯하다.

아니, 이렇게 책임 회피 투 완곡어법(euphemism)을 사용하고 있을 때는 아닌 것 같다. 막말 투가 대화의 주류를 이루고 있어서 완곡어법은 전언傳言의 기능조차 제대로 할 수 없다는 게 언어적 현실인 데다, 나에게는 그럴 시간도 없고, 그래야만 할 이유도 없다. 그럴 바에야 결코 편할 수 없는 이런 글을 쓰려 들지도 않았을 것이다. 두 차례 되풀이하여 읽고 난 지금, 나의 느낌을 곧이곧대로 적어 보겠다. 이 책은 최대치가 진통제나 마취제 같은 것이고, 궁극적으로는 독이 될 수도 있다. 이 책을 구성하고 있는 미문이나 경구 투는 독자들로 하여금 이 책을 진통제나 마취제로 자각할 수 없도록 만드는 당의糖衣 기능을 하기에 더욱더 그렇다.

"사는 것 그 자체가 고행인 것 같습니다. 행복은 그 고통을 잠시 달래 주는 초콜릿 정도. 그러니 너무 당신만 어려운 삶을 산다고 힘들어 하지 마세요." 팔다리 없이 세상을 살아가고 있는 이구원(1990~) 선교사의 이 말씀(조선일보, 2014년 8월 23일)이 주는 울림은 실로 크다. 아직 젊은 그가 이런 경지에 다다르기까지 그 고뇌가 오죽했겠는가. 그런 생각까지 해 보니 가슴이 아프기까지 했다. 『아프니까 청춘이다』가 독이 아니라 약이 되도록 하기 위해서는, 저자가 젊은이들로 하여금 당연히 앓지 않아야 할 생병을 앓게 하고 있는 현실의 모순에 문제의식이나마 갖도록 하여 그들 나름의 해결책을 모색하도록 하면서, 이렇게 이야기하는 게 온당했을 것 같다. "불안은 20대 청춘만의 것은 아니니, 특별하게 그대들만 불안한 것처럼 과장하지 말게. 그것은 그대들이 당면하고 있는 불안에 대한 온당한 대처가 아니게 될 테니까 말이네."

그런데 저자는 '불안하니까 청춘이다' 하고 딱 단정적으로 들이밀어 청춘의 불안을 확정시키면서 그 불안을 증폭시킨다. 그래서 이 책은 결과적으로 독이 될 수밖에 없다. 굳이 비유해 보기로 하자면, 『무궁화 꽃이 피었습니다』나 『일본은 없다』가 맹목적 국수주의에 사로잡혀 있는 독자들의 정서적 취약성에 의지하여 밀리언셀러가 되어 독자들의 그런 성향을 부추긴 것이나, 감성적 미문으로 구성된 『아프니까 청춘이다』가 나약한 순응주의에 사로잡혀 있는 독자들의 정서적 취약성에 의지하면서 밀리언셀러가 되어 독자들의 그런 성향을 부추긴 것은, 도무지 이성적이 아닌 우리네 독서 풍토를 처절하게 반영하는 것으로서, 독자들의 정신적 마스터베이션을 도와주어 독자들에게 인지되지도, 의식되지도 않은 해악을 끼치면서, 우리나라 정말 좋은 나라를 염두에 두는 한 결코 긍정적일 수 없는 것일 그런 성향들을 거침없이 심화시켰다는 면에서는 완전히 동질이다. 내가 지금 하고 있는 이런 유의 비판을 저자 스스로도 예상하고 있었던 것 같다. 『멘토의 시대』에 인용되어 있는 저자의 다음 말씀으로 보아 그렇다.

내용적으로 아쉬운 것은, 초고에는 사회 구조적인 문제를 다룬 글이 서너 개쯤 있었어요. 그런데 편집을 하다가, '위로로 가자' 그래서 다 뺐습니다. 뺄 때는 되게 아쉬웠어요. 그런 비판 받을 것 같은 생각이 나도 뻔히 들었죠.

'그런 비판'이 무엇일까? 그리고 "그런 비판 받을 것 같은 생각이 나도 뻔히 들었죠" 하면서도 왜 그 '생각'을 무릅쓰는 쪽으로 나아갔을까? 알 수 없지만, 오염된 강물에서 태어나 기형으로 일생을 살아가는 물고기들에게 그래도 숨을 쉴 수는 있잖아 하고 위로하기보다는, 힘든다 할지라도 상류로 올라가 보라고 채찍질하는 것이 멘토의 당위일 것이므로, 그를 찾아온 멘티들로 하여금 그들에게 필요한 정답에 이르는 길을 귀띔이나마 해 주었더라면 좋았을 것 같다. 나도 그 점이 참 아쉽다.

심상정의 청춘

나의 이 글은 젊은이들 자신에 대해서만이 아니라, 젊은이들의 현재적 존재를 규정하고 있는 현실적 환경 전체를 겨냥하는 것이기에, 요즘 젊은이들에게 가장 큰 영향을 주고 있는 것으로 보이는 『아프니까 청춘이다』를 좀 더 깊이 분석해 볼 필요가 있을 것 같다. 그것이 젊은이들에게 자신들이 살아가는 세상에 대한 다른 눈 하나의 역할을 할 수 있을 것이기 때문이다. 우선 "청춘은 원래 아픈 것이다, 라는 체념을 하도록 만들었다"는 나의 의견에 대한 부연이 필요해 보인다.

이 책을 쓰기 위한 준비 가운데 하나로 '청춘'에 대한 책들을 읽어 보기로 했다. 집 가까이 있는 도서관에서 '청춘'이나 그 비슷한 낱말이 들어간 책을 70권쯤 빌려 읽었고, 그중에서 완독한 것은 『내가 걸은 만큼만 내 인생이다』(한겨레출판, 2011) 한 권뿐이었다. 『한겨레21』 창간 17돌 기념 인터뷰 특강 '청춘'의 녹취록을 책으로 만든 것으로서, 연사는 강풀, 홍세화, 김여진, 김어준, 정재승, 장항준, 심상정 씨였는데, 젊은 청중을 향한 연사들의 고백이 하나같이 매우 진솔했다. 그중 사회자인 김용민 씨와 연사인 심상정 씨 사이에 나눈 대화에 이런 대목이 있었다.

"최근에 핀란드, 스웨덴, 노르웨이를 다녀오셨는데요, 그 나라 청춘들도 한국의 청춘들이 아파하는 것과 같은 이유로 아파하는지 궁금합니다."

"청춘이란 말이 새싹이고 푸르름인데, 우리나라 청춘들은 어렸을 때부터 입시를 위해 관리되고 있지요. 그 나라 청춘들은 우리 청춘들에 비해 공부에 찌들어 있지 않고 아주 자유로워 보였습니다."

"그 나라들에서는 등록금은 어떻습니까?"

"평생 무상 교육이지요."

　이 짧은 대화에서 짚어 볼 수 있는 의미는, 이 대목의 주제와 연관하여 여러 면모에서 매우 시사적이다. 『아프니까 청춘이다』의 저자는 "청춘은 원래 그렇게 아픈 것"이라고 못 박아 두었는데, 청춘이 왜 '원래' 아픈 것이어야 하는가? 청춘에 대한 그런 단정이 이 세상 어디에 있는가. 앞 두 문장을 쓰기 위해 구글에 들어가 'youth quotes'를 검색했다. 수많은 사이트가 화면을 메운다. 그중 하나는 '845 quotes'라고 표시되어 있다. 클릭하여 들어간 다음, 845개의 인용 모두를 분석적으로 정독했다. 그 과정에서 그 울림이 특히 인상적이었던 몇 개를 건져 내어 이 책 챕터와 챕터 사이에 휴식 용도로 끼워 두었는데, 845개 인용 가운데 '아프니까 청춘이다' 식으로 이해될 수 있을 청춘에 대한 정의나 해석은 단 하나도 눈에 띄지 않았다.

　그런데 이 책에서만은 '아프니까 청춘이다', '청춘은 원래 아픈 것이다' 한다. 청춘에 대한 완전히 새로운 정의가 될 텐데, 도대체 인류 역사에도 없는 그런 정의를 굳이 새로 만들면서까지 이 나라 미래 담당자가 될 오늘의 젊은이들로 하여금 당연히 아플 수밖에 없는 환자로 전락시키고 있는 이유는 무엇인가. 그런 책이 많이 읽힌 것을 두고 "과분한 사랑을 받았다"라는 저자의 말씀 어떻게 이해해야 할까. 그게 과연 사랑일까? 어느 모로 보나 그럴 것 같지도 않고, 그래서는 안 될 듯한 저자가 도대체 왜 그래야만 했던가. 민태원 선생(1894~1935)을 멘토로 모시고 좀 여쭤 보자. 선생이 「청춘 예찬」이라는 그야말로 불후의 명문을 쓴 것으로 추정되는 1930년대, 그 시대로부터 80년쯤의 세월이 지난 뒤 선생께서는 어떻게 생각하시는가? 다음 대목을 읽으며 신중하게 묵상해야 할 것은 두 가지다.

1) 80년 전 예찬 대상이었던 청춘이 80년 뒤에 어찌하여 당연히 아파해야 할 환자로 전락했는가?

2) 80년 전과 80년 후, 지식인의 역할이나 기개는 어떻게 변화했는가?

지난 80년 동안 우리 사회가 실질적으로 어떻게 변천해 왔는지를 저울에 달아 보는 계기가 될 수도 있을 이 두 가지 질문을 통해 우리 모두가 '도대체 이게 나라냐!'라는 탄식을 금하지 못하게 하고 있는 현실의 근본적 병인病因을 짚어 볼 수도 있다.

「청춘 예찬」 vs 『아프니까 청춘이다』

『아프니까 청춘이다』가 나온 것보다 80년쯤 전이면 일제 강점기, 우리 역사의 암흑기였다. 바로 그런 시대에 민태원 선생은 자신보다 조금 늦게 이 세상에 온 사람들에게 「청춘 예찬」을 바친다. 얼마나 힘찬지, 내가 처음 읽은 것이 반세기도 더 전인데, 아직까지 그 울림이 생생하다. 굳이 외워 두려 한 것이 아닌데도 무시로 나의 의식에서 그 문장이 되새김질된다. 그때마다 내 가슴에선 쿵쿵 소리가 울린다. 과장이 아니다. 비슷한 경험을 하는 사람이 나만은 아닐 것 같다. 명문이란 바로 이를 두고 이르는 것일 텐데, 대개들 알고 계시겠지만 반추 겸 그 글의 한 부분을 함께 읽어 보기로 하겠다.

청춘! 이는 듣기만 하여도 가슴이 설레는 말이다. 청춘! 너의 두 손을 가슴에 대고, 물방아 같은 심장의 고동을 들어 보라. 청춘의 피는 끓는다. 끓는 피에 뛰노는 심장은 거선巨船의 기관과 같이 힘 있다. 이것이다. 인류의 역사를 꾸며 내려온 동력은 바로 이것이다. 이성은 투명하되 얼음과 같으며, 지혜는 날카로우나 갑 속에 든 칼이다. 청춘의 끓는 피가 아니더면, 인간이 얼마나 쓸쓸하랴? 얼음에 싸인 만물은 얼음이 있을 뿐이다. (……) 보라, 청춘을! 그들의 몸이 얼마나 튼튼하며, 그들의 피부가 얼마나 생생하며, 그들의 눈에 무엇이 타오르고 있는가? 우리 눈이 그것을 보는 때에, 우리의 귀는 생의 찬미를 듣는다. 그것은 웅대한 관현악이며, 미묘한 교향악이다. 뼈끝에 스며들어 가는 열락의 소리다. 이것은 피어나기 전인 유소년에게서 구하지 못할 바이며, 시들어 가는 노년에게서 구하지 못할 바이며, 오직 우리 청춘에서만 구할 수 있는 것이다. 청춘은 인생의 황금시대다. 우리는 이 황금시대의 가치를 충분히 발휘하기 위하여, 이 황금시대를 영원히 붙잡아 두기 위하여, 힘차게 노래하며 힘차게 약동하자.

만개한 꽃을 상상해 보라. 이것은 계몽적 과장이 아니라 청춘의 본디 모습이다. 청춘이 아픈 것은 시대적 병폐 때문이다. 시대적 병폐가 청춘들을 아플 수밖에 없도록 하고 있다. 그런데 『아프니까 청춘이다』의 저자는 청춘을 아프게 하는 병든 그 사회에 부지런히 순응하도록 미문으로 교사巧詐하고 경구 투를 빌려 명령한다. 이 교사와 명령을 "청춘은 인생의 황금시대다. 우리는 이 황금시대의 가치를 충분히 발휘하기 위하여, 이 황금시대를 영원히 붙잡아 두기 위하여, 힘차게 노래하며 힘차게 약동하자"라는 민태원 멘토의 격檄과 견줘 보자.

이 책에 대한 나의 심각한 거부 반응을 확정시킨 것은 바로 '청춘은 원래 아픈 것'이라는 단정이었다. 이 단정이 없었다면 그 앞의 내용들은, 그것이 진통이든 마취 효과든 뭐든, 일과성의 위안거리는 될 수 있을 것이므로, 당대에 드물지 않은 그렇고 그런 책자 가운데 하나로 제쳐 두면 그만이었다. 그러나 이런 단정은, 그리고 이런 단정이 대중적으로 먹혀드는 현상은, 적어도 모진 마음 다잡아 먹고 이런 종류의 격문을 쓰려 하는 나의 입장에서는 지내 볼 일이 아닌 것 같았다. 타인의 공들인 저술에 악역을 맡겨야 한다는 주저에서 물러서려 했지만, 그렇게 되지 않았다. 물러서려 할수록, 아니 이것을 그대로 둔 채로는 우리나라 정말 좋은 나라를 지향하고 있는 나의 글을 쓸 수는 없어, 가 되었다. 이유가 없을 수 없다.

멘토와 개그맨

아마 1980년대만 해도 코미디언이었던 것 같은데, 언제부터인가 개그맨이 되었다. 이것은 나의 해석대로라면 우리 사회의 참혹한 퇴행 현상 가운데 하나다. 코미디언은 '희극인'이고, 개그맨은 '익살꾼'이라는 사전적 해석만으로도 그렇다. 코미디언의 코미디는 예술의 범주에 들지만, 개그맨의 익살은 한바탕 여흥에 지나지 않는다. 과거 한 시절 '코미디언'으로서 그 이름이 드높았던 배삼룡(1926~2010) 선생이 자신의 말년에 이런 말씀을 했다. "요즘 코미디, 그게 어디 코미딘가요. 말장난이지." 그렇다면 코미디와 말장난의 차이는 무엇일까?

이 의문에 대한 답은 찾아볼 수 없어 나 스스로 답을 만들 수밖에 없게 되었는데, 내가 겨우 만든 답의 키워드는 '여운'이다. 찰리 채플린이나 「미스터 빈」으로 유명한 로언 앳킨슨의 영화들이 좋은 예가 될 텐데, 그 여운은 시간이 지나갈수록 오히려 더 짙어져서, 현실의 어떤 장면에서 채플린이나 앳킨슨의 모습이 느닷없이 강습한다. 이 글의 초고를 만들고 있는 동안 불행한 죽음으로 자기 생을 마감한 로빈 윌리엄스도 마찬가지다. 사실은 슬픈 역할을 하고 있는 그의 표정, 그의 몸짓, 그의 목소리까지 때로 되새겨져 의표를 쿡 찌른다. 반면에 개그맨의 경박한 말장난 투 익살은 바로 그 순간의, 그나마 대개는 억지웃음뿐, 여운은 쉽지 않다. 그러나 코미디든 익살이든 사람들의 지친 마음을 달래 주는 위안으로서 그만한 가치가 있다. 여흥이란 원래 그런 것 아닌가.

그러나 멘토의 기능은 다르다. 위안 외에 실질적인 멘토링이 있어야 한다. 사람들이 무엇 때문에 멘토를 찾는가? "연세대 심리학과 황상민 교수는 '권위가 작동하지 않고 다양성이 두드러지면 사람들은 과거 정답이라고 믿었던 통념을 더 이상 믿지 못하게 된다'며 '이런 사회 속에서 살아가는 한국민들은 자신의 문제를 스스로 인식하거나 해결하는 데 어려움을 겪게 되고 누군가가 정답을 알려 주기를 기대하면서 멘토 바람도 일고 있는 것'이라고 말했다."(강준만, 『멘토의 시대』)

이 인용문에 '정답'이라는 표현이 있다. 멘토를 찾는 사람들 마음에는 바로 이 '정답'에 대한 갈구가 있고, 따라서 멘토에게는 '정답'을 줄 의무가 있다. 정답이 배제된 채 위안만 있는 멘토링은 개그맨의 익살이 되고, 사이비 부흥회를 진행하는 목사의, 도무지 근거를 제시할 수 없는 허황된 희망에 지나지 않게 된다. 통계적으로 전체 인구의 80퍼센트가 종교 생활을 하고 있는데도 나라나 사람 꼴이 요런 상태가 되어 있는 것은 종교 지도자들의 멘토링이 천국이니 극락이니 하는 막연한 위로만 있을 뿐 현세적 정답은 없는 데다, 그 위로를 팔아 올린 매상으로 온갖 현세적 복락을 다 누리고 있기 때문이다.

잠자코 듣고 있기 민망한 저질 익살이 횡행하는 현실에서는 단순한 위안만으로도 가치 있는 것일 수 있다. 그러나 멘토링은 본질적으로 일시적 여흥 용도여서는 안 된다. 멘티들에게 꼭 필요한 '정답'이 있어야 한다. 그런데 『아프니까 청춘이다』의 저자가 밭은 갈증을 느끼고 있는 자신의 멘티들에게 준 멘토링에는 정답 대신 '청춘은 원래 그렇게 아픈 것'이라는 정확한 오답뿐이다. 그리고 그 오답은 거대한 해일이 되어 이 땅의 청춘들 사이에 번져 나갔고, 정답 이상의 시대적 효과를 발휘하게 되었다. 그것이 도저히 물러설 수 없게 된 나의 이유다. 왜냐하면 이 책의 분석을 통해 내가 겨냥하는 것은, 청년의 미래가 없다면 국가의 미래도 없다는 관점에서, 우리 모두가 근심하고 있는 당대 청년 문화의 환골탈태이기 때문이다.

청춘은 '원래' 아픈 게 아니다

청춘은 '원래' 아픈 게 아니다. 앞에서 인용한 심상정 멘토의 말씀처럼, 희망에 한껏 부푼 청춘은 인생의 한 절정으로 푸르게 빛나는 것이고, 빛나는 것이어야 하고, 물론 자유스러워야 한다. 그런데 현실에서 청춘은 아프다. 왜냐하면 내부적으로는 아예 어린 시절부터 시작된 과보호와 주입식 교육으로 인해 주어진 상황에 능동적 대처를 할 능력이 거세된 때문이고, 외부적으로는 도무지 성한 구석이 없다는 데 모두가 동의하고 있는 현실이 청춘으로 하여금 아프지 않을 수 없도록 몰아가고 있기 때문이다. 당면한 물리적 위협인 연간 등록금 실제 부담 세계 최강 1000만 원이나 20대 태반이 백수라는 살 떨리는 현실이 그렇고, 학문적 열정을 느낄 수 없도록 하는 대학이나, 3포 세대니 5포

세대니 하는 대학 이후의 전망도 마찬가지다. 바로 생존에 대한 이 위협으로 말미암아, 아직 그런 위협에 대응할 준비가 되어 있지 않은 청춘들은 아플 수밖에 없다. 아프지 않아야 하는 청춘이기에 결국은 극단적 이기심의 노예가 되어 있는 선배 세대들의 야만적 분탕질로 말미암은 그 아픔은 더 참혹한 것일 수밖에 없다. '가만있으라'는 어른들의 잘못된 지시에 순응하는 바람에 수장되었기에 세월호 참사로 희생된 어린 영혼들의 죽음이 더 참혹한 것과 같다.

『아프니까 청춘이다』를 읽은 이유

주로 민망한 현학 투 때문에 자기 계발서 종류에 대한 조건 반사적 거부감으로, 첫째 아이네 집 책장에 있는데도 그동안 한 번도 들춰 본 적이 없는 이 책을 뒤늦게 읽어 볼 마음을 먹게 된 것은, 원통하기 그지없는 세월호 영혼들을 결코 잊지 않기 위한 내 나름의 전인적 투신인 〈유순하의 생각〉 프로젝트 가운데 하나로서 우리 청년 문화에 대해 이야기해 보기 위한 궁리 과정에 서였다. 예의 집필 준비 가운데 일부로서, 바로 이 청년들로 하여금 아플 수밖에 없도록 몰아가는 병적 현실에 대한 진단과 그 처방이 이 책에 있지 않을까 하는 기대, 실로 컸다.

그런데 막상 읽고 보니 이 책은 어느 모로 보나 청춘의 아픔에 대한 것이 아니었고, 따라서 진단이고 처방이고 있을 수가 없었다. 청춘이 왜 아픈 것인가. 아파서는 안 될 청춘을 아프게

한 현실과 그런 현실에 굴복하여 결국 아픈 청춘을 감수하고 있는 젊은이들로 하여금 문제의식이나마 갖도록 하기는커녕 결국은 좌절이나 퇴영을 부추기고 있는 이런 글이 읽힌다는 것은 우리네 병적 현실을 그대로 반영한다. 야릇한 배신감, 가볍지 않았다. 나의 상상력은 조금 더 무거운 쪽으로 가지를 친다.

멘토의 전성시대

"바야흐로 한국은 멘토의 전성시대를 맞고 있다"(강준만, 『멘토의 시대』)라는 단정적 선언이 나왔을 만큼, 우리는 아닌 게 아니라 멘토의 전성시대에 살고 있다. 『아프니까 청춘이다』에도 "좋은 멘토를 찾아라"라는 권유가 있으며, 인터넷을 찾아보니까 이 책의 저자에게는 '청춘의 멘토'라는 계관이 씌워져 있다.

> "멘토의 시대는 파시즘의 시대라고 정의하면 돼요. (……) 멘토의 시대는 위험한 시대예요. 멘토를 찾는다고? 왜 멘토를 찾아요? 그러면 끝나는 거예요. 그만큼 우리가 보수화됐다는 증거예요. 자기 스스로 꿈을 못 꾸고 누군가가 구원해 주길 바라고 있는 거죠. 종교인 거죠. 모세를 찾는 것과 같아요."
> ―강신주, 『강신주의 맨얼굴의 철학』(시대의창, 2013)

이를테면 손에 쥐어 볼 수도 없고, 그렇다고 반증이 가능하지도 않은 내세 혹은 후생의 복락이나 팔고 있는 종교가 성세를 이루는 것은 그 시대 사람들의 현세가 짊어지고 있는 고난 때문이다. 세계적 종교의 발상지는 단 하나의 예외도 없이 생존 조건이 가장 비참한 곳이었다는 것이 그 증거다. 경주 남산 이야기를 할 때, "골마다 암자요, 봉우리마다 석탑이라"며 그 시대 불교 문화의 번성을 찬탄하지만, 모두가 찬탄하는 그 문화는 곧 그 암자, 그 석탑이라도 찾아와 치성을 드리지 않으면 견뎌 낼 수 없는 당대 백성들의 고난에 대한 증거다. 문제는 그 신앙이 개인이나 시대의 질을 개선하는 데 기여했는가가 될 텐데, 사실은 차츰차츰 더 나빠져 왔다. 그래서 "모든 사회적 변화는 타락이나 부패 또는 퇴화다"라는, 2500년 전 플라톤의 말씀을 부정할 수 없게 된다.

멘토도 마찬가지다. 요약만 해도 매우 장황할 수밖에 없는 이유로 갖가지 불안에 극단적으로 시달려야 하는 현실이다 보니, 온갖 고난에 찌든 백성들이 석탑이나 암자를 찾아 치성을 드리는 것처럼, 그래 봐야 당의를 입힌 진통제나 마취제 같은 멘토링이나마 갈급해할 수밖에 없다. 곧 멘토의 전성시대란 불안의 전성시대다. 문제는 역시 그런 멘토링이 개인이나 세상이 봉착하고 있는 문제를 해결하는 데 이바지했는가가 될 텐데, 대답은 '아니요'가 될 수밖에 없다. 갈증을 해소하기 위해 정교하게 가미된 콜라를 아무리 마셔 대도 갈증이 더 심해지는 것과 같다.

그런데 우리 사회는 바야흐로 '멘토의 전성시대'다. 본바닥에서는 퇴조 상태에 놓인 기독교가 한국에서는 오히려 극성세를 구가하고 있는 주된 이유 둘 가운데 하나는 삼류 목사들의 사이비 멘토링 기능 때문으로 보아야 할 듯하다. '자기 계발', 곧 멘토링이 주조를 이루는 책이 베스트셀러 집계에서 독립 분야를 차지하고 있는 것은 우리나라뿐일 듯싶다. '석세스 스토리'는 일확천금을 노리는 출판사들의 단골 표적이고, 일단 이름을 얻은 멘토들은 그 이름을 딴 텔레비전 프로그램부터, 폭주하는 강연과 집필 청탁에 어김없이 몸살을 앓아야 한다. 문제는 그런 책, 그런 스토리, 그런 멘토링이 개개인의 삶과 시대에 얼마나, 그리고 어떤 기여를 하느냐가 되겠다. 그래서 이를테면 거의 폭언투인 이런 말들이 지내 들리지 않는다.

> 미안하지만, 난 멘토라는 말을 경멸한다. 요즘 지천에 널린 그 멘토들이야말로 삶의 내밀한 속살을 감추는 꼭두각시 인형이라는 의심을 지울 수가 없다. 멘토라는 작자들은 그 자신 성공한 사람이라는 걸 과시하며 후배들에게 '넌 할 수 있다'고 어깨를 가볍게 두드리겠지만, 그 순간, 이 사회의 야만적인 정글의 법칙은 미싱처럼 여전히 잘만 돌아가기 때문이다. 거칠게 표현하면, 멘토들이 쏟아 내는 그 수많은 긍정의 언어들과 값싼 독려의 말들은 성공 신화를 향해 질주하는 폭주 기관차를 위한 윤활유와도 같다.　　　　　　　　—이송희일, 『시네21』, 2013년 1월 14일

멘토를 자칭하는 사람들은 다 사기꾼이다. 나는 너의 고통을

안다? 웃기는 소리다. 책 많이 팔아서 자기만 힐링이 된다.

—강신주, '네이버 매거진', 2013년 5월 호

대략 2300년 전 사람인 한비자의 지혜는 바로 지금 이 시점에
서도 지극히 현재적이어서 섬뜩한데, 그의 오두론五蠹論도 역시
마찬가지다. "이들 다섯 좀벌레(蠹)를 제거하지 못하여 바르게
살려는 사람들을 힘들게 하면 나라가 망한다 하여도 괴이쩍은
일이 아니다(人主不除此五蠹之民, 不養耿介之士, 則海內雖有破亡之國,
削滅之朝, 亦勿怪矣)"라고 한 다섯 좀벌레, 그 첫 번째가 바로 선
비(儒者), 곧 요즘으로 말하자면 지식인이다.
  나의 인상적인 느낌을 그대로 적어 보면, '도대체 이게 나라
냐!'라고 우리 모두가 개탄하는 이 시대의 병적 현실을 차츰 더
심화시키고 있는 요인 가운데 가장 중요한 것은 지식인들의 각
종 배임 현상이고, 멘토링도 이런 현상 가운데 하나다. 아예 도
통한 듯한 일가견으로 중무장한 그들이 번들번들 웃는 얼굴로
개그맨 못지않은 현란한 우스개까지 곁들여 가며 능변을 뽐낼
때, 그래 봐야 당의를 입힌 진통제나 마취제에 지나지 않는 그
말을 듣고, 사이비 부흥회에 참석한 광신도들처럼 홀린 듯한 눈
빛이 되어 고개를 끄덕이는 청중들을 볼 때, 나는 감복하기보다
는 대개 의문한다. 그들 사이에 연결된 언어의 회로가 품고 있
는 그 치매성이 실로 섬뜩하기 때문이다. 말이 아닌 글이 전달
매개일 때도 그 결과는 마찬가지다.

진중권 선생은 '지식인, 엿 먹어라' 하지만, 지식인이라 불리는 게 온당할 사람들은 분명히 있고, 대중에 대한 그들의 멘토링은 물론 필요하며, 그들의 당연한 책무 가운데 하나다. 그러나 그것이 진통제나 마취제를 감각할 만한 능력마저 없는 미자각 대중에게 진통제나 마취제를 주입하는 식이어서는 안 된다. 우리 시대가 진정 필요로 하는 멘토링은 가려운 데를 긁어 주거나 듣고 싶어 하는 이야기를 들려주는 게 아니다. 길거리 약장수 식 멘토링은 결과적으로 보아 멘티들을 오도하면서 병적 현실을 더욱더 심화시킨다. 멘토링의 전제는 '정답'이다. 멘티들에게 정답을 주어야 한다. 심한 갈증에 시달리는 대중에게 콜라나 마시게 할 것이 아니라, 그 갈증을 근원적으로 해소할 수 있는 무엇인가를 주어야 한다. 그것은 멘토의 의무다.

　　『아프니까 청춘이다』의 저자는 여러 방법으로 청춘들을 만나, "좀 더 객관적으로 그대들의 문제를 풀어 보려 했다"라고 하는데 진정한 멘토라면 '있는 현실'이 아니라 '있어야 할 현실'에 우선 관심해야 한다. 그리고 역시 진정한 멘토라면, 멘토가 멘티를 위해 준비해야 할 것은 어쩌면 사탕보다는 채찍일는지도 모른다. 칼이 필요할 경우도 없다 하기 어렵다. 멘토는 멘티로 하여금 합당한 문제의식을 갖도록 해야 한다. 문제의식, 그것이 정답을 얻기 위한 문제 해결의 출발점이기 때문이다. 괴롭혀야 할 경우가 많을 수도 있다. 왜 괴롭혀야 하는가. 적敵은 대개 내부에 있다. 특히 세상 경험이 적고 사유의 깊이가 얕은 젊은이들 경우, 그들이 안고 있는 문제의 근원이 사실은 그들 자신인 경우가 태반이다. 한데 그들은 그것을 굳이 알려고 하지 않거나 알고도 피하려 한다.

더구나 그들은 『아프니까 청춘이다』에도 적혀 있는 것처럼 세계적으로 유명한 과보호의 주체인 헬리콥터맘이나 블랙호크맘에 의해 "공부를 제외한 다른 능력들이 거세"된 상태다. 그런데 뒤에서 자세히 살펴볼 예정이지만, 암기 중심의 주입식 교육으로 인해 메타인지 능력이 현저하게 결핍되어 공부 능력도 사실은 거세되어 있다.

그것이 내가 프롤로그에서 성한 데가 하나도 없다고 우리 모두 동의하고 있는 현실에 청춘들도 포함시킨 이유다. 그것은 진정한 멘토라면, 그들을 적어도 필요한 만큼은 괴롭힐 수밖에 없는 이유가 되기도 한다. 필요한 만큼 괴롭혀서 무엇이 문제인가를 알아차렸을 때, 그들은 비로소 문제를 극복하고 자신들에게 꼭 필요한 정답을 얻어 낼 수 있는 길에 들어서게 된다. 그런데 우선 듣기에 그럴싸한 말로 어루만져 주는 것은 명백한 배임이고, 매명賣名이다. 내가 지나치게 단정적인가? 그렇다면 비판적 합리주의자를 자처하는 나는 객관적 반증을 위해 구체적 예를 들어 보일 수밖에 없다.

K팝 스타의 감동적 현장

나의 체험 범위 안에서 당대 최고의 멘토는 sbs에서 방송하는 K팝 스타 심사 위원들 셋이다. 그들은 멘티들로 하여금 바로 자기 자신의 결함이 무엇인가를 확실히 알게 하여, 멘티들 자신이 합당한 문제의식을 갖도록 한다. 그들의 지적은 발성법부터 마이크를 쥐는 방법까지, 문외한인 내가 보기에도 매우 구체적인데, 그중에서도 인상적이었던 것을 예로 들면 환하게 웃는 얼굴로 노래한 참가자에게 어느 심사 위원이 말했다. "당신의 환한 웃음과 달리 당신 눈동자에는 슬픔이 고여 있다. 그 웃음으로 하는 노래는 죽은 노래다. 그 슬픔으로 노래하라." 참가자는 비로소 자신의 비극적 가족사를 이야기하며 고여 있기만 하던 그 슬픔을 노래한다. 나는 무대 위 참가자의 눈에 고여 있는 슬픔을 읽어 낸 심사 위원의 멘토적 감각에 감탄했다. 또 하나의 예는 참가자의 발성법 잘못을 깨우쳐 주기 위해 한 시간이 넘도록 바닥에 드러누워 노래를 부르도록 했다. 다른 멘티들이 바라보고 있는 데다 카메라까지 돌아가고 있으니 수모감마저 느낄 수밖에 없을 법한 그런 과정 다음에 그 멘티의 고백은 "아, 제 결함을 비로소 알게 되었습니다"였다.

예로 든 두 경우, 그 자신들에게 꼭 필요한 '정답'을 얻은 것인데, 멘토들의 멘토링은 물론 여기에서 그치지 않는다. 멘토들은 멘티들로 하여금 자신들의 결함을 사실적, 구체적으로 극복하는 노력을 기울이게 하고, 그리고 산술적으로 그 효과를 확인하도록 한다. 그 효과는 까다로운 관객인 내 눈에도 보인다. 그 사이 멘토와 멘티는 혼연일체가 되어 함께 웃고, 함께 운다. 멘티가 우는 장면은 흔하고, 멘토가 펑펑 우는 장면도 몇 번 있었다. 시청자들은 우선 그 진정성 때문에 감동한다. 다른 방송사의 경쟁 프로그램들이 하나같이 시들해지고 있는데도 후발 주자인 이 프로그램만은 오히려 승승장구하고 있는 것은 바로 이 멘토들의 진정한 멘토링 덕분에 생산된 막강 감동 때문이다. 지난 여러 해 동안 내가 실시간으로 보는 텔레비전 프로그램이 딱 이것 하나인 이유도 역시 마찬가지다. 그런데 그 전성시대를 구가하고 있는 당대 멘토들의 멘토링, 그 대종에서 내가 느끼는 것은 감동이 아니라 의혹이다. 그들이 자기 멘티에게 주는 것은 막연한 위안이고, 그 궁극은 현실 순응 권유이기 때문이다. 주어진 조건에 순응하라, 그런 것. 그런데 순응, 그것은 청춘에게는 약이 아니라 독이다. 왜 그런가?

순응주의란 무엇인가?

문자로 표시된 『아프니까 청춘이다』의 키워드가 '불안'이라면, 문자로 표시되지 않은 채 숨겨져 있는 키워드는 '순응'이다. 이 책은 독자들로 하여금 자기 자신이나 자기가 당면하고 있는 현실에 대한 문제의식을 갖게 하는 대신, 병든 현실에 부지런히 순응할 것을 교사한다. 게으름 피우지 말고 부지런히 순응해. 그러면 나처럼 성공할 테니까. 그 교사教唆는 아이들에게 '가만있으라' 하여 결국 그 아이들을 죽인 세월호 선장의 지시와 같다. 그 결과도 마찬가지일 수 있다. 결국에는 맹종이 될 순응은, 싱싱한 야성의 일차적 발현일 기개氣槪를 제쳐 둔다면 시체나 마찬가지일 청춘의 길이 될 수밖에 없기 때문이다. 순응이 독 아닐 수 없다. 이제 마침내 이 마당의 주제인 순응 또는 순응주의(conformism)에 대해 이야기할 때가 되었다. 당대를 풍미하고 있는 허다한 언어에서 정말 단 한 번도 논의된 적이 없었던 것 같은 순응 또는 순응주의가 도대체 왜 문제인가? 온 국민이 개탄할 수밖에 없는 현실을 염두에 두는 한, 절대적인 것일 수밖에 없을 이 의문에 대한 답은 순응주의의 내력 깊은 그 역사에 있다.

서구 사상의 큰 흐름은 순응주의와의 줄기찬 싸움으로 이어졌고, 인류 역사를 발전시킨 모든 혁명은 순응주의와의 싸움이었다. 종교 개혁도 마찬가지였으며, 과학의 발전도 예외가 아니다. 자신의 처지나 환경에 대하여 아무 의심도 품지 않고 주어진 그대로 따르는 순응주의는 사상과 역사와 인문과 인권과, 그리고 물론 개인의 발전에 걸림돌이 될 수밖에 없는데, 매우 불행하게도 한반도 역사를 관통하는 일관된 정신이 바로 이 순응주의다.

우선 일제 강점기 36년 동안, 다른 힘에 의해 해방이 되는 그 순간까지, 우리가 표적으로 저격하여 죽인 일본인은 이토 히로부미 하나밖에 없었다. 왕정王政치고 학정虐政 아닌 경우가 드문 것이 왕정의 부정할 수 없는 속성이지만, 반만년 유구한 역사에서 백성이 들고일어나 죽인 임금은 하나도 없었다. 세계 왕정사에 매우 드문 이 같은 대단한 기록이 가능했던 것도, 북한은 물론 남한에서도 사실상의 비민주적 독재 체제가 대를 물려 가며 유지되고 있는 것도, 어떤 형태의 것이든 힘센 존재 앞에서는 무작정 굴복하고야 마는 순응주의 때문이다.

이웃 일본이나 중국에 흔했던 민란이 한반도에서는 아주 드물었다. 치자治者들은 어김없이 '안정이냐, 혼란이냐' 하고 협박하지만, 백성들은 필요한 만큼은 들고일어났어야 했다. 그랬다면 왕들은 저희들이 살아남기 위해서라도 온갖 파렴치한 행패를 자제하고 서정庶政을 쇄신할 수밖에 없었을 것이다. 그런데 우리 백성들은 왕들이 제풀에 자멸할 때까지 숨죽인 채 바라보기만 했다. 그 바람에 철옹성 같은 다른 나라 궁성과는 딴판으로 다르게, 겹무동만 타도 훌쩍 뛰어넘을 수 있는 궁성의 담장 구조부터 매관매직의 번성까지, 형편없이 허술한 통치 체제였는데도 불구하고 이 땅의 왕조는 같은 문화권인 일본이나 중국보다 평균 곱절 이상 자기네 세월을 누릴 수 있었다. 외국인으로부터 들쥐 같다는 멸시를 당하면서도 포기하지 못하는 우리 어진 백성들의 혈관에 흐르고 있는 순응의 피는 그토록 굳건했다.

2011년 9월, 뉴욕에서 시작하여 80여 개 나라, 1500여 개 도시까지 들불처럼 번진, 소득을 독점하고 있는 1퍼센트에 대한 항의 시위가 상위 1퍼센트의 소득 독점률이 세계에서 두 번째로 높은 한국에서만은 그 효과 면에서 사실상 없다시피 했던 것도 역시 비판 의식을 작동하지 못하게 하는 순응주의 때문이다.

OECD 국가 가운데 자살률이 최고인데도 범죄율은 최저인 것도 우리의 나약한 순응주의 때문이다. 소비 주체인 소비자가 자본의 횡포를 통제하지 못하는 것도, 투표권을 쥐고 있는 주권자인 국민이 권력의 유린을 당하는 것도 역시 힘의 위세 앞에 하릴없이 무릎을 꿇고 마는 순응주의 때문이다. 일본에는 22명이나 나온 노벨상 수상자가 우리나라에는 말썽 많았던 평화상을 제쳐 두고 보면 단 하나도 없게 된 것도 호기심과 도전 정신을 거세하고야 마는 고질적 순응주의를 빼놓고는 설명이 쉽지 않다.

그뿐만이 아니다. 고발을 하면 고발자를 죽이는 참 이상스러운 폐풍 때문에 불법과 비리가 횡행하고 있는데도 불구하고 내부 고발자가 극히 드물어, 불법과 비리를 더욱더 번성, 창궐하게 하고 있는 것이다. 또한 상명하복이 전제된 수직적 질서에서 나이든, 사회적 지위든, 아래 있는 사람은 입이 있어도 말하는 게 용납되지 않으며, 크고 작은 모든 조직이 끗발 가장 높은 사람 하나밖에 없도록 하여 우리 사회를 경직시키는 것도 두말할 것 없이 바로 이 순응주의 때문이다.

이제 젊은이들 쪽에서 보면, 학교 당국의 부당한 등록금 인상 공세에 사실상 속수무책으로 당하고 있는 것도, 교수들의 나태를 용납하고 있는 것도, 차츰 더 냉소적이 되어 가면서 사회 변혁의 동력 노릇을 아예 포기하고 있는 것이나 투표 참여도가 낮아, 투표율이 높아지는 것을 두려워하는 사람들을 줄곧 기쁘게 해 주는 것도 역시 젊은이다운 기개가 거세된 무기력한 순응주의 때문이다. 부모의 과보호 절정기인 중·고등학교 시절을 거치는 동안 부모의 폭력적 잔소리권으로부터의 탈출이 소망인데도, 다른 나라 같은 또래들과는 딴판으로, 20대가 되고 30대가 될 때까지 부모에게 의지하려 드는 것도, 스스로를 자생력이 없는 나약한 존재로 격하시키는 순응주의를 제쳐 두고는 설명이 쉽지 않다.

내가 지금 괜히 수다스레 강변하고 있다, 그렇게 생각하신다면 우리 역사를 지리멸렬하게 만들고, 우리 사회의 품질을 형편없이 망가뜨려, 그 사회에 속한 우리의 인간적 품격과 지체와 존엄을 형편없이 전락시키는 그 모든 부정적 현상들의 원인이 무엇인가, 답을 내 보시기 바란다. 매우 중요한 것은 무조건적인 거부감, 괜한 어깃장 투, 그런 게 아니라, 실체적 진실이다. 합리적 관점에서 실체적 진실 간파와 수긍 없이 현상 극복은 불가능하기 때문이다.

그런데 결국은 인간이 무리를 지어 사는 세상의 만화萬禍와 만악萬惡의 근원인 순응주의에 대한 나의 규탄 투 소견은 더 나아가야 한다. 왜냐하면 모든 버거움에도 불구하고 이 책을 쓰기로 한 이유가 아직 남아 있기 때문이다. 2014년 4월 16일 이후, 대한민국을 온통 소용돌이 속으로 몰아넣고 있는 세월호 참사의 원인이 바로 그것이다.

세월호 참사의 궁극적 원인

상식으로는 절대 용납될 수 없는 온갖 사술詐術과 폭력이 통치 기조이다 보니 대한민국에는 국민들이 도무지 납득할 수 없는 경우가 흔하다. 아예 지천이다. 그런데 어질어 빠진 국민들은 대체적으로 순응하지만, 때로는 괜히 들끓어 치자들의 잠자리를 몹시 불편하게 한다. 그럴 경우, 치자들의 대응에는 그들의 역사가 시작된 이래 줄기차게 써먹고 있는 확고부동한 정석이 있다. 맞불이나 물타기. 과거에는 간첩 조작이나 사법 살인 같은 것도 마다하지 않았는데, 지금이라고 크게 달라지지 않았다. 2013년, 고분고분하지 않은 검찰 총장을 제거하기 위해 펼친 대대적 작전이 적절한 예로서, 그들은 엉뚱한 것을 트집 잡아 본질을 마구잡이로 흐려 대면서 한없이 물고 늘어진다. 그들의 기관지나 마찬가지인 메이저 언론은 그들 전술의 확대 재생산에 모든 포화를 집중한다. 이에 대해 야당은 대개 괜히 찍자나 붙는 식으로 무기력하게 질질 끌려가기나 한다. 이런 혼란의 시간을 거치다 보면 어느새 본질은 사라지고 말싸움만 남는다. 본말전도本末顚倒. 그래서 우리 현실의 참혹한 퇴행은 줄기차게 진행된다. 2014년 4월 16일 이후, 대한민국을 근본부터 발칵 뒤집어 놓은 세월호 참사의 경우도 마찬가지가 되어, 마침내는 아예 그 원인이니 하는 것마저 제대로 밝혀 볼 수도 없게 되었다.

문재인 의원은 '패배'를 인정하며 이런 말을 했다. "청와대와 새누리당은 승리의 축배를 들지 모르겠지만 참사의 진실은 가릴 수 없다. 진실이 낱낱이 규명되기를 바라는 유족, 국민과 끝까지 함께하겠다."(한국일보, 2014년 10월 2일) 문재인 의원의 이 같은 표명은 정치적 수사修辭가 아니라 그의 진심일 것이다. 바로 그다음 날인 2014년 10월 3일, 조선일보는 사설을 통해 마치 문재인 의원을 야유하기라도 하듯 "재판서 다 드러나는 세월호 진상眞相, 왜 쳐다보지도 않나"라고 했다. 바로 그날 밤, 김훈 작가는 "진상 규명 다 됐다고? 그건 진실 아닌 현상일 뿐"(경향신문, 2014년 10월 3일)이라고 한 것은 조선일보의 착종을 꾸짖는 것 같았지만, 조선일보의 사설 역시 조선일보 나름으로는 진심일 것이다. 그러나 자기가 속한 패거리의 이해득실이나 따져 대고 있는 정치적 소란이 이토록 어지러운 판국에서는 문재인의 '진실'도, 조선일보의 '진상'도 밝혀질 수 없다. 그 진실과 그 진상은 당대 그 누구의 눈길도 가 닿을 수 없는 곳에 존재하고 있기 때문이다. 도대체 그곳이 어디인가?

세월호 참사는 대한민국 70년 역사의 총화다

2014년 8월, 『당신들의 일본』을 출간한 뒤 만난 기자들 가운데 하나가 물었다. "만일 일본에서 세월호 사고가 났다면, 일본인들은 어떻게 했을까요?" 나는 대답했다. "그것은 질문이 성립되지 않습니다. 왜냐하면 일본에서는 그런 사고가 날 수 없도록 되어 있기 때문입니다. 일본에서는 노후 선박이 바다를 떠다닐 수 없게 되어 있고, 설령 그런 선박이 바다를 떠다닌다 할지라도 선장이 더구나 위험 수로를 2등 항해사에게 맡길 수 없게 되어 있고, 2등 항해사에게 맡겨 침몰이 시작되었다 할지라도 가만있으라는 방송을 할 수 없게 되어 있고, 또 그런 방송을 했다 해도 승객들이 가만있을 수 없도록 되어 있기 때문입니다. 우리는 경천동지할 어떤 사건, 사고가 터지기만 하면 마치 도저히 일어날 수 없는 사건, 사고가 터진 것처럼 황황망조하는데, 일어날 수 없는 사건, 사고가 일어나는 경우는 없습니다. 일어날 수밖에 없는 사건, 사고가 일어나는 거죠. 문제는 경천동지할 사건, 사고가 일어날 수밖에 없게 되어 있는 우리 문화죠. 제가 되풀이하여 문화를 문제 삼고 있는 이유입니다."

나의 이런 표현에서 티를 잡아내기 위해 일본의 해난 사고를 찾아보려 들 필요는 없다. 나는 단지 OECD 회원국 수준 정도로 금을 긋고 볼 때, 그다지 드물지 않게 우리 스스로를 낙망시키는 원시적 인재가 다른 나라에서는 적어도 찾아보기 쉽지 않다는 것을 비유적으로 표현하려는 것뿐이었다. 그렇다면 우리는 어찌하여 세월호 참사 같은 혹독한 불행을 경험해야만 했던가?

역시 『당신들의 일본』을 펴낸 뒤 나를 찾아온 일본 TBC 텔레비전 기자가 한일 관계에 대한 여러 질문 끝에 "세월호 참사에 대해서도 한 말씀 해달라"고 했을 때, 나는 대답했다. "그것은 한 말씀으로는 도저히 할 수 없는 무엇이다. 그 대답을 위해 나는 책 열 권을 쓰겠다고 출판사에 덜컥 약속을 했고, 『당신들의 일본』이 그 첫 번째지만, 내가 설령 그 약속 모두를 이행한다 할지라도 충분한 대답이 될 수 없다. 세월호 참사는 줄잡아 지난 70년 동안 한국 사회에 덧쌓여 온 숱한 적폐의 결과물이다.

한국의 정치, 경제, 사회, 교육, 종교 등 하여튼 우리가 상상해 볼 수 있는 모든 분야에서 차곡차곡 누적된 온갖 부패, 비리, 퇴행, 파렴치, 그 총화가 세월호 참사이고, 그 제물은 304명+@, 그들이다. 그리고 그 참사로 말미암아 누군가가 벌을 받아야 한다면 그 참사를 교통사고로 몰아가려는 이들이 우선되어야 한다. 지금 선박 회사 사람들이나 선원들 정도를 때려잡는 선에서 사건을 마무리하려 하고 있지만, 그래 봐야 그들은 말단 하수인에 지나지 않는다. 세월호 참사의 주범은 바로 이 참사의 의미를 어떻게든 축소시키려고 온갖 잔머리를 다 굴려 대는 그들이다. 이미 많은 사람들이 그렇게 이야기해 왔지만, 세월호 침몰은 그대로 대한민국 자체의 침몰이다. 어찌 한 말씀으로 대답할 수 있겠는가?" 내 어조가 격해졌던가 보았다. 일본 기자는 조금 민망해하는 표정으로 입을 딱 벌린 채, 한동안 그다음을 잇지 못했다.

그렇다. 비단 현장을 입회한 국가 기관이나, 실로 절박한 바로 그 시간에, 그야말로 '입에 올리기도 낯 뜨거운' 추문이나 생산하고 있던 대통령만이 아니다. 5000만 국민 모두가 그 책임으로부터 자유스러울 수 없는 세월호 참사는 대한민국을 속속들이 망가뜨리고 있는 108가지 병적 증세가 극적으로 하나가 되어 폭발한, 대한민국 역사상 최악의 인재다. 나는 이제 그 108가지 가운데 이 참사와 가장 깊은 관계가 있는 병적 증세 하나에 대해서만 우선 이야기하려 한다. 당대 내 시야에서 바른 눈, 정직한 입을 간직하고 있는 사람 가운데 하나로 생각하고 있는 박노자, 그 사람을 불러낼 수밖에 없다.

괴물 박노자의 눈

우리 대학을 '휴가촌(vacation camp)'으로 규정한 바 있는 박노자 교수는 유년기에 복종의 율법을 강조하여 '착한 아이' 만들기부터, 우리 교육을 '노예 교육'으로 정의했다. 한국어와 한국에 대한 지식이 그보다 더 풍부한 사람을 본 적이 없는 것 같다. 한국 현실을 견줘 볼 수 있는 외국 예를 그만큼 적절하게, 자세히 알고 있는 경우도 나는 경험하지 못했다. 내게 그는 아예 괴물 같다. 여러 방면에 걸쳐 매우 다양한 방법으로, 마치 핀셋으로 집어내듯이 한국 사회의 모순을 얄미울 정도로 적확하게 집어내는데, 듣는 사람의 세계 인식에 따라서는 러시아 출신 귀화인인 그의 말이 마디마디 귀에 거슬릴 수도 있겠으나 급진 좌파적 주장들의 현실 정합성 결여 정도를 제쳐 두고 보면, 그의 말은 대개 옳다.

노예 교육 커리큘럼

노예 교육이라는 정의도 마찬가지다. 섬뜩할 만큼 최악의 정의이기는 하지만, 아무리 궁리해 보아도 틀린 것 같지는 않다. '밤새 안녕'이 아니라면 '오늘도 무사히'나 기원해야 하는 순응의 역사, 그 정신을 곧이곧대로 이어받은 우리 교육은 아이들을 주인이 아닌 노예로 만드는 교육이다. 그 시작이 '착한 아이' 만들기다. 에비! 못써! 안 돼! 매우 자연스러운 야성을 억제시키는 이 세 마디가 줄기차게 되풀이되면서 아이는 '착한 아이'가 되어 간다. 그런데 '착하다'가 무슨 뜻인가? 어른들이 시키는 대로, 어른들이 기대하는 대로 순종, 순응하는 아이다. '착하다'는 칭찬 반대편에는 부모의 성난 얼굴이 있고, 체벌이 뒤따른다. 아이들은 본능적으로 어떻게든 체벌을 피하고 '착하다'는 칭찬을 듣기 위해 죽을힘을 다할 수밖에 없다. 이런 노력은 제도적 교육 체계에 편입, 학생이 되면서 더 조직적이 된다.

과보호와 주입식을 주된 수단으로 하는 제도권 노예 교육이 학생들로 하여금 점수 벌레가 될 수밖에 없도록 몰아가는 궁극적 효과의 결과는 자존 기능 제거다. 한 끗발이라도 더 얻기 위해 학우 하나하나를 극복의 대상으로 삼지 않으면 안 되는 살벌한 상황에서 자존심이니 하는 건 작동될 수도 없다. 그들이 학교 울타리를 벗어나 생존을 다퉈야 하는 현실에서도 마찬가지다. 그 현실의 절대적 지향은 기회 선점과 이윤 극대화다. 그들이 서 있는 자리는 원뿔이어서 위로 올라갈수록 설 자리는 좁아진다. 누군가를 밀어내야 한다. 두루, 각박한 투쟁이 불가피하다. 역시 자존심이니 하는 게 끼어들 틈이 없다. 최선을 다해 자기를 죽인 상태에서 모든 수고를 바쳐 현실에 순응해야 한다. 모난 돌은 정 맞게 마련이고, 튀면 죽는다. 순응주의자가 될 수밖에 없다. 문제는 그다음이다. 자존심이 거세된 인간에게는 목전의 이익밖에는, 정의니 명예니 역사니 국가니 이타니 공동선이니 생명이니 하는 가치에 대한 인식이 아예 불가능하다. 공상과학 영화에 등장하는 기계 인간에게 인간미니 도덕성이니 하는 것을 기대할 수 없는 것과 같다.

구체성을 위해 세월호 사고 쪽으로 좁혀 보자면 노후 선박 도입을 허가한 관리들, 그 선박의 운항을 감독하는 관리들은 직무 유기나 근무 태만이 아니라면 아마도 몇 푼의 뇌물에 놀아났을 것이다. 뇌물이란 그 속성상 대가의 몇 분의 1이 될 수도 있고, 수천, 수만분의 1이 될 수도 있다. 뇌물을 받는 사람은 물론 그것을 안다. 그러나 국가에 끼치는 100억 원의 손실보다 자신이 받는 100만 원쯤의 뇌물이 더 중요하다. 최소한의 자존심이라도 있다면 그런 배임을 할 수 없다. 또한 그 선박 소유주는 이윤 극대화에만 혈안이 되어 있었고, 선원들에게는 선박이나 승객의 안전이니 하는 것은 안중에도 없었으며, 저 위에 있는 권력자들은 허구한 날 당리당략을 위한 싸움질에 몰두하느라 세상 진실을 알 수도 없었다. 이 모든 것이 결국 국민을 노예로 만들고야 마는 죽은 교육, 죽이는 교육의 엄연한 결과다.

그들은 과연 왜?

이제 그 참사의 최종적 결과인 희생자들에 대해 생각해 보자. 지금 공식적 통계로는 304명이지만, 실제는 그 이상일 가능성이 거의 확실하다. 이를테면 젖이 담겨 있는 아기 젖병이 발견되기도 했지만, 승객 중에는 어린아이들도 있을 텐데, 304명에 그 아이들은 합산되지 않았다. 그래서 나는 304명+@라고 기록했는데 그들은 스스로 살아날 길이 있는데도 어찌하여 죽어야 했던가. 최종적으로 그들을 죽인 것은 '가만있으라'라는 명령이었다. 분명히 잘못된 명령이었는데도 그들은 배운 그대로, 몸에 밴 그대로, 그야말로 맹목적으로 순응했다. 시키는 대로 하고, 주는 대로 먹고, 가라는 대로 가는 복종을 생태적 기조로 삼는 순응주의에 철두철미하게 길들여져 있다 보니, 아주 조금만 눈길을 돌려 보면 가만있어서는 절대 안 되는 상황이라는 것을 알 수 있는데도, 바로 그 '아주 조금'을 할 수 없도록 교육되어 있었기 때문이다. 우리가 포기하지 않고 있는 죽은 교육, 죽이는 교육의 결과는 이토록 무섭다.

사고 현장 가까이 있는 섬 주민으로 자기 어선을 몰고 조난자 구조에 나섰던 어느 60대가 탄식했다. 구명조끼까지 입고 있으면서 왜 바다에 뛰어들지 않았을까? 그랬으면 하나라도 더 구해 낼 수 있었을 텐데. 그렇게 해서 죽어 간 아이들을 생각하면 잠을 이루지 못해 저녁마다 술을 마시게 된다는 그의 탄식은 비단 그 사람 하나만의 것은 아니다. 모든 사람들이 같은 탄식을 되풀이한다. 그들은 정말 도대체 왜 그랬을까?

그러나 그들에게는 매우 당연한 것일 그만한 능동성도 가능하지 않았다. 부모의 과보호와 교사의 주입식 교육에 의해 시키는 대로 순응하는 것밖에는 그어진 금, 그 밖으로 나갈 수 있는 능력이 아예 거세되어 있었던 것이다. 그들의 생체에 확고히 심어진 노예적 질서였기에 그 금을 도저히 벗어날 수 없었던 것이다. 그래서 멀쩡한 생명들이 죽어야 했다. 우리 생체에 뼛속 깊이 스며들어 있는 순응주의의 무서운 업보다. 부디 오해하지 마시기 바란다. 나는 지금 희생자들을 탓하는 게 아니라 그들로 하여금 순응할 수밖에 없게 만든 교육 제도나 사회의 지배적 분위기를 이야기하는 것이다. 그 제도와 그 분위기가 그들을 그렇게 몰아간 것이기 때문이다.

만일 당신이 나의 이런 진단에 동의하지 않는다면, 그들이, 더구나 대부분이 구명조끼까지 입은 상태에서 도대체 왜 탈출을 결행하지 않고 가만있는 쪽이 되었던가, 현실 정합성 있는 설명을 만들어 보시기 바란다.

그런데 이 대목에서 정말 중요한 것은 이미 죽임 당한 그들이 아니다. 비단 젊은이들만이 아니라, 같은 교육을 받아 같은 피동성을 자기 생체에 지니게 된 이 시대 대부분의 사람들이 여러 면모에서, 그들과 꼭 같이, 시대를 지배하고 있는 거대한 세력이 여러 가지 방법으로, 불복할 경우에는 최악을 경험하도록 해 주겠다는 공갈과 협박까지 곁들여, 줄기차게 발사하는 '가만있으라'는 명령에 순응하여 사실상 죽어 가고 있다. 그 공갈과 협박이 하도 교묘하고 거대한 데다 아예 관행이 되어 있다 보니, 그 공갈과 협박을 공갈과 협박으로 인지하지도 못한 채, 단지 '오늘도 무사히'나 간곡하게 기원하며 온갖 불안 증세에 시달리는 공황 장애 상태에서 사실상 죽어 가고 있기에 우리 사회는 차츰차츰 더 나빠지고 있으며, 이 세상 어느 누구도 그런 쪽에는 아예 관심도 두고 있지 않기에 우리의 미래도 마찬가지다. 이것이 내가 순응주의를 이토록 조목조목 비판하고 있는 이유다.

문제의식 없이 해결책은 불가능하다

나는 젊은이들로 하여금 왕조를 뒤집어엎는 투사가 되도록 만들라는 이야기를 하고 있는 게 아니다. 나는 단지 무릇 젊은이의 멘토가 된 이들은 자신들의 멘티로 하여금 그들 스스로 '정답'에 이를 수 있게 하는 합당한 문제의식을 갖도록 해야 한다는 이야기를 하고 있는 것뿐이다. '원래' 아픈 게 아니라, 당연히 아프지 않아야 하는데도 생병을 앓고 있다는 것을 알아차리도록, 그래서 치유에 대해 궁리라도 해 보도록, 그래서 '정답'을 찾는 노력이나마 해 보도록 최소한 그렇게라도 해야 마땅하다는 이야기를 하려는 것뿐이다.

되풀이하는 이야기가 되겠거니와, 문제의식 없이 해결책은 생각조차 해 볼 수 없다. '가만있으라'가 명백하게 잘못된 교사라는 문제의식을 가질 만한 능동성이 불가능했기에 세월호의 그들은 원통한 죽임을 당해야 했다. 굳이 조금만 짚어 보기로 하자면, 세계적으로도 유명한 과보호와 주입식 교육으로 말미암아 우리 젊은이들에게 진취적 적극성이나 능동성이 아예 거세되어 있다는, 그래서 같은 세대 다른 나라 젊은이들에 견줘 경쟁력이 떨어진다는 이야기는 흔하지만, 그것을 주체적으로 인식하는 경우는 희소하다.

앞에서 인용한 심상정 멘토의 말씀에서도 읽어 볼 수 있지만, 끼니 걱정을 일상적으로 해야 하는 가난한 나라가 아니라, 적어도 경제력 면에서 우리와 비교되는 나라의 소년이나 청년들은 우리의 같은 또래들에 비해 확실하게 더 밝고, 더 적극적이고, 더 진취적이다. 심지어 우리보다 가난한 남미 여러 나라의 그들마저 낯선 여행자인 우리 부부에게 무시로 다가와 자신들의 호기심을 거침없이 드러냈다. 그런데 우리의 같은 또래들은 외국인이 다가오면 슬금슬금 피한다. 누가, 무엇이, 우리 자식들을 이렇게 만들었는가. 참으로 답답한 이런 현실에 대한 인식 없이는 해결책도 불가능하려니와, 발전도 기약하기 어렵다. 불안은 가중될 수밖에 없다. 절대적 이유는 자각도 하지 못한 상태에서 그 현상에 지나지 않는 심정적 불안이나 어루만져 주고 있다는 것은 난센스라 할 수밖에 없다. 나는 단지 주의를 환기하는 차원에서 그런 이야기를 한 번 더 해 두려는 것뿐이다. 현상 극복을 위해 무엇보다 중요한 것은 문제의식이다.

우리는 모두 유죄다
자료를 찾아보는 과정에서 『아프니까 청춘이다』 저자와 어느 여자 영화감독 사이에 있었던 불쾌한 논쟁이 눈에 띄었다. 내가 느낀 불쾌감의 근원은 논쟁을 촉발시킨 영화감독의 참 상스러운 욕설이었다. 그거야말로 우리 사회 고질적 병폐 가운데 하나인 막말 문화로서, 그것은 비판도 아니다. 일고의 가치도 없을 뿐만 아니라, 오히려 준열하게 꾸짖어야 마땅하다. 그런데 그에 대한 저자의 볼멘 불만 표명에 "제가 사회를 이렇게 만들었나요?"라는 대목이 있다.

어떤 문맥에서 이런 불만 표명이 되었는가 궁금했지만, 그 영화감독의 자취를 더듬는 자체가 불쾌감을 더치는 것이어서 일부러 찾아보려 들지 않았는데, 어떤 문맥에서 나온 것이든 이것이야말로 무책임한 발언이다. 성한 데가 없는 우리 사회의 현실 악에 대해서는 너와 나의 이분법이 허용되지 않는다는 어느 철학자의 설파는 이미 오래전이고, 그것은 사실이다. 걸핏하면 '이민 가고 싶다'고 패대기치듯이 말하지만, 다른 나라로 이민 가고 싶을 만큼 대한민국을 망가뜨린 것은 특정인이 아니라 우리 모두다. 나라가 이런 꼴이 된 것, 다투듯이 네 탓, 남 탓들을 해 대지만, 사실은 하나같이 내 탓이어야 한다. 성한 구석이 없는 현실에서 어떻게 '나'는 하나같이 그토록 떳떳하기만 한가. 네 탓, 남 탓이나 일삼고 있기에 더욱더 우리는 모두 틀렸다. 더구나 의식했든 의식하지 못했든, 의도한 것이든 의도하지 않은 것이든, '아프니까 청춘이다'류의 잘못된 단정을 수백만 청춘들에게 심어 준 그는 생병을 앓고 있는 청춘의 향도 노릇을 생업으로 삼고 있다. 면책免責을 궁리해 본다는 자체가 모순이다.

『아프니까 청춘이다』의 경구 투 문체를 빌려, 나는 이렇게 말하겠다. 청춘들이여! 성한 구석이 없는 21세기 대한민국에서 그대들 자신을 포함하여, 그대들이 저항하지 않아도 괜찮은 것은 단 하나도 없다. 그대들이 이 나라의 중심 세력이 되었을 때 '도대체 이게 나라냐!'라는 탄식을 되풀이하고 싶지 않다면 부디 치열한 적개심으로 무장한 다음, 꿋꿋하게 저항하시라! 그것이 단원고 2학년, 이렇게 적는 것만으로도 가슴 아픈 그 사람들을 진정 잊지 않는 길이 될 것이므로. 잊지 말자, 잊지 않겠다, 무늬만의 그런 다짐, 아무리 되풀이하고 있어 봐야 무엇하는가? 대개의 사람들에게는 "숨쉬기도 미안한 4월"(함민복)이지만, 그 4월을 어떻게든 빨리 지우고 싶어 하는 소수가 있고, 바로 그 소수의 능란하고 집요한 교사와 조작과 폭압에 의해 이미 잊어가고 있지 않은가. 능멸까지 감행하고 있지 않은가. 그러면서도 잊지 않겠다는 다짐을 되풀이하고 있지 않은가. 그러나 부디 잊지 말자. 그들을 위해서가 아니다. 당신 자신을 위해서이고, 당신 뒤에 올 사람들을 위해서다. 잊어서는 안 된다.

어떤 의견 하나

'요즘 젊은이와 나보다 훨씬 더 가까이 있는 선배 입장에서 의견을 주면 고맙겠다'는 메모를 붙여, 내가 텍스트로 쓴 『아프니까 청춘이다』의 주인인 첫째에게 이 글의 초고를 이메일로 보냈더니 다음과 같은 답이 왔다. 첫째는 교사 생활을 한 적이 있고, 매우 특별한 대안 학교 교감을 거쳐 지금은 두 아이의 엄마로 어느 NGO에서 일하며 저술 작업도 함께하고 있다. 의견 하나하나가 나의 성찰을 요구하는 첫째의 통찰이 내 논리의 가능 오류를 보완하는 역할을 하면서 독자들에게도 참고가 될 듯하기에, 나의 의견을 덧붙이지 않고 그대로 인용한다.

보내 주신 소중한 글 읽고, 의견 드립니다. 그 책에 대해 조목조목 문제점을 잘 지적하신 것 같습니다. 저도 대부분 공감했고요. 그런데 한편으로는 너무 비판만 하신 건 아닌지요? 이 책이 청춘은 원래 그런 거다. 힘들지만 참고 힘내라…… 그런 위로에만 그친 건 사실이지만, 상담할 때 보면 뾰족한 대안을 제시하기보다는 그 사람의 힘든 점을 들어주는 것만 해도 치유가 된다고 하더라고요. 그런 차원에서 이 책을 보면 물론 바람직한 이정표를 제시는 못했지만 그런 목적에는 충실한 책이었고, 힘들어 하는 청년들 마음에 와 닿았던 것 같습니다. 그리고 아빠가 생각하는 메시지를 담은 다른 책들도 있을 거고요. 각각 목적하는 바가 다른 책이라는 점에서 각자의 자리를 인정해 주어야 하지 않을까요? 다만, 이 책이 청춘에 대해 말할 수 있는 여러 책 중 하나가 되어야 하는데 독보적인 책이 되었다는 점은 문제라고 생각해요. 이 책에서 말하는 수준에서 그치면 안 되는데, 베스트셀러가 되면서 사람들의 생각에 너무 절대적인 영향을 미치게 된 것은 바람직하지 않았던 것 같습니다.

요약

순응주의 비판 등 이 책을 통해 내가 세상을 향해 하고 싶은 이야기들을 일단 망라하려다 보니 간단하지 않게 된 이 대목을 끝내기 전에 저자의 논지와 비판자인 나의 이견異見을 요약해 보았다. 첫째의 지적뿐만 아니라, 자신의 비판 대상에 대해 매우 신랄한 편인 강준만 교수가 극찬에 가까운 긍정을 표명해 둔 것으로 본다 할지라도, 나의 관점은 형편없이 틀린 것일 가능성이 크다. 그러나 광장이다. 광장에는 무엇이든 모일 수 있다. 질정 바란다. 각오하고 있다.

저자의 논지	비판자의 이견
청춘은 원래 아픈 것이다.	아니다. 청춘은 '원래' 아픈 게 아니라 빛나는 것으로서 인생의 황금시대여야 한다. 그런데 선배 세대들의 무지막지한 이기심으로 망가져 성한 데가 없게 된 세상이 청춘들로 하여금 생병을 앓게 하고 있다.
청춘은 불안한 것이다.	아니다. 불안을 청춘의 전유물처럼 과장하여 청춘을 오도하지 마라. 나이 들어 갈수록 불안은 오히려 더 심화된다. 인간의 생애는 허다한 불안과의 끊임없는 싸움이다. 패배하지 않으려면, 패배하지 않을 수 있을 만큼 튼튼해야 한다.
순응하라. 그러면 성공한다.	아니다. 순응은 노예의 길이고, 그렇게 해서 얻은 성공은 청춘들이 대개 빈축하고 있는 선배 세대들의 답습에 지나지 않는다. 또한 그것은 개인의 행복도, 사회의 발전도 기약할 수 없다. 순응보다는 도전해야 한다. 그것이 청춘의 길이며, 인생은 물론 도전할 가치가 충분하다.

청춘은 변덕스러운 여자 친구와 같다.

우리는 그녀를 이해할 수도 없고,

그녀의 가치를 알아차릴 수도 없다.

그녀가 다른 사람과 함께 사라져,

다시 돌아오지 않을 때까지는.

Youth is like a fickle girlfriend. We can't understand or value
her until she goes off with someone else, never to return.

—카를로스 루이스 사폰

(Carlos Ruiz Zafón, 스페인 소설가, 1964~)

그렇다면 어찌하여 빛나는 청춘인가?

지난 수십 년 동안 찬폄讚貶, 양편 모두에서 무성한 화제의 대상이 되어 온 김용옥 선생이 제대로 된 무대에 올라가 록을 노래한 것은 적어도 현재까지는 2004년 9월 5일, 장충체육관에서 꼭 한 번뿐인 듯한데, 그때 25분 동안이나 이어졌다는 그의 노래 중 일부에 이런 게 있다. 이제부터 해 보려는 이 대목의 서장 삼아 우선 불러 보기로 한다. 약간의 랩 흉내를 내 가며, 그럴 신명이 인다면 손짓과 어깻짓까지 곁들여, 그냥 읽으면 노래가 된다.

When I was studying in the United States of America, the first lecture I attended was about youth. My teacher said, "The deepest definition of youth, is, Life as yet untouched by tragedy." 젊음의 가

장 심오한 정의는 비극에 **아직** 물들지 않은 생명이라는 것이다. 젊음은 겁이 없다. 젊음은 변화를 두려워하지 않는다. 젊음은 모든 것이 결정되어 있질 않다.

젊음은 빠르게 웃고 빠르게 운다. Quick pleasure and quick pain, quick laughter and quick tears are conjointly characters of youth. 젊음은 행복한 것이라기보다는 생동하는 것이다! It is vivid rather than happy. 젊음은 결코 아름답지 않다. 젊음의 추억만이 아름다운 것이다. 젊음은 절망이다! 젊음은 내일도 없는가 하면, 슬픈 추억도 없다. In youth desire is overwhelming. There is then no tomorrow, no memory of disasters survived.

젊음은 무한히 새로운 미래를 개척한다. 젊음은 아무것도 없는 무無, 무無, 무無 속으로 자기를 던지는 것을 두려워하지 않는다. 젊음은 아름다움에 반할 줄 안다. 젊음은 열정 속에 자신을 망각한다. 젊음은 사랑에 빠질 줄 안다. Youth can fall in love.

인용문 가운데 있는 "The deepest definition of youth, is, Life as yet untouched by tragedy"는 앨프리드 노스 화이트헤드(Alfred North Whitehead, 1861~1947)의 것이고, 그다음에 이어지는 번역에 강조해 놓은 '아직'은 내가 보탠 것이다. 김용옥 선생이 왜 '아직'을 빼놓았는지 모르겠는데, 이 문장의 이해에서 '나중에는 어떻게 되든 지금으로서는 아직'이라는 뜻을 간직하고 있는 'as yet'은 중요하다. 김용옥 선생은 'untouched by tragedy'를 '비극에 물들지 않은'이라고 해석했는데, 나라면 '비극에 의해 망가지지 않은'을 고르겠다. 그러니까 as yet을 포함하여 내 식으로 의역해 보자면, '나중에는 모르겠지만 적어도 아직까지는 갖가지 인생 비극에 의해 망가지지 않은 싱싱한 생명'이 되겠다. 이 문장에는 젊음의 속성에 대한 많은 의미와 빛깔과 울림이 함축되어 있다.

여기에 인용하지 않은 부분까지 모두 읽어 봐도, 이 노래에는 청춘을 환자로 몰아가는 대목이 없다. "젊음은 겁이 없다. 젊음은 변화를 두려워하지 않는다. 젊음은 모든 것이 결정되어 있질 않다." 그래서 젊음은 환자가 아닌 전사로서 투지만만하게 약동한다. 젊음이 아주 찬연해 보인다. 또 하나의 청춘 예찬이다. 그런데 사실 청춘은 그토록 찬연한 것, 신바람 나는 것, 그런 것만은 아니다. 청춘에 대한 나의 소견을 적어 보겠다.

청춘의 고단함, 위험함 그리고 혼란스러움

인간의 생애에서 중요하지 않은 시절은 없다. 모든 시절은 꼭같이 중요하다. 중요하게 생각되지 않은 채 그냥 스쳐 보내기 때문에 더 중요하다. 어린 시절에서 어른으로 넘어가는 고개가 될 청춘도 그렇다. 어른이란 누구에게도 의지할 수 없는 처지에서 독립적 삶을 살아 내지 않으면 안 되는 시절을 뜻한다. 그러므로 청춘은 그다음 생애의 질과 향과 양量과 높이와 깊이와 두께를 결정하는 중요한 때다. 그래서 청춘은 한 인간의 생애 중 가장 고단한 시절일 수도 있다.

그런데 청춘은 자기 인생의 그 어느 시절보다 더 헛되이 스쳐 보내게 되기 일쑤다. 청춘다운 시건방짐 때문이다. 청춘의 특징은 시건방짐이라 할 수도 있고, 청춘은 인간의 시건방짐이 가장 만개하는 때라 할 수도 있다. '시건방지다'를 사전에서 찾아보니 '시큰둥하게 건방지다'라고 되어 있다. 이 세상에서 아는 것보다 더 아는 체하는 시건방짐 증세가 없는 인간은 없다. 그런데 왜 시건방지게 되는가? 인간이라는 물건은 우스운 허영심 때문에, 사실은 잘 알지도 못하면서 세상 이치를 통달해 버린 듯한 치기 어린 만용을 적절히 제어하지 못하는 속성을 지니고 있기 때문이다. 인류 역사상 가장 현명하다는 사람 가운데 하나인 소크라테스(B.C. 469~399)는 인생 말년에, "내가 얼마나 모르는가 하는 것을 비로소 알아차렸다(無知의 知)"라며 탄식했다. 사람들은 이 탄식을 두고두고 되풀이하며 괜한 아는 체를 경계한다. 그런데도 사람들의 아는 체는 쉽게 포기되지 않는다. 청춘은 더욱더 그렇다. 청춘다운 방장한 혈기 때문이다. 그래서 청춘은 가장 위험한 시절일 수도 있다.

부모 되는 사람들이 어린이를 키우기 쉽지 않은 이유 가운데 하나가 어린이들의 질문이다. 낱말 잇기처럼 이어지는 그 질문을 소중하게 생각하여 공들여 대답하려 하다 보니 더 힘들다. 그런데 사실 이 세상 모든 어린이는 질문이 많다. 당연하다. 눈에 보이는 모든 것이 새로운 것들뿐이기 때문이다. 밥은 몸을 키우고 질문은 마음을 키운다. 그런데 야릇하다. 허다한 질문을 통해 알아 가면 알아 갈수록 모르는 것이 더 많아진다. 그래서 더 많은 질문을 하게 되지만 더 많이 알아 갈수록 모르는 것도 더 많아지다가 마침내는 뭐가 뭔지 알 수 없는 혼란에 빠지게 된다. 질문을 포기하지 않는 한, 필연인 이 혼란은 청년기에 극단적인 상태가 될 수 있다. 왜냐하면 '인생 비극에 의해 아직 망가지지 않은' 청춘에는 포기나 타협의 기교가 없기 때문이다. 그래서 청춘은 가장 혼란스러운 시절일 수도 있다.

황금시대의 무한 가능성

청춘은 이토록 고단하고 위험하고 혼란스러운 시절인데, 정말 어찌하여 '빛나는 청춘'인가? 무시무시한 이 질문에 대해 내가 준비한 대답은 간단하다. 무한 가능성 때문이다. 청춘 시절에는 무한 가능성이 가장 빛나는 형태로 마냥 넓게 펼쳐져 있다. 무엇이든 선택할 수 있고, 무엇이든 지향할 수 있다. 청춘의 무한 가능성은 그 자체가 태양 같은 광원이 되어 청춘을 황금빛으로 찬연하게 빛나도록 한다. 바라보는 사람은 눈부심을 느낀다. 그렇기에 민태원 멘토의 청춘 예찬은 가능했다. 그 한 대목, 아주 조금만, 한 번 더 읽어 보자.

보라, 청춘을! 그들의 몸이 얼마나 튼튼하며, 그들의 피부가 얼마나 생생하며, 그들의 눈에 무엇이 타오르고 있는가? 우리 눈이 그것을 보는 때에, 우리의 귀는 생의 찬미를 듣는다. 그것은 웅대한 관현악이며, 미묘한 교향악이다. 뼈끝에 스며들어 가는 열락의 소리다. 이것은 피어나기 전인 유소년에게서 구하지 못할 바이며, 시들어 가는 노년에게서 구하지 못할 바이며, 오직 우리 청춘에서만 구할 수 있는 것이다. 청춘은 인생의 황금시대다.

이 표현은 과장이 아니다. 어느덧 인생 저물녘에 접어들어 있는 나는 요즘 청춘들을 볼 때마다 하나같이 황금빛으로 빛나는 그 모습 앞에서 주눅이 든다. 때로는 홀린 듯한 마음이 되어 그들을 물끄러미 바라보아 오해를 사기도 한다. 그런데 참 야릇하다. 현실의 청춘, 그 자신들은 시난고난 앓고 있다. 앓지 않아야 마땅할 생병을 허구한 날 앓고 있느라 자신들이 얼마나 빛나는 존재인지 알아차릴 겨를이 없다. 왜 그래야 하고, 왜 그럴 수밖에 없는 것일까? 이유가 없을 수 없다. 나의 관점대로라면 내부적 이유와 외부적 이유가 있고, 앞에서 이미 적어 둔 바 있다. 되풀이하지 않겠다. 이제부터 몇 대목으로 나눠 살펴보려 하는 청춘들이 앓고 있는 그 현장에서 이들 이유는 조금 더 분석적으로 설명될 것이기 때문이다.

버스를 놓쳤다고? 그럼 걷기 시작하는 거야.

If you miss your bus, just start walking.

—샨 맥긴리(Shan McGinley, 캐나다 작가)

침묵 강의실

"한국의 대학은 휴가촌이다"라고 한 박노자 교수의 지적부터, 우리 대학의 그다지 바람직하지 못한 모습에 대해서는 그동안 수없이 이야기되어 왔으므로 굳이 새로 이야기할 필요는 없을 듯하다. 그런데도 불구하고 일부러 이런 글을 쓰기로 작심하고 나선 처지이기도 하니까, 복습 삼아 교수의 고민, 그렇게 이름 붙여 볼 만한 새로운 인용 두엇으로부터 이 대목 이야기를 시작해 보겠다.

2000년 4월 21일 자정 넘어 KBS-TV '원로와의 대화' 시간에 연세대학교 설립자의 손자인 원일한 박사가 초대되었는데, '전라남도 순천이 고향'인 그는 "한국 대학생을 어떻게 생각하세요?"라는 질문을 받고, 전라도 억양이 그대로 살아 있는 한국어로 대충 이렇게 요약될 수 있는 대답을 했다.

한국 대학생은 학문을 하러 대학에 가는 게 아니라 학위를 받기 위해 대학에 가요. 전공이 뭐든 별 상관 없어요. 그리고 한국 대학생은 예습을 하지 않고, 단지 시험을 보기 위해 복습은 해요. 그러니까 예습 없이 교수가 해 주는 이야기를 일방적으로 듣고 외워 시험을 보는 거예요. 자기 연구는 없는 거죠. 세계에서 이런 대학생은 없어요. 세계의 대학생들과 경쟁해서 이길 수 없어요.

그리고 비슷한 시기에 만난 어느 사립 대학 원로 교수도 위의 인용과 비슷한 이야기를 들려주었다. 특히 문과 쪽은 소신 지원하는 비율이 명문 대학 쪽으로 간다 해도 10퍼센트를 넘기 어렵다. 대부분은 적성이나 진로에 대한 신념이 채 영글지 않은 고등학교 2학년 초에 나뉜 문·이과 구분에 순종하고, 3학년 말 자신의 수능 모의고사 성적과 타협하여 대충 학교와 학과를 정한다. 문과의 경우 대학 졸업 뒤 자신의 전공 쪽에서 진로가 불투명하다 보니 전공이든 교양이든 수업에 흥미를 붙이기 어렵다. 그런 데다 학습 의무도 별로 주어지지 않으니까 대충 '흔들흔들' 대학 시절을 보내게 된다. 대부분의 학생들에게 대학이란 학문을 위한 것이 아니라, 대학을 나오지 않으면 사람대접을 받을 수 없는 사회 현실에 쫓겨 간판이나마 따 두자는 목적이니까 그들에게 '흔들흔들'은 그다지 심각하게 의식되지 않는다. 그런 학생들에게 공부하라고 다그치면 그다음 학기에는 수강 신청이

줄어들어 폐강해야 하는 경우도 생겨 교수도 대충 '흔들흔들'이
될 수밖에 없다……

대학가 어느 주점에서 양곱창 불판구이 안주에 소주를 홀짝
거리며 나눈 이야기였고, 주변에는 그의 이야기에서 객체 노릇
을 하고 있는 학생들의 술 취해 벌건 얼굴들이 빼곡했기에 더
실감 나는 느낌이었다. 말하자면 학문에 도무지 뜻도 없는 학
생들에게 강의랍시고 해야 하는 자신의 직업이 신명 나는 게 될
수 없다는 푸념을 되풀이하고 있는 이야기의 요지는 이런 거였
다. 요즘 대학생들이 보여 주는 한유閒遊나 배회는 구조적 모순
으로서 학생 자신은 물론 교수로서도 어쩔 수가 없다. 그때 나
는 약간이나마 역겨움, 그런 것을 느꼈던 것 같다. 다른 작가 하
나와 함께한 그 자리는 그 교수의 초대였는데도, 나는 자리가
끝나기 전에 화장실에 가는 것처럼 슬그머니 일어나 계산을 해
버린 다음, 작별 인사도 없이 그 자리를 빠져나왔다.

우리는 왜 대학에 가는가?

1960년대 초만 해도 10퍼센트 안팎이던 대학 진학률이 현재
는 70퍼센트 이상, 세계에서 두 번째이고, 졸업 비율로 따지자
면 세계에서 단연 최고라는 우리 대학이 대학 고유의 기능을 잃
은 지는 이미 오래다. 대학 교육 자체의 유명무실만은 아니다.
그렇게 해서 길러 낸 인재들의 70퍼센트 이상은 대학에서 받은
교육과 관계가 없거나, 아예 그런 정도의 교육이 필요 없는 분

야에서 자신의 생애를 살아가게 된다. 대학 생활은 대충 낭비가 되는 셈이다. 그런데도 모든 젊은이와 부모들은 바로 그 대충 낭비가 되기 십상인 대학에 들어가기 위해 인생을 건다. 등록금이 완전 무상인 나라보다 많게는 곱절 넘게, 어떻게든 대학에 가려고 죽을힘을 다한다. 그런데 대학의 질은 그 모든 나라들에 비해 뒤떨어져서, 대학 졸업생은 싸잡아 '불량 제품'(이건희)이라는 불평이나 듣게 된다. 정말 우리는 왜 대학에 가는가? 다른 나라 이야기를 조금 들어 봄으로써 이 질문에 대한 답을 찾아보겠다.

세인트존스는 정말로 수업 시간에 말을 안 하면 학생을 쫓아내는 학교인가? 많은 분들이 상당히 궁금하실 것 같다. 그런 방식으로 어떻게 학교가 생존할 수 있는지에 대한 의문도 들 것이다. 우선 답을 얘기하자면, "그렇다, 쫓겨난다"이다. 정말로 세인트존스에선 학생이 수업 시간에 말을 안 하면 쫓겨날 위기에 처한다. 부끄럽지만 나 역시 조용한 한국 학생의 전형이었기 때문에 쫓겨날 위기에 처해 딘(Dean, 학장)과 개인 상담을 밥 먹듯이 했고 결국에 우리는 '베프(베스트 프렌드)'를 먹었다.

'말 안 하면 쫓겨나는 대학, 진짜 있습니다.'(조한별, 오마이뉴스, 2014년 2월 6일) 4년 동안 고전 100권을 읽고 토론한다는 세인트존스 대학교 이야기이다. 필자는 4학년인데, 함께 1학년을 시작한 120명 가운데 이 글이 기록된 시점에서는 73명만 남았다. 비단 이 대학만이 아니다. 교육 선진국의 경우, 물론 초등 교육 단계부터 토론 수업은 습관이나 규칙과 같다. 전 세계 인구 대비 유대인은 0.2퍼센트밖에 되지 않는데, 하버드 학생은 30퍼센트, 노벨상 수상자는 23퍼센트를 차지하는 유대인 교육에서는 아예 제도적으로 논쟁적 토론이 요구된다. 왜냐하면 줄기찬 질문으로 구성되는 토론 없이는 사실상 교육이 불가능하다는 것을 알고 있기 때문이다. 우리라고 모를 리 없다. 그래서 여러 가지 방법이 강구되기도 했지만 변화는 없다. 튀면 죽는다는 사회 분위기에 휩쓸려, 침묵이 오히려 차츰 더 견고해지고 있는 형국이다. 그 현장 하나를 EBS 다큐 프라임 '우리는 왜 대학에 가는가?'는 매우 적나라하게 보여 준다.

오바마와 고르바초프의 판박이 웃음

2014년 1월 20일부터 6부로 나누어 방영된 '우리는 왜 대학에 가는가?'를 다시 보기로 두 차례 되풀이하여 본 다음, 내게 남은 인상은 낱말 둘로 요약될 수 있을 듯하다. '침묵 강의실'과 '자소서'.

양쪽 모두에 대한 느낌의 요약은 처절함이다. 다른 표현은 생각나지 않았다. 침묵 강의실에 대한 이야기부터 해 보면, 질문을 유도하기 위해 교수가 유치원 아이들에게 쓰는 별점 어드밴티지를 주기까지 하는데도 침묵은 완강하다. 모두가 받아 적을 준비나 하고 있다. 앞에서 인용한 원일한 박사의 말씀 그대로, 예습 없이 강의실에 들어온 티가 역력하다. 배우려 하는 학생으로서의 열기 같은 것, 자취도 없다. 하나같이 그 시간을 지겨워하는 모습이다. 그리고 6부가 거의 끝나 갈 무렵, 실로 충격적 장면이 펼쳐진다.

2010년 G20 폐막식에서 오바마 대통령은 "한국 기자에게 질문할 기회를 드리고 싶습니다. 정말 훌륭한 개최국 역할을 해 주셨으니까요"라고 말했다. 그런데 괴괴한 정적. "누구 없나요?" 하고 재차 물었을 때도 마찬가지였다. 어색한 정적. 오바마의 얼굴에 떠오른, 도무지 이해할 수 없다는 미소로 말미암아 그 정적은 더 괴괴한 느낌이었다. 오바마는 마침내 통역 이야기까지 꺼낸다. 통역이 있으니까 한국어로 질문해도 된다. 마침내 한 사람이 손을 든다. 오바마가 반색한다. 손을 든 그가 진행 요원으로부터 마이크를 받아 말한다. "나는 중국 기자인데, 한국 기자 대신 자신이 질문하면 되지 않겠는가?" 반색 대신 어색한 표정이 된 오바마는 역시 한국 기자를 고집한다. 중국 기자는 한국 기자들 쪽에 '양해'를 구한다. 한국 기자들 쪽은 역시 침묵. 오바마 얼굴에는 몹시 당혹스러워하는 웃음이 머물러 있다. 화면으로 보고 있는데도 소름이 돋는다. 그와 비슷한 장면 하나가 회상된다.

아마 1995년이었을 것 같다. 삼성그룹을 분석 대상 삼아 『기업론』을 써낸 뒤여서 삼성 사람들을 더러 만나게 되었는데, 그

날 만난 삼성 비서실 사람들이 구소련 대통령이었던 고르바초프 강연회에 가지 않겠느냐고 제안하여 가게 된 자리였다. 장소는 호암 아트홀이었고, 얼굴을 알 만한 정치인 등 저명인사도 더러 눈에 띄었지만 빈자리가 적지 않을 만큼 비교적 한산했다. 일부러 둘러보았는데, 카메라를 든 사람은 하나도 눈에 띄지 않았다. 과거에 세계를 쥐락펴락하던 사람이었기에 그 한산함이 지내 보이지 않았다. 이윽고 홍석현 회장의 안내를 받아 고르바초프가 등장했고, 리듬이 느껴질 만큼 아름답게 들리는 러시아어와, 2층 영사실에 자리 잡고 있는 여자 통역의 들이받듯 이어지는 준수한 한국어가 뒤섞이는 매우 박진감 있는 시간 뒤에 고르바초프가 "이제 여러분의 질문을 받겠습니다"라고 했다.

그다음에 바투 이어진 것은 예의 당혹스러운 정적이었다. 오바마와 꼭 같은 표정으로 고르바초프가 다시 물었을 때도 마찬가지였다. 나 역시, 당신이 세계 최고의 권력자 자리에서 물러난 뒤 당신의 그 자리를 돌아볼 때 어떤 느낌인가, 그런 걸 꼭 물어보고 싶었으나 마치 어색한 정적, 그 분위기에 짓눌리기라도 한 것처럼 잠자코 앉아 있기만 했다. 나야말로 아예 어린 시절부터 묵언의 미덕에 세뇌되다시피 한 존재였다. 막幕 뒤에 물러나 있던 홍석현 회장이 몹시 미안해하는 웃음을 머금은 얼굴로 나타나 고르바초프에게 그만 끝내자는 이야기를 했고, 고르바초프는 청중을 향해 벙긋 웃는 얼굴로 '하라쇼(good)' 하며 손을 내저어 보인 다음 퇴장했고, 불편하기 짝이 없는 그 당혹스러운 정적에서 비로소 풀려난 청중들은 주섬주섬 자리에서 일어나 퇴장하기 시작했다. 다른 사람들도 마찬가지였을 듯한데, 뒷맛이 도무지 개운하지 않았다. 그러나 사실 오바마나 고르바초프가 있는 곳에서 만들어진 이런 장면은 질문이 거세된 침묵 강의실이 빚어낸 순리의 악과惡果 가운데 겨우 하나에 지나지 않는다.

기성 질서에 순치되지 않은 야성이 팔팔하게 살아 있는 유치원이나 초등학교 저학년쯤에서는 선생님이 물으면 저요, 저요, 하고 외치며 서로 다투듯이 손을 든다. 인간 고유 호기심의 자연스러운 발현이다. 그런데 대충 중학교 시절쯤부터는 아무도 손을 들지 않고, 지명 당했을 때는 몹시 어색해하고 당혹스러워한다. 그래서 차츰차츰 더 견고해지는 침묵은 대학 시절쯤 완성되고, 야성의 상실이나 아예 소멸을 뜻하는 그 버릇은 평생 간다.

Top-down Society

텔레비전에서 더러 비치는 각료 회의나 청와대 비서관 회의, 전국 검사장 회의는 하나같이 말하는 사람이 맨 위 하나다. 나머지는 수직 자세로 앉아 받아 적을 준비 완료 상태다. 우리 사회 대부분을 차지하는 기업 조직도 마찬가지다. 회의는 잦지만, 회의에서 발언하는 것은 역시 참석자 가운데 맨 위 하나다. 그래서 전체적으로 질문 없는 사회는 완성된다. 질문이 없고, 따라서 토론이 있을 수 없다는 것은 우리 사회의 병적 경직성을 웅변으로 증명한다. 경직 상태에서 진정한 창의는 불가능하고, 진정한 창의가 불가능한 상태에서는 실질적 발전이 어렵다. 기회 선점과 이윤 극대화를 위한 불같은 의지 덕분에 이룬 경제 성장을 제외한 모든 사회적 지표가 잘 나타내 주고 있는 것처럼, 사실 우리 사회는 발전은커녕 뒷걸음질 상태다. 대중들에게 침묵을 강요하는 파시즘이나 전체주의 사회의 기본 구조가 되는 'Top‒down Society'는 바로 대학의 침묵 강의실로부터 시작된다.

EBS의 프로그램에도 나오지만, 교육 효과 면에서 볼 때 교수가 하는 이야기를 받아 적을 경우, 그 효과가 5퍼센트인 데 견줘 토론식 수업은 90퍼센트다. 더 무서운 것은 다양성의 거세다. 적어도 대학 교육에서는 주어지는 문제에 대한 정답이 하나가 아니다. 인문·사회 과학 분야뿐만 아니라, 자연 과학 분야도 마찬가지다. 자연 과학 분야에서도 정말 중요한 문제에 대한 정답은 하나가 아니다. 정답이 하나일 경우, 더 연구할 필요도 없고, 따라서 발전도 불가능하다. 그러나 과학은 줄기차게 발전하고 있다.

요컨대 토론이 없는 침묵 강의는 죽은 교육이고, 그 궁극적 여파는 망국인데, 이런 교육은 얻어야 할 만큼 얻지도 못하게 할 뿐만 아니라, 그렇게 해서 얻은 것조차 실제 상황에서 써먹을 만한 게 되지 못한다. 지난 수십 년 동안 우리 대학생들에게 극단의 선망과 질시의 대상이 되어 온 이건희 삼성 회장의 뭉툭

한 탄식이 있다. "대학은 무책임하다. 불량 제품을 내보낼 뿐만 아니라 애프터서비스마저 없다."

비단 삼성만이 아니다. 기업에서 채용하는 것은 입사 지원자들의 학문적 성취가 아니라 그들의 잠재적 가능성, 곧 머리다. 머리가 될 만한 사람들을 골라 기업 목적에 맞게 재교육한다. 왜냐하면 학교에서 '출고'된 그대로는 써먹을 수 없기 때문이다. 그런데도 우리 대학의 침묵 강의실에서는 실로 줄기차게 정답 하나만 받아 적어 달달 왼다. 윤구병 선생의 정의를 존중하기로 한다면, 그 '정답'은 "바른 답이 아니라 정해진 답"(한겨레신문, 2014년 9월 4일)이다. 학생들의 목적은 학점, 곧 스펙이다. "대학생들이 스펙을 마련하느라고 자기 나름의 사유를 할 수 없게 되었잖아요."(조혜정, 『쉘위토크』, 시대의창, 2010) 죽은 교육의 위세는 이토록 기세등등하고 집요하다. 한 나라의 미래가 달려 있는 대학이 왜 이런 꼴이 되었을까? 그 원인을 찾아보기 전에 이 대목, 침묵 교육의 해악부터 요약해 두겠다.

침묵 교육의 3대 해악

줄기차게 이어지고 있는 침묵 교육은 첫째, 타인에게 나를 전달하는 방법을 모르게 하여 토론은 고사하고 대화마저 불가능한 상태로 몰아간다. 둘째, 당연히 다양할 수밖에 없는 정답의 존재를 부정하는 독단적·배타적 인간이 되고, 바로 이것이 5000만 국민을 5000만 조각으로 갈라놓는 극단적 분열 현상의 뿌리가 된다. 셋째, 주관적·능동적·진취적 사고를 아예 불가능하게 만든다. 세월호 참사가 더 참혹해진 것은 '가만있으라'에 대한 순응이었다. 교사와 학생이 모두 같았다. 그렇게 길들여졌기에, 가만있어서는 절대 안 된다는 능동적 비판 의식이 도무지 작동될 수 없었다. 그들은 결국 주관적·능동적 사고가 원천적으로 봉쇄되어 있는 침묵 교육의 가련한 희생자였다. 그렇다면 당신들은 어떤가? 프롤로그에서 "세월호, 그들을 죽게 한 바로 그 현실이 사실은 당신들도 죽이고 있다 하면, 당신들은 수긍하겠는가?"라고 적어 둔 바 있는데, 이쯤에서 불온하고 불길할 뿐만 아니라 도발적이기까지 한 그 단정에 대해 약간의 부연을 해 두는 게 좋을 듯싶다.

당신들은 세월호 희생자들과 꼭 같은 운명이다

앞 문단에 적어 놓은 침묵 교육의 해악들을 한 번 더 되짚어 보면, 그 해악 하나하나는 남의 일이 아니다. 이 글을 읽고 있는 바로 당신 자신에게 그대로 미친다. 그리고 해악 셋째의 상황으로 가 보자. 당신들이 그 시간, 세월호에 타고 있었다면 당신은 어떤 행동을 했겠는가? 바다로 뛰어들었겠는가? 선내 방송이 시키는 대로 배 안에 머물러 있었겠는가? 절대적인 이 질문은 더 나아가야 한다.

세월호 사고 뒤에 나온 극단적 탄식 가운데는 '대한민국 침몰!'이라는 게 있었고, 그것은 사실이다. 우리는 지금 침몰하고 있다. 당신들은 바로 그 침몰하고 있는 대한민국호의 승객이다. 그런데 당신들은 지금 어느 쪽을 선택하여 어떻게 행동하고 있는가? 사는 길을 택하고 있는가, 잠자코 죽는 길을 택하고 있는가? 절대적인 이 질문에 대한 대답이 불가능한가? 아니면 단지 불편한 것인가? 그야말로 생존이 걸린 문제이기에 줄기차게 이어질 수밖에 없는 이 질문에 대한 대답을 일단 보류한 채, 다음 대목으로 넘어가겠다.

갈 만한 가치가 있는 장소라면, 지름길은 없다.

There are no shortcuts to any place worth going.

——비벌리 실스(Beverly Sills, 미국 음악가, 1929~2007)

후배에게 주는 어느 선배의 편지

인터넷을 검색하다 보니 이런 글이 눈에 띄었다. 문맥에서 느껴지는 진정성이 내 가슴을 때린다. 모래밭에서 진주를 만난 듯하다. 보석과 같은 이런 고민이 존재하는 한, 우리 대학은 아직 희망이 있다고 나는 믿는다. 익명 상태로 인터넷에 올린 것을 보면 불특정 다수의 네티즌들과 공유하기를 바라는 것이리라 짐작되어, 원문 그대로 인용하기로 한다. 이 글의 필자에게 무거운 마음으로 경의를 표한다. 혹시 나의 이 글이 눈에 띄거든 연락 주시기 바란다.

이 글은 사회 과학을 전공하는 학생들에게만 보내고자 합니다. 저는 다른 분야의 대학 교육 과정을 잘 모르고, 제가 하는 이야기와 잘 맞지 않는 부분이 있을 수 있으니까요.

아마도 지금쯤이면 대학에서 한 학기를 보내고 난 새내기들은 대학 교육에 대한 불만과 실망으로 가득하리라 생각합니다. 새내기 여러분, 여러분이 들은 강의 중에서 혹시 많은 독서량과 열띤 토론과 독창적인 리포트를 요구하는 강의가 있었나요? 그런 강의를 들었다면 정말 다행입니다. 그러나 아쉽게도 여러분이 들은 대부분의 강의는 그렇지 못했을 겁니다. 그래서 여러분은 지금 실망하고 있을 겁니다.

대학 교육은 고등학교 때 받은 교육과는 다를 거라고 생각했는데 근본적으로 다른 점은 발견할 수 없었을 겁니다. 교수님이 칠판에 쓴 것을 그대로 공책에 필기했다가 시험 시간이 다가오면 교수님이 몇 문제 정도 알려 주는 강의가 가장 한심하게 보였을 겁니다. 책에 밑줄 치고 공책에 필기하고 외우고 책의 몇 부분만 달달 외워서 시험을 보고 그것으로 학점이 매겨지는 대학 교육. 이것은 여러분이 대학 입학 전까지 지겹게 해 오던 수동적인 학습입니다. 학문은 아니지요. 여러분이 대학에서 원했던 학문이 아니라는 말입니다. 자유롭지도 창조적이지도 않은 지긋지긋한 학습. 억지로 읽고 억지로 외우는 고역. 학문은 자발적이고 창조적인 일이라고 생각지 않으십니까. 대학에서는 마땅히 그런 학문이 있어야 한다고, 학습이 아닌 학문이 있어야 한다고 여기지 않으세요.

물론 학습은 학문의 기초입니다. 그러나 외우고 익히는 일은 학문을 위한 수단이지 목적은 아닙니다. 목적과 수단을 혼동해서는 안 됩니다. 돈이 목적이 된 사회는 얼마나 비참합니까. 그와 같이 학습이 목적이 된 대학도 마찬가지입니다. 대학이 학원보다도 못하다고 투정하는 학우도 있을 것입니다. 현재 대학 교육은 그 학습마저도 제대로 못하는 형편이니까요. 그러나 대학과 학원은 다릅니다. 그리고 달라야 한다고 생각하지 않으세요. 학원은 학습을 목적으로 하는 곳입니다. 반면에 대학은 학문을 목적으로 하는 곳입니다.

그러나 안타깝게도 여러분이 체험한 대학 교육은 학점 위주의 학습을 목적으로 하고 있습니다. 고등학생 때 내신 성적을 높게 받기 위해 했던 그 노력과 크게 다른 점이 없습니다. 대학에 와서 처음 쓰는 리포트도 여러분이 대학 입학 전에 해 온 숙제와 다른 점은 하나도 없습니다. 책의 일부분을 요약하여 열심히 워드프로세서로 열심히 입력해서 A4용지로 몇 장 뽑아내지요.

개론서의 일부분을 읽고 외워서 시험 문제에 자신이 외운 것이 나오면 쓰고 안 나오면 못 쓰고 못 외웠으면 부정행위라도 해서 학점을 따려는 그대와 학우들의 모습. 다들 학점 구걸파가 되어 갑니다. 이것이 현재 우리나라 대학 교육의 모습입니다.

대학의 '심장'이라는 도서관 풍경을 봅시다. 전공 서적을 읽는 학생이 드물게 보이고 시사 상식이나 토플이나 토익 같은 수험 준비 서적을 열심히 읽는 사람이 교내 도서관에 압도적으로 많이 보입니다. 시험 기간이 되어서야 겨우 전공 서적 일부분을 억지로 읽지요. 지금 우리나라 대학생들은 솔직히 학문이 아니라 취업 준비에 열을 올리고 있습니다. 영어를 열심히 공부하는 것에 대해서 비난하고 싶은 마음은 없습니다. 고시나 취직 시험에 대비하는 것에 대해서 비난하고자 하는 것이 아닙니다. 전공을 소홀히 하는 경향에 대해서 말하고 싶은 것입니다.

진정한 학문의 장이며 상아탑인 대학. 그러나 말뿐입니다. 대학은 이제 그런 말과는 멀어졌습니다. 대학 교육 과정은 여러분을 만족시키기에는 역부족입니다. 학생들은 많고 교수님들은 적습니다. 한 과목에 배당된 수강 시간은 너무 짧습니다. 학문을 열심히 하려는 학생도 학문의 참맛을 가르쳐 주고자 하는 교수님도 적습니다. 많은 독서와 리포트를 요구하는 강의는 좀처럼 보기 힘듭니다. 대학 교육에 불만인 새내기 여러분에게 묻겠습니다. 그대가 대학에 들어와서 통독한 전공 서적은 몇 권입니까. 그대는 교수님께 몇 번 질문을 했습니까.

대학의 강의는 사실상 졸업장을 수여하기 위한 형식적인 과정에 불과합니다. 어떤 학생이 사회학 개론 과목에서 A학점을 받았다고 칩시다. 그렇다고 그 학생이 사회학 개론 책을 통독했느냐? 아니지요. 일부만 열심히 달달 외워서 교수님이 선별한 몇 가지 문제에 답을 성실하게 썼을 뿐입니다. 그 학생이 아는 것은 사회학 전반의 이론과 방법이 아니라, 교수님이 강의한 일부 사회학 이론과 개념뿐입니다. 학점은 형식적인 것이라 믿을 만한 것이 못 됩니다. 실질적인 것은 여러분의 독서와 교수님에게 던지는 질문입니다.

학문은 스스로 하는 자만이 참맛을 알 수 있습니다. 어떤 학문적 문제에 호기심을 갖고 열심히 책을 읽는 것은 여러분이 할 일이지 교수님이 해 주실 일이 아니지 않습니까. 감나무에서 감 떨어지기를 기다리는 사람하고 뭐가 다르겠습니까. 또 그 짧은 시간의 강의를 듣고 A학점 받았다고 우쭐대는 꼴은 장님이 코끼리의 꼬리를 만지고 코끼리를 안다고 착각하는 것과 같지요.

벌써 대학 1년이 지나가려 하고 있습니다. 다시 묻겠습니다. 그대는 전공 서적을 몇 권이나 읽었습니까. 그대는 교수님께 몇 번이나 질문했습니까. 지나간 시간은 다시 오지 않습니다. 도서관에서 학문적 호기심에 전공 서적을 탐독하는 사람만이 학문의 즐거움을 알 수 있을 것입니다. 그 외 사람들은 그냥 대학 졸업장이라는 종이 한 장만 받을 뿐이며 절대로 학문의 즐거움을 모를 것입니다.

지금 여러분이 갖고 있는 대학 교육에 대한 불만과 실망은 매우 건전한 것입니다. 그러나 대학 교육의 문제점을 핑계로 게으른 그대를 묵인하는 것은 건전하지 못한 것입니다. '난 대학 졸업장만 있으면 돼. 골치 아프게 학문이니 독서니 그런 거 싫어.' 이런 생각을 가지고 있다면 여러분은 한 장의 종잇조각 외에는 대학에서 그 어떤 것도 받을 수 없습니다. 명심하십시오. 게으른 그대가 대학에서 얻는 것은 학문하는 즐거움이 아니라 '졸업장' 이라는 단순한 종이 한 장에 불과하게 될 것이라는 것을.

청춘에게 가장 필요한 것은?

똥배짱!

──김어준(쾌락주의자, 1968〜)

소설을 통해 살펴본 대학 풍경 하나

소설을 거짓말로 보는 사람들은 누군가가 거짓말을 하면 "소설 쓰고 있네" 하고 야유하는데, 소설은 거짓말이 아니다. 진실을 거르고 걸러, 더는 거를 수 없게 된 진실의 진수로서 소설은 구성된다. 작가가 의도하지 않았다 할지라도 소설에는 진실의 진수가 담길 수밖에 없다. 그것이 소설의 부정할 수 없는 속성이며, 내가 굳이 이 글에서 소설을 질료 삼으려는 이유이다.

캠퍼스 소설 vs 캠퍼스

이 글을 읽고 있는 당신이 그런 쪽에 관심을 가져 보신 적이 있는지 모르겠지만, 미국 소설을 보면 대학 이름이 구체적으로 나오는 경우가 흔하다. 그러나 우리 소설의 경우, 교수나 대학생이 등장하는 작품이 많은데도 대학 이름이 구체적으로 나오는 경우는 극히 드물고, 우리나라는 인구 비례 대학생이 세계에서 두 번째로 많은데, 우리 대학생들이 자신이 어느 대학에 다니고 있다는 것을 밝히는 경우 역시 극히 드물다. 왜 그럴까?

이번에 이 대목을 쓰기 위한 텍스트로 삼기 위해 뒤적거려 본 적지 않은 수의 소설 가운데에도 제목과 내용에 대학 이름이 명시된 것은 서울대학뿐이고, 그것은 모두가 서울대학 출신 작가들에 의해 집필되었다. 하도 이상스러워 그럴 만한 소설 마흔 권쯤을 일부러 뒤적거려 보기까지 했는데, 역시 서울대학이 제목에까지 올라가 있는 소설은 여럿 되는데도 다른 대학 이름이 내용에서나마 등장하는 소설은 단 하나도 눈에 띄지 않았다. 결코 바람직하지 않은 것일 『서울대의 나라』(강준만, 개마고원, 1966)다운 현상이라고나 할까.

그런데 공교롭다 싶게도, 여느 소설들과는 달리 그런 소설들에서 대학생들 모습이 아예 적나라할 만큼 구체적이어서 이 글을 쓰기 위한 질료로 삼기에 아주 알맞아 보였다. 나는 결국 어떤 어깃장처럼, 특정 대학의 학생이 아닌 평균적 대학생들의 일상적 의식과 행태를 비판적으로 살펴보는 것을 목적으로 하는 이 글을 특정 대학 학생들 이야기를 통해 쓸 수밖에 없게 되었다. 독자들은 어쩌면 어떤 종류의 선입감을 간직한 채 이 글을 읽게 되고, 그것은 곧 오독의 이유가 될 수밖에 없을 듯싶은데, 그러나 말씀드리겠다. 이 소설들에 묘사되어 있는 풍경은 특정 대학의 것이 아니라, 취재를 통해 나 자신이 파악한, 바로 그 평균적인 대학생들 모습이다. 그러므로 독자들은 그런 선입감 없이 편안하게 읽어 보시기 바란다. 구체적 분석 대상으로 삼은 것은 장편 『아크로폴리스』(김경욱, 세계사, 1995)와 단편 「1996년, 다시 가을」(김수진, 대학신문, 1996) 그리고 장편 『푸르른 틈새』 (권여선, 문학동네, 2007)다. 『푸르른 틈새』는 초간이 1996년이었고, 위의 두 소설과 배경 시기가 비슷하다.

여기서 괜한 시비를 피하기 위해 미리 적어 두는 게 좋을 것 같다. 이들 소설을 읽는 나의 관점은 문학적 성취나 완성도, 그런 게 아니라 대학에 머물고 있는 젊은이들의 마음 풍경이다. 다른 장면들은 대충 넘겨 버리고, 그 또래들의 의식이나 행태를 살펴볼 수 있는 대목에서는 한동안씩 머물렀다. 그들 마음의 무늬나 빛깔은 어떤 것이고, 궁극적 지향점은 어느 곳이며, 그런 것들을 통해 짚어 볼 수 있는 우리 대학의 현실과 우리 사회의 미래는 어떤 것일 수 있는가, 그런 것을 알고 싶었기 때문이다.

『아크로폴리스』

내가 부모님의 공공연한 반대를 무릅쓰고 굳이 영문과를 선택한 데에는 그리 특별한 이유는 없었다.

20대 초반 작가의 조숙과 미숙이 엇섞여 있어, 예술과 인간의 생짜배기 원형을 엿보는 것 같아 흥미로운 『아크로폴리스』는 이렇게 시작한다. '나'는 진로를 결정하지 못하는 "자신을 한심스럽게 느끼고" 있었고, 그러자 학원 담임은 "아주 담담한 목소리로 그럼 영문과에 가라" 했다. 그래서 "1990년 3월 2일, 나는 관악산 자락에 자리 잡은 서울대학교 영문과에 입학했다". 작중 인물의 이런 프로필로 말미암아 작가와 곧이곧대로 오버랩되는 '나'의 대학 생활, 그 초장은 어땠던가?

　　그리 큰 기대는 하지 않고 있었지만 대학 생활은 권태롭기 그지없었다. 무슨 무슨 개론 수업들도 그저 시시하기만 했고 호구조사가 끝나면 '개구리 시리즈'니 '참새 시리즈'니 하는 것들만 늘어놓다 오는 미팅도 시시하기는 마찬가지였고 친구들과 어울려 술 마시고 당구장으로 우르르 몰려가 당구를 치는 것도 따분하기는 마찬가지였다.

그러다가 맞이한 4월에는 "입 큰 개구리의 비극 따위를 지껄여야 된다는 사실이 나를 참을 수 없게 만들어" 미팅 따위에는 나가지 않기로 하고 친구의 소개로 압구정동 현대아파트의 고등학교 1학년 여학생 영어를 가르치게 되었다. 그곳에서 같은 학생에게 피아노를 가르치는 동갑내기 세현을 만났다. 어느 토요일 오후에는 기숙사 룸메이트인 철학과 학생 형섭을 따라 엑소더스라는 이름의 디스코텍에 가서 술을 마신 다음, 거기에서 사귄 여자애들과 호텔 캘리포니아에 갔다가 그냥 도망쳐 나왔다. '나'는 5월쯤에는 "심한 무력감에 빠져" 있게 되었고, 6월에는 한 학기가 끝났으며, 7월에는 세현과 동해 바닷가에 가서 하나가 되었고, 그 뒤에 2학기가 이어진다.

2학기 들어 내 학교생활은 거의 엉망이었다. 수업은 거의 들어가지 않았고 문학회 룸에 틀어박혀 지내다시피 했다. 기숙사에는 밤을 새고 낮잠을 자러 들어가곤 했다. 나는 뭔가에 점점 지쳐 가고 있었다. 멍하니 앉아 있는 순간들이 잦아졌다. 나 자신조차도 그 이유를 알 수 없었다.

내 소감의 표명 없이 건너뛰어 2학기 말 풍경으로 가 보자.

나는 기말고사를 치는 둥 마는 둥 기숙사 방에서 꼼짝도 하지 않고 지냈다. 술만 미친 듯이 마셔 댔다. 머리가 텅 비어 버린 것 같았고 가슴에 커다란 구멍이 뚫려 버린 느낌이었다. 나는 그 가슴에 난 휑한 구멍에 술을 들이붓고 있었다. 낮은 짧았고 어둠은 길었다.

상민과 기준이 몇 번 찾아왔다가 그냥 돌아갔다. 내가 돌려보냈던 것이다. 아무도 만나고 싶지 않았고 아무 말도 하기 싫었다.

두 차례 누군가로부터 전화가 걸려 왔다. 나는 받지 않았다. 밤에는 술을 마셨고 낮에는 빈 병처럼 침대에 널브러져 잠을 잤다. 지독한 나날들이었다.

이렇게 펼쳐지는 이 소설에서는 주요 등장인물 모두 유고有故 상태가 되어 소설이 끝날 무렵에는 거의 하나도 남아 있지 않게 된다. 학기 중간에 철수는 재수를 위해 휴학했고, 형섭은 자원하여 입대했으며, 세현은 자살했고, 기준은 "짐 보따리를 들고 훌쩍" 어디론가 떠나갔고, 정호는 집시법 위반으로 붙잡혀 갔고, '민욱 선배'는 노동 현장으로 사라져 버렸고, 그리고 마침내는 '나'가 사라질 차례가 된다.

나에게 대학에서의 시간은 중심이 없는 다시 말하자면 탈중심적인 삶이었다. 나는 어디에도 속하는 것을 거부했다. 집단은 나에게 숨 막히는 구속이었다.
자연히 나의 대학 생활은 중심이 없이 표류하는 것이 되었다. 단적으로 말해서 지난 나의 대학에서의 삶은 바로 부유浮遊하는 삶이었다.

그리하여 자원입대라는 편리한 수단을 골라 사라지며 '나'는 어느덧 노숙해진 어조로 이렇게 술회하고 있다.

나는 한 십 년쯤 후, 그 순간들을 회상하며 이렇게 말할 것이다. 그 시절, 까닭 모를 열망과 절망으로 몸을 뒤척이던 바로 그 시절은 집시의 시간이었다. 그리고 우리는 모두 집시였다.

「1996년, 다시 가을」

『아크로폴리스』가 그 마당에서 시작하는 자들 자신과 그 주변 풍경이라면 서울대학교 철학과 4학년생인 김수진 씨가 1996년 10월 14일 자 「대학신문」에 발표한 단편 「1996년, 다시 가을」은 그 마당에서 이제 끝내 가고 있는 사람 자신과 그 주변 풍경이라 할 수 있다. 두 작품의 공통점은 줄기찬 술과 공허한 사변과 지향점 없는 배회이고, 「1996년, 다시 가을」의 키워드는 '호구 대책', '영어 공부', '취직', 그런 것들이다. "토익이라는 거 정말 해야 하니 빌어먹을 어쩔 수 없다니까 밥줄을 졸라매니까 젠장……." 아마도 이른바 새내기로 시작하던 처음 그 순간, 모든 사람들이 선망하여 마지않던 빛나는 재능인 그들의 기개는 세상을 기어코 품에 안은 듯했을 것이다. 그런데 그 마당에서 4년을, 또 그 이상을 보내고 난 뒤에는 겨우 '호구 대책' 정도에 그토록 심각해야 할 정도로 오그라들어 있고, 가장 절실한 질문은 'TOEIC, or not TOEIC?'이 되어 있다.

흥미로운 점은 『아크로폴리스』에서 위악적 반항과 배회를 일삼듯 하다가 자원입대라는 편리한 방편으로 현실로부터 도피했던 형섭이 「1996년, 다시 가을」의 '나'로 돌아와 있는 듯하다는 것이다. 형섭이 철학과였다든가, 두 작품 모두에 들어가 있는 김지하 시인의 "죽음의 굿판 집어치워라"라는 어구로 두 작품이 오버랩되고 있다든가, 연대적으로 대충 맞아 들어간다든가 하는 이유 때문만은 아니다. 형섭처럼 그렇게 시작한 자에게 이 소설의 '나'와 같은 그런 끝은 무척 자연스러워 보인다. 선후배 사이의 묵시적 협력에 의해 당대의 한 전형이 완성된 듯하다.

이 작품의 절정은 친구의 취직 소식으로부터 시작된다. "누군가의 취직 소식이다. 술을 마시는 날이다. 단지 그가 취직했다는 것을 우리는 광기로 축하하는 길밖에 없다는 듯이" 지하 술집에 몰려가 술을 마시고, 그 끝에서 정해진 순서처럼 광란 상태가 되어 학교 안에 있는 연못(자하연)으로 달려가 발가벗고 물에 뛰어든다. 도무지 이해되지 않는 이 우스꽝스러운 자조극 自嘲劇의 의미는 과연 무엇일 수 있을까?

『푸르른 틈새』

1965년생으로 서울대학교 국문과를 나온 권여선 씨가 1996년에 발표한 『푸르른 틈새』는 그 마당에서의 시작과 끝 그리고 그 뒷날의 풍경까지를 그려 보여 주고 있어서, 위의 세 작품이 결국 하나의 그림을 구성하고 있는 듯한 느낌을 준다. 마치 맞춤 텍스트 같은 그것이 시간이 조금 지난 것인데도 불구하고 이 세 작품을 질료로 삼기로 한 이유다. 이런 이유에는 물론 그 시절이나 지금이나 별로 변한 게 없거나, '문화는 저질을 지향한다'는 법칙에 따라 상황은 더 나빠져 있을 테니까, 내가 현상 파악에 착오를 일으킬 가능성은 없으리라는 판단이 전제되어 있다.

가족 관계나 유년기 회상 등 소설 구성의 주요 부분이 되는 다른 이야기들을 제쳐 둔 채 학교생활 쪽에서만 보기로 할 때,

이 소설에는 같은 과 입학 동기생인 세 쌍의 인물들이 등장한다. "은밀하고 광기 어린" 관계를 이미 맺고 있는 미혜와 명호를 비롯하여 수진과 한영 그리고 종태와 '나'가 그들인데, 결국은 수진의 짝이었던 한영과 종태의 짝이었던 '나'가 질탕한 성희를 벌이는 관계로 맺어졌다가 독자가 잘 이해할 수 없는 이유로 금세 결별 상태가 되고, 그 얼마 뒤에 '나'는 한영이 "그런 헐거운 여자는 딱 질색"이라고 표명한 바 있던 미혜와 결혼했다는 소식을 들으면서 대충 끝맺게 된다. 이들에게도 새롭다 할 만한 무엇이 없기는 역시 마찬가지다. '나'는 이렇게 고백하고 있다.

한영과 나는 종종 여관에 갔다. 우리는 여관 침대에서 섹스를 했고, 섹스 후에는 휴식을 취하며 잡담을 주고받았다. 내게 있어서 평범한 섹스는, 낱낱으로서는 아무 의미도 없는 어떤 묵중한 덩어리, 다만 축축한 무게로서만 감지되는 체험이었다. 무엇인가 내 몸을 타고 눌렀고, 무엇인가 내 몸을 뚫고 들어왔고, 젖은 덩어리가 내 몸에서 떨어져 나감으로써 섹스는 끝났다.

모든 것을 포기한 자의 넋두리 같다 싶은, 겨우 스물 초반 나이에 왜 그런 불행한 퇴영과 권태의 늪에 빠지게 되었을까 하는 의문을 금하지 못하게 하는 이 고백 다음에도 아마 50대 후반의 남녀에게도 너무 늘어진 것이다 싶을 성희가 적나라하게 묘사되고, 그 묘사 다음에는 거의 이내, "나는 한영과 결별하기로 작심했다"라는 구절이 이어진다. 그다음에 결별을 결행하는 장면들이 나오고, 그러나 또 거의 이내, 한영의 결혼 소식을 들은 다음에는 한영과의 재결합을 시도하기 위해 피임약을 챙겨 들고 나가, 한영을 다시 만나 나누게 되는 도무지 절제되지 않은 대화가 10쪽 분량이나 이어지던 끝에 "한영은 내 손찌검에 쓰러졌고 쓰러진 김에 길바닥에 꿇어앉아 목 놓아 울었다"라는 문장이 있다. 독자인 나는 혼란을 느낀다. 울음은 정서의 격동 상태인데, 뭔가 기미 정도나마 그럴 만한 이유가 있어야 하는 게 아닌가. 작중 인물들의 참 민망한 유치함에 배신감마저 느껴지는 것은, 내가 지루함을 무릅쓰고 거의 마지막인 거기에 이르도록 결코 포기하지 않고 있던, 그래도 뭔가 있겠지 하는 기대 때문이었다. 정말 뭔가, 그것이 무엇이든 있어야 할 게 아닌가. 그런데 뭔가가 있기는커녕 도무지 맥락에도 닿지 않게 이상스러운 울음소리를 내 보이기까지 하는 정신 분열 현상이나 자기 독자들에게 보여 주는 것을 도대체 어떻게 이해해야 할까?

이 작가의 15년 뒤 작품인 『레가토』(창비, 2012)를 이어 읽어 보기로 한 것은 『푸르른 틈새』를 이해할 무엇인가가 있을까 하는 기대에서였다. 그런데 이 작품의 작중 인물인 인하와 정연이 강간도 아니고 화간도 아닌 듯한 장면을 만드는 그 대목까지밖에 읽어 나가지 못하게 만들 만큼 작중 인물들의 세계가 어느모로 보나 젊은이답지 않게 퇴락했고, 도무지 대학생답지 않게 유치했다. 그토록 돌올하던 인하가 독자인 나로서는 그 까닭을 도무지 짐작해 볼 수 없게 "세 번째 섹스가 끝났을 때 어깨를 들먹이며" 운다. 『푸르른 틈새』에서 '목 놓아' 운 것이나, 『레가토』에서 '어깨를 들먹이며' 운 것이나 설익은 감정의 어색한 분출밖에는, 그 정서의 무늬를 도무지 종잡을 수 없기는 마찬가지였기에, 15년을 사이에 두고 있는 『푸르른 틈새』의 그 장면들이 더욱 더 지내 보이지 않았다. 나는 결국 이 작가도, 이 작가의 작품도 이해하지 못하는 독자가 되고 말았다.

세 작품에서 내가 읽은 것들

지나치게 장황해지지 않도록 될 수 있는 대로 간략히 살펴본 이들 소설에 등장하는 인물들에게는 자기들 인생을 이제 막 시작하는 자로서의 설렘도, 기개도, 패기도, 미래에 대한 전망도, 그리고 물론 방황다운 방황도, 좌절다운 좌절도 없다. 학생으로서 어쨌거나 본업이라 할 수밖에 없을 학문 연찬研鑽, 자기실현, 그런 것은 원경遠景으로도 비치지 않는다. "그리 큰 기대는 하지 않고 있었지만 대학 생활은 권태롭기 그지없었다"라는 다분히 위악적이라 느껴지는 고백 그대로, 그들은 이미 그 마당에 들어설 무렵부터 포기하고 있어 그 마당에서의 시작에서 어느덧 권태롭기 그지없는 상태에 빠져들어 가 있다. 양곱창 불판 구이 안주로 소주를 마시며 들은 어느 교수의 말씀을 곧이곧대로 소설화한 것 같아 더 인상적인데, 설렘, 기개, 패기, 그런 것은 딱지 덜 떨어진 읊조림이 되고, 학문 연찬이니 미래에 대한 전망이니 하는 것은 단칼에 엿 먹어라, 가 되는 그들에게 남아 있는 것은 대책 없는 배회와 탕진밖에 없다. 그다음에 머뭇머뭇 사라져 버리는 것은, 그러다가 마침내는 취직이라는 호구 대책 마련 정도에 감격하여 유치한 광기에 사로잡히게 된다. 취직 다음에 남아 있는 순서는 무엇이 될까? 대충 어른들의 망가진, 그 세계일 수밖에 없다. 왜 그래야만 하고, 왜 그럴 수밖에 없는가?

이들 소설에 등장하는 인물들은 인간관계에 대한 향기나 여운 또는 내구성이라는 쪽에서도 무절제하고 무책임해 보인다. 『푸르른 틈새』의 세 쌍이 아직 어린 나이에 보여 주고 있는 무쌍한 이합집산이 그런 증세를 증명한다. 인간관계는 인간의 삶 자체다. 인간관계는 어떻게도 일회적이 될 수 없고 인스턴트화되어서도 안 될 듯하다. 모든 분야에서 진보나 전위는 경박재자輕薄才子들에게는 너무나도 그럴듯하여, 빤한 가짜가 영락없이 진짜 같아 보일 만큼 달콤한 먹이가 될 수 있다. 더구나 가치 혼돈은 그 극에 달해 미와 추에 대한 분별마저 차츰 더 불분명해지고 있는 형편이다. 이제는 상상력마저도 황폐해 가고 있는 듯싶다. 아니, 나는 착종에 사로잡힌 듯하다. 가장 먼저 황폐한 것은 그 모든 것의 근원인 상상력이 아니겠는가! 상상력이 황폐해지면 가치도, 창의도, 그리고 물론 생산력도 황폐해질 수밖에 없다. 텍스트 노릇을 한 소설들은 이런 현실을 아주 잘 형상하고 있어서 인상적인데, 이들 소설이 보여 주는 죽음에 대한 태도도 문제가 되어야 할 것 같다.

『아크로폴리스』에서는 세현이, 『푸르른 틈새』에서는 해수가 자살한다. 그들의 자살에는 납득할 만한 이유가 없다. 요즘 보면 현실에서든 소설에서든 사람들이 거의 무신경하다 싶게 생명을 죽인다. 우리나라는 인구 비례하여 세계에서 윤화輪禍 사망률과 함께 낙태율이 최고라고 한다. 최근 조사에서 보니 낙태하는 여자들 가운데 78퍼센트가 아무런 죄의식도 느끼지 않는다고 한다. 문제는 사람 죽이는 것을 도락 삼듯 하는 흉악범들만이 아니다. 생명은 어떤 형태의 것이든 그 자체로서 절대적으로 존엄하다. 절대적으로 존엄한 생명이 존중되지 않는 상태에서 인간의 인간스러운 삶은 꿈도 꾸어 보기 어렵다. 우리는 적어도 막 가려 들고 있는 것은 아니지 않은가?

소설에 비친 풍경들

진실의 진수가 담길 수밖에 없는 소설, 그런 관점에서 이때까지 살펴본 소설을 통해 그 무대와 그 인물을 살펴보면, 그 무대와 그 인물들이 내포, 외연하고 있는 진실의 진수가 너무나도 뚜렷하게 드러난다. 요약하면 획일화된 황폐함이다. 수많은 등장인물 가운데 예외는 단 하나도 없다. 정말 단 하나도. 대한민국 대통령들의 말로가 단 하나의 예외도 없이 불행해지는 이유의 근원은 바로 이것일는지도 모르겠는데, 그야말로 일색으로 황폐하다. 청춘다운 무엇은 단 한 톨도 없다. 그들이 거침없이 빈축하여 마지않는 이른바 기성세대보다 몇 술이나마 더 뜬 것이어서 그 황폐함, 그 획일성이 더 놀랍다.

도대체 왜 이토록 황폐해진 것일까? 이것은 동시대 사람들에 대해 내가 일쑤 느끼게 되는 황폐함과 완전히 동질의 것이어서 더 놀랍다. 그만한 경우에 놀라는 것은 내가 역시 구닥다리이기 때문일까? 그렇다면 청년은 적어도 그들이 빈축하여 마지않는 기성세대에 견줘 아주 약간이나마 참신해야 할 것 같다는 내 생각이 잘못되었다는 것일까? 그렇다면 청년은 왜 청년일까? 근육의 힘이 더 세다는 것, 그것이 청년의 충분조건일까? 새뮤얼 울먼(Samuel Ullman, 1840~1924)의 시 「청춘(Youth)」의 첫 행은 다음과 같다. "Youth is not a time of life; it is a state of mind (청춘은 인생의 어느 시기가 아니라 마음의 상태를 뜻한다)." 틀린 말 같지는 않잖은가? 어디로 보나 황폐한 마음의 상태를 더구나 뽐내고 있는 사람을 청춘이라 할 수 없는 게 아닌가? 이런 황폐함이 시대의 전형 아닐까? 그렇다면 우리 사회의 미래를 결정할 오늘의 젊은이들, 그들의 일반적인 모습도 결국은 황폐하다, 그렇게 진단할 수밖에 없는 게 아닐까? 만일 그렇다면 그 처방은 무엇일 수 있을까? 기성세대에 대해 무력감이나 느끼고 있듯이, 그들 경우에도 백약이 무효일까? 그렇다면 어떻게 해야 할까?

『교수들의 행진』이 보여주는 세계

위에서 살펴본 소설들이 학생들의 풍경을 보여 준다면, 비슷한 시대를 배경으로 현직 교수가 쓴 풍자 소설『교수들의 행진』
(민현기, 문학사상사, 1996)은 교수들의 풍경을 보여 준다. 그리
고 교수들이 보여 주는 그 풍경은 학생들의 황폐한 풍경이 결코
우연이 아니라는 것을 매우 구체적으로 증언한다. 그리고 '작가
들이 왜 그토록 자학적이 된 것일까?'라는 의문을 금하지 못하
게 하는 상황 역시 우연이 아니라는 것도. 왜냐하면 현직 교수
가 자신이 몸담고 있는 교수 사회를 이토록 신랄하게 풍자해 냈
다는 것은 자학 아니고는 가능할 것 같지 않기 때문이다. 그 아
비에 그 자식이라는 표현이 있는데, 그 교수에 그 제자라고나
할까? 또는 상탁불하정上濁不下淨. 또는 콩 심은 데 콩 나고, 팥
심은 데 팥 난다. 결국 순리의 악과惡果를 생산해 내고 있는 셈
인 이런 현실이 더 암담한 것은, 내가 그동안 읽은 외국의 수많
은 캠퍼스 소설 가운데 이 대목에서 예로 든 것처럼, 여러 면모
에서 스스로를 아예 통째로 능멸한 자학적인 것들은 없었기 때
문이다. 그래서 우리 대학 현실은 더욱더 황폐해 보인다.

그런데 이 소설은 쉴 새 없이 되풀이되는 욕지기 때문에 읽어
나가기가 쉽지 않았다. 어느 평론가가 고백한 '소설 읽기의 괴
로움'이란 이런 경우를 뜻할 듯싶은데, 그러나 독한 마음 먹지
않는다면 이런 글은 쓸 수 없는 것이기에, 어떻게든 읽어 내야
했다. 그리고 그 소설이 끝난 다음에 이어진, 역시 현직 교수인
평론가가 쓴 '작품 해설'에 내가 느낀 욕지기가 결코 과민 반응

이 아니었다는 것을 역시 구체적으로 증언해 준다. 그 한 대목
을 인용한다.

　그 세계는 아수라의 지옥이다. 돈과 성性을 향해 무한 팽창하
는 욕망을 좇아 내달리는 교수들, '교수'라는 사회적 제도의 틀
안에 웅크려 그 제도가 베푸는 것을 다만 누리기만 할 뿐, 교수
로서의 책무를 내팽개친 인물들, 학자이고 스승이어야 할 교수
로서의 자기 점검도, 자기 확인도 없는, 말하자면 자의식이 결
여된 사물화事物化한 인간들. 그들은 자신의 추악한 욕망 실현
을 위해 갖은 음모와 술수로서 동료와 심지어는 제자들을 모함
하고, 몇 푼의 돈을 바라 제자를 팔며, 학위와 취직을 미끼로 제
자의 인격을 모독하고 제자의 능력을 늑탈한다. 그들은 먹을 것
이면, 앞도 뒤도 돌아보지 않고 무차별로 먹어 치우는 저 지옥의
아귀도와 같다. 욕망의 덫에 걸려, 욕망 그 자체가 되어 버린 것.
　　　　　　　　　　　　　　　　　　—정호웅(문학평론가)

　정말 그렇다. 학생들이 거침없이 보여 주는 그 황폐한 풍경은
결코 우연이 아니었다. 자학적인 것마저 그렇다. 작품 해설을
쓴 평론가는 채만식, 이기영, 이문구, 최일남, 윤흥길 등에 뒤
이어 우리나라 풍자 문학의 맥을 잇는 작품이라 했지만, 여기에
거명된 다른 작가들의 작품에 자학적인 내용은 없었던 것 같다.
그들의 풍자 대상은 타인이었다. 그런데 이 소설의 풍자 대상은

바로 저자 자신이 속해 있는 교수 사회였다. 결국 그 자신에 대한 풍자였다. 그래서 그 자학적 풍자가 더더욱 예사로워 보이지 않았다. 그리고 더 예사로워 보이지 않는 이 소설에서, 학생들에게 절대적 존재일 수밖에 없는 교수들이 보여 주는 풍경의 요약은 '아수라의 지옥'이다. 그 풍경에서 학생들의 황폐하지 않은 풍경이 만들어지기를 바라는 것은 그야말로 연목구어緣木求魚다. 따라서 앞에서 제기한 학생들의 황폐함에 대한 의문은 답을 구해 본다는 것이 아예 불가능한 일이 되었다. 그렇다면 포기해야 할까? 아니, 그래서는 안 되지! 그렇다면 어떻게 해야 할까? 역시 끝도 없이 이어지는 의문들. 더 부딪히다 보면 무슨 답이든 나오겠지. 설령 치료법을 찾아내지 못한다 할지라도 병의 원인이라도 알아는 봐야지. 그것이 치료의 시작이 될 수밖에 없을 테니까.

아름다움을 볼 수 있는 능력이 있기 때문에
청춘은 행복하다.
아름다움을 볼 수 있는 능력이 있다면
아무도 늙지 않는다.

Youth is happy because it has the ability to see beauty. Anyone

who keeps the ability to see beauty never grows old.

── 프란츠 카프카(Franz Kafka, 체코슬로바키아 태생의

독일 작가, 1883~1924)

우리 대학에 대한 그 구성원들의 준엄한 논고

「침묵 강의실」이나 「후배에게 주는 어느 선배의 편지」 그리고 「소설을 통해 살펴본 대학 풍경 하나」가 터무니없이 날조된 게 아님을 수긍할 수밖에 없다면, 우리 대학은 설령 아예 죽은 것이 아니라 할지라도, 최소한 대학이 감당해 내야 할 본디 기능을 잃고 있다고 판단할 수밖에 없을 듯하다. 이런 기막힌 판단을 내릴 수밖에 없게 된 불행한 현실, 그 원인은 무엇일까? 우연일까? 우연일 수 없다. 천재지변 같은 게 아니라면, 일어나지 않을 일이 일어나는 법은 없다. 모든 현상은 필연의 결과다. 앞에서 이미 나온 바 있지만, 여기서 한 번 더 요약해 보기로 한다. 정확한 진단이야말로 곧 치료의 시작이기 때문이다.

풍토병

풍토병(endemic disease)이라는 표현이 생뚱맞아 보일는지도 모르겠다. 또는 지나치다고 생각할지도 모르겠다. 그러나 아니다. 풍토병이 가장 정확한 표현이다. 다른 나라에는 없는, 대한민국에만 창궐하는 풍토병으로 볼 수밖에 없는 이 질환의 특징은 인간의 생체에서 창의적 사고와 진취적 행동 능력에 인간적 존엄성이나 자존심마저 아예 거세한다. 그 결과는 주는 대로 먹고, 시키는 대로 하고, 때리는 대로 맞고, 밟는 대로 밟히거나 하는 철두철미한 피동적 순응주의로 요약될 수 있으며, 순응주의의 병적 폐해는 맨 앞에서 이미 조목조목 적어 놓은 그대로다. 헌법에 규정되어 있는 대로 당신 자신이 주권자인데, 무엇 때문에 스스로를 피동적 존재로 격하시키는가? 권력자인 그들을 오히려 부려야 하는데 어찌하여 그들의 지배를 받는가? 이런 질문, 필요 없다. 피동적 존재라는 결과가 너무나도 엄연하기 때문이다. 결론적으로 내가 이제 막 풍토병이라고 규정한 이 질환은 물론 만화와 만악의 근원인 순응주의로 말미암은 것이다. 더구나 백약이 무효일 만큼 매우 고질적이다. 왜 이렇게 되었을까?

과보호

2014년 8월, 대한민국을 한 번 더 뒤집어엎은 '윤 일병 사건'이 폭로된 뒤, 군 당국에서 재빨리 수립한 재발 방지 대책에는 "엄마에게 이를 수 있는 휴대폰 지급"(국민일보, 2014년 8월 5일)

이 포함되어 있었다. 만일 그것이 그대로 실현된다면, 군 복무 중인 젊은이들은 공식적으로 캥거루 새끼 노릇을 할 수 있게 된다. 아무리 궁해도 '엄마에게 이를 수 있는'이라니? 그러나 세계 어느 나라 군대에도 있을 수 없을 이런 발상은 우리 문화에서 사실은 조금도 이물스럽지 않다. 그 발상이 나온 뒤, 아무 소리 없는 것으로 보아서도 그렇다. 엄마에게 뭔가를 이르는 젊은이들로 구성된 군대. 믿어도 좋을까?

이유기가 따로 없는 우리 젊은이들

「야성의 엘자」라는 영화가 있다. 케냐 국립 공원 관리인인 애덤슨 부부는 갓 태어난 새끼 시절부터 키워 온 사자를 정글로 돌려보내기로 한다. 문제는 야성 회복이다. 야성 없이는 정글에서 살아남을 수가 없다. 애덤슨 부부는 실로 눈물겨운 노력을 기울인다. 그런데 우리 부모들은 자기 자식의 야성을 거세시키기 위해 모든 수고를 다 바친다. 때문에 이 땅에서 태어난 아이들에게는 이유기라는 것이 따로 없다. 적어도 상당수는, 사실상 영원히 수유 상태다. 부모는 자기 자식의 자생력을 미더워하지 못하여 어떻게든 모든 것을 일일이 챙겨 주고, 간섭하고, 감독하려 한다. 그런 과정을 거쳐 생산된 최악의 결과 가운데 하나가 야성이 완전히 거세된 이른바 마마보이, 곧 능동적 능력을 상실한 완전 피동태다.

어느 날, KBS '책을 보다' 프로그램에 패널로 출연한 정여울

평론가는 내가 대충 이렇게 알아들은 말씀을 했다. "학생들이 물어야 할 걸, 그 어머니가 전화로 물어 와요. 과제물이니 그런 거요. 요즘 젊은이들이 그토록 의존적이에요." 만년 고3 학생처럼 순직純直한 표정이어서 그 말씀은 내게 더 인상적이었는데, 나뿐만 아니라 대개의 사람들이 설마 그렇게까지야 하며 고개를 갸웃할 수밖에 없겠지만, 여기 또 하나의 증언이 있다. 이 나라에서 가장 자유롭고, 가장 재미있게 사는 사람을 손꼽으라면 아마 딴지그룹의 김어준 총수를 제쳐 둘 수 없을 듯한데, 수염이 덥수룩한 그 사람이 어느 날 강연(2011년 4월 12일, 서강대학교)에서 젊은 여자들에게 경고했다. "연애할 때, 마마보이를 꼭 피하라. 그것은 페스트 같은 법정 전염병과 같다. 심지어는 섹스를 할 때도, 엄마, 나, 해도 돼?" 하고 묻는다.

이건 물론 청중들을 웃기기 위한 것이었고, 나도 웃고 말았지만, 이 강성 우스개에 빗대 조금 더 나아가 보기로 하면, 마마걸이 포함된 이 마마보이 문화는 페스트보다 훨씬 더하다. 왜냐하면 페스트는 좀처럼 찾아오지 않는 데다 일과성에 지나지 않지만, 자기 자식을 불구로 만들면서 그 자식들이 담당해야 할 사회마저 망가뜨리고 있는 우리 어머니들의 익애溺愛는 영구불변하기 때문이다. 세계에서 그 비슷한 예가 없는 이런 과보호는 자기 자식이 거친 들판에서 생존하기 위해 갖춰야 마땅할 야성을 아예 박탈한다. 적극성, 진취성, 호기심, 자립심, 모험심, 자존심, 그런 게 생길 수 없다. 고난을 이겨 내는 능력도 마찬가지다. 조금만 힘들어도 이겨 내려 들기보다는 냅다 좌절부터 한다. 예를 드는 것만으로도 섬뜩한 극단적인 예 하나만 들겠다.

학습 부담 때문에 자살하는 대학생이 나올 때마다 어김없이 학생들을 죽음으로 몰아가는 대학 당국을 비난하고, 대학은 어쩔 수 없이 물러서기를 되풀이하고, 그러면서 대학 서열 세계 하위권인 우리나라 대학은 더욱더 뒷걸음질 쳐야 한다. 학교에 대한 이들의 비난이 타당한 것이라면, 학습 부담이 우리보다 몇 곱절은 된다는 세계 유수의 대학 학생들은 모조리 자살해야 한다. 이 예를 드는 이유는 과보호 상태에서 자생력, 경쟁력, 인내력, 진취성, 자존심 등이 없는 나약한 상태로 양육되다 보니 다른 나라에 견줘 학습 부담이 훨씬 더 낮은데도 불구하고 강의 강도가 조금만 높아지면 도전보다는 좌절 쪽이 되어 그런 강의를 회피하거나, 피할 수 없는 경우에는 결국 자해, 그런 극단적 충동을 받게 된다. 현역 복무 부적격자로 조기 전역되는 사병이 연간 4000명이나 되고, 그토록 오매불망하던 대기업의 신입 사원이 된 사람 가운데 1년을 견뎌 내지 못하고 퇴사하는 사람이 17퍼센트나 된다는 현실도 그냥 넘어갈 일은 아닌 것 같다.

주입식 교육

과보호가 내적 환경이라면, 외적 환경은 암기를 주요 기법으로 한 주입식 교육이 된다. 과보호가 그런 것처럼 주입식 교육도 그 역사가 만만치 않다. 요즘과 꼭 마찬가지로 과거 우리 교육은 죽어라 암기하는 것이었다. 독서백편의자현讀書百遍義自見이라는 금언도 있었다. 죽어라 읽고 외우라는 권유다. 그 시대의 자랑은 사서삼경 암기였다. 그 결과는 어떤 것이었던가.

> 현재 치르는 과거에서는 과체科體의 기예技藝를 통하여 인재를 시험하고 있다. 그런데 그 문장이란 것이 위로는 조정의 관각館閣에 쓸 수도 없고, 임금의 자문에도 응용할 수 없을 뿐만 아니라 아래로는 사실을 기록하거나 인간의 성정을 표현하는 데에도 불가능한 문체다. 어린아이 때부터 과거 문장을 공부하여 머리가 허옇게 된 때에 과거에 급제하면 그날로 그 문장을 팽개쳐 버린다. 한평생의 정기와 알맹이를 과거 문장 익히는 데 전부 소진하였으나 정작 국가에서는 그 재주를 쓸 곳이 없다.
> ─박제가, 『북학의』

'과체科體'는 '과거용 문체', 그러니까 시험에 합격하기 위한 특별한 문체를 뜻하는데, 결국 그 시험에 합격하기 위해 물론 암기를 위주로 하는 주입식 방법으로 죽어라 공부한 게 말짱 아무 소용도 없는 것이었다. 죽은 공부였다. 박제가는 18세기 사람이다. 그러니까 그 시절 이전부터 죽은 공부를 그토록 열심히 해 온 것이었다. 그 전통이 오늘까지 이어지고 있고, 그래서 길러 낸 게 유약할 뿐만 아니라 철두철미하게 피동적, 소극적 인재다. 과보호로 말미암아 이미 깊어진 병을 굳힌다고나 할까. 그 결과는 우리가 앞에서 실증적 증언들을 통해 살펴본 그대로다.

정말 궁금하다. 이런 과보호, 이런 교육을 하는 나라가 우리 말고 또 어디가 있을까? 무엇 때문에 자기 자식을 그토록 나약한 존재로 키우려 드는 것인가? 세계에서 우리 젊은이들의 경쟁력이 가장 약하다는 정평에도 불구하고 수수방관이나 하고 있는 정부는 도대체 무슨 생각을 하고 있는 것인가? 어느 나라 정부인가? 강의 강도가 조금만 높아져도 폐강 위기에 처한다는 증언, 섬뜩하지도 않은가. 기업에서 써먹을 수도 없는 졸업생을 배출해 내면서도 학교 존립의 이유가 되는 취업률을 높이기 위해 기업을 찾아가 구걸마저 마다하지 않는다는 교수들, 도대체 어쩌자는 것인가? 가만있으라 해서 가만있는 바람에 비극을 피할 수 없었던 세월호, 그 참사에도 불구하고 정치적 책임이나 피하기 위해 술수나 부려 대고 있을 때는 아니지 않은가? 잇닿는 의문. 백날 물어봐야 답을 얻을 수는 없다. 그것이 우리 현실이다.

결국은 과보호나 주입식 교육의 결과로 이뤄진 자신들의 부실함을 지적당하면 젊은이들은 거의 예외 없이 싫어한다. 터무니없는 모욕이라도 당한 것 같은 분노를 드러내는 경우도 있다. **만일 그렇다면 당신들의 분노의 타당성을 반증해 보기 바란다. 반증은 간단하다. 이를테면 침묵 강의실과, 그리고 오바마와 고르바초프의 판박이 웃음이 나온 그 장면에 대한 합이성적 설명이 그것이다.**

'불편한 진실'이라는 표현이 무슨 유행어처럼 떠돌아다니고 있기는 하지만, 진실이 불편하다고 하여 그 진실을 외면하고만 있을 수는 없잖은가.

학생 자신

결국은 고질적 풍토병 때문에 모든 기능을 이미 상실하거나 거세된 상태여서 어쩔 수 없는 것이기는 하지만, 그렇다 해도 그 주인인 학생 자신의 책임을 제쳐 둘 수는 없을 것 같다. 제아무리 환경이 그렇다 할지라도 하나의 본능으로서 환경에 저항하여 제 몸을 지켜 내는 노력은 해야 마땅할 것이기 때문이다. 그런데 현실은 학교의 주인으로서 학교의 모든 제도와 분위기를 장악하고 주도해야 할 그들이 철두철미하게 수동적 존재가 되어 있기에 자신들이 마땅히 해야 할 어떤 기능도 해내지 못한다. 우선 학문을 위해서는 탐구적 태도가 필수인데, 모든 탐구의 시작인 호기심이 거세되어 있는 것부터 문제다.

유아들이 단시간에 어휘 수를 늘려 가는 것은 무시무시하리만큼 왕성한 본능적 호기심 때문이다. 낱말 하나를 익히기 위해서는 1만 번 이상 입술을 놀려야 한다는 연구 결과를 본 적이 있는데, 유아들은 쉴 새 없는 질문과 입술 놀림을 통해 자신의 세상살이를 위해 필요한 어휘 수를 급격히 늘려 간다.

그런데 소년기를 지나면서 완벽하게 수동적 인간으로 변모하여 호기심이니 하는 것을 여지없이 상실당한다. 그다음부터는 우선 감각적인 유혹을 제쳐 두고 보면, 흥미를 끄는 것이라고는 아무것도 없는 애늙은이 상태에서, 있는 것이라고는 미래에 대한 막중한 불안감뿐이게 된다. 더구나 대학에 들어오면서부터 밀착 감시 기능을 하던 담임이니 하는 제도도 없이 완전 방목 상태가 되다 보니 학생들은 표현 그대로 '내 마음 갈 곳을 잃어'가 된다. 학문이고 학교고 관심권이 될 수가 없다. 학생들은 자신들이 의무를 느끼는 수강, 학점, 그런 것에 피동적으로 끌려 다니기나 하는 게 고작일 수밖에 없다. 대학의 주권자인 학생들이 이런 꼴이다 보니 대학이 생동하는 존재가 되기란 결코 쉽지 않다.

교수

공직 후보가 된 교수들에게 표절은 으레 있는 것이 되다 보니 새로울 것도 없는데, 2014년 6월, 교육부 장관 후보로 임명된 김명수 교수 때문에 다시 한 번 이 문제가 세간의 화제가 되었다. 앞에서 「소설을 통해 살펴본 대학 풍경 하나」에서 확인한 바 있는 '아수라의 지옥', 그 실제 현장 가운데 하나 같았다. 그는 표절뿐만 아니라 제자 논문 가로채기, 연구비 횡령, 대강代講에, 심지어는 신문 칼럼 대필까지, 교수로서 가능할 모든 비리를 저지른 혐의를 뒤집어쓰게 되었다. 신문 칼럼을 대필시킨 것은 제자를 가르치기 위한 것이었다는 그의 변명. 제자 한 사람은 그를 고발하는 글을 신문에 기고하기까지 했는데, 그중한 대목은 이런 것이었다.

　물론, 학생에게 특강 원고를 맡기고 가짜 프로젝트를 하고 사적인 일에까지 학생을 동원하는 것은 교수님만이 하신 일이 아니었습니다. 많은 교수님들이 그러하십니다. 교수님들끼리도 서로가 서로를 비난하셨고, 저 역시 그런 교수님들과 요구에 굴복하는 학생들을 비난했지만 문제 제기를 하거나 해결할 생각은 못했습니다. 교수님께서 말씀하시는 '관행'은 이런 것일 겁니다. 잘못이지만 계속 그렇게 행해져 와서 잘못으로 인식되지 않는 것. 잘못임을 알지만 고치려고 나서지 않은 수많은 사람들이 함께 만든 사회악. 그것이 관행입니다.

―한겨레신문, 2014년 6월 29일

이른바 관행

　정말 모든 것은 관행, 곧 으레 있는 것이다. 심지어는 대학의 죽은 상태, 그것도 관행 아니라면 오히려 비정상일 그런 것이다. 학생들이 공부를 하니, 하지 않니 하지만 교수들은 "학생들이 공부할 마음이 없으니까 강의 부담은 없어 좋다"는 소리를 드러내 놓고 하며 한껏 나태를 즐긴다. 연구다운 연구를 하지 않으니, 그저 의무 논문 수요를 충족시키기 위해서라도 표절이니 하는 게 비일비재할 수밖에 없다. 앞에서 인용한 EBS 프로그램에도 그런 교수들이 나오기는 했지만, 물론 남다른 열정으로 학생들로 하여금 학문을 하도록 하기 위해 안간힘을 쓰는 교수들이 없는 바는 아니지만, 학생들이 워낙 수동적이다 보니 역부족일 뿐만 아니라, 그런 교수들은 그다지 많아 보이지도 않는다. 더러 성적性的 대가를 요구했다는 추문이 터져 나오고, 터져 나온 것보다 훨씬 더 많은 사례들이 있다는 것은 짐작하고도 남을 만한 일이지만, 설령 그런 것까지는 아니라 할지라도, 꽤 많은 교수들이 학점을 줄 수 있는 자신의 입지를 즐기기도 한다. 앞서 예로 든 『교수들의 행진』이 분명하게 증언하고 있는 바인데, 학생 외에 대학의 모든 것을 결정하는 또 하나의 주체인 교수들까지 이러니, 대학이 살아 움직이기는 어렵다.

전망 부재

학생들 입장에서 미래에 대한 전망이 결코 밝을 수 없는 것은 아예 구조적이다. 온갖 기를 다 써 가며 대학에 들어가려 한 것은, 대학을 나오지 않으면 도무지 사람 구실을 할 수 없게 되어 있는 사회 분위기 때문인데, 그렇다고 졸업을 해도 대학을 나왔다는 자부심을 최소한이나마 충족시킬 수 있는 일터는 절대적으로 부족하다. 불경기니 하는 것 때문이 아니다. 호경기 때도 마찬가지다. 왜 그런가?

한 사회가 필요로 하는 인력 구조는 피라미드식이다. 고학력을 꼭 갖춰야 하는 인력은 적고, 저학력만으로 가능한 일감은 훨씬 더 많다. 지금 어떤 직장에서 대학 졸업자가 차지하고 있는 일감 가운데 대졸자가 꼭 필요하지 않은 경우가 태반, 그 이상이다. 그런데도 대졸자를 뽑아 쓰는 것은 대학 졸업 비율이 70퍼센트나 되다 보니 대졸자 외에는 달리 인력을 구할 수 없기 때문이다. 독일이나 이탈리아는 우리보다 선진 구조인데도, 직장인 가운데 대졸자 비율은 30퍼센트 미만이고, OECD 국가 평균 비율은 37퍼센트다. 우리 현실이 그렇다 보니 대졸자가 대충이나마 대졸자가 충족시킬 수 있는 직업을 갖는 것은 쉽지 않다. 더더구나 줄기차게 이어지고 있는 실정失政으로 사회 전체가 불황이다 보니 전망은 더 어두워지고, 그러다 보니 더 무거워져 가는 것은 희망이 아니라 불안감이 될 수밖에 없고, 언제나 불안감에 짓눌린 나머지 학문이고 뭐고 관심 두기가 쉽지 않다.

그런 데다 등록금을 포함한 대학 체재 비용은 실질 부담률 면에서 세계 최강이다. 물론 등록금이 전혀 부담되지 않는 사람도 있겠지만, 그러나 대개의 부모와 학생들은 통칭 연간 1000만 원이라는 등록금 때문에 허리가 휜다. 학자금 대출 제도가 있어도 그것은 곧 빚이어서 졸업과 더불어 백수 신세에 빚쟁이까지 겸비해야 한다. 우리 대학 등록금의 실질 부담률이 세계 최강이라는 소문은 들었으나 그 실례를 접할 기회는 쉽지 않았는데, 앞에서도 잠깐 예로 든 세인트존스 대학 4학년에 재학 중인 조한별 씨가 쓴 '국내 대학보다 더 적게 드는 미국 대학'이라는 제목의 기사다.

나는 따지고 보면 한국(서울)에서 사립 대학 다니는 것보다 적은 돈을 내고 학교를 다닌다고 자신 있게 말할 수 있다. 자신 있게 말하기 위해 열심히 한국과 미국 대학 학비, 생활비 등등을 비교 분석해 봤다.　　　　—오마이뉴스, 2014년 4월 7일

분석 결과, 한 학기 학비와 생활비 평균 한국 대학은 675만 원인 데 견줘 세인트존스 대학은 2720만 원이지만, 세인트존스 대학의 경우 장학금과 학교 측의 재정 지원을 제외한 학생 자신의 실제 부담은 200만 원 정도다. 그런데 서울에서의 학비와 생활비를 적게 잡은 것 같다. 675만 원으로는 한 학기 학비와 생활비를 감당할 수 있을 것 같지 않기 때문이다. 궁금해서, 조한별 씨에게 이메일을 보냈더니, 서울에 있는 친구들에게 물어 적은 것이라는 답이 왔다. 반면에 미국의 그것은 필자 자신의 체험치니까 정확한 것일 듯한데, 이 숫자에 그대로 의지하기로 하자면, 서울에서 대학에 다니는 비용의 3분의 1쯤 들어가는 셈이다. 우리 대학 학생들 입장에서 이런 부담이 더 속 터지는 것은 재단 측의 눈에 빤히 보이는 횡포와 반값 등록금을 정략 대상으로 가지고 노는 정치권의 농간 때문이다. 이래저래 불안감과 함께 불만만 차츰 더 가중된다. 그런데도 죽어 있는 대학, 죽은 대학, 그것은 그야말로 관행이니까 모두모두 꾹꾹 눌러 참으며 세월이 흘러가 주기를, 그래서 흘러가는 세상이 자기 자신의 운명을 결정해 주기를, 그저 기다리고 있다. 그것이 우리 젊은이들

의 70퍼센트가 머물고 있는 대학의 관행적 풍경이다. 그런데 예외가 돌출했다.

　유일하게 살아 있는 영혼, 김예슬

　2010년 3월, 여러 면에서 상처 입기 쉬운 체질이라 산들바람에도 쉽사리 감기에 걸려 고생하게 되는 대한민국이 느닷없는 충격의 늪에 빠졌다. 그 시작은 3월 10일 대자보를 통해 발표된 '김예슬 선언'이었다. 요지는 '오늘 나는 대학을 그만둔다, 아니 거부한다'였다. 지금 이 책을 읽고 있는 독자들 가운데 아마 대부분은 기억하고 있을 듯하므로 여기에 인용하지 않겠다. 나는 우리 대학이 완전히 죽은 것은 아니라는 희망을, 그때 김예슬 씨의 참 기특한 그 글을 읽고 비로소 느꼈다. 아직 어린 사람이 결코 쉽지 않은 결심을 하기까지 얼마나 망설였을까, 안쓰러웠다. 지금 엮어 가고 있는 이 글은 세월호 충격 바람에 집필하게 되었지만, 구상은 그때 그 느낌으로부터 시작되었다. 나는 여기에서 김예슬 선언 대신 그 뒤에 이어진 반응들 몇을 인용하겠다.

　존경하는 교수님들께 묻습니다. 왜 침묵하십니까? 언제까지 침묵하고 계실 겁니까? '김예슬 선언'에 저는 심장을 찔렸습니다. 김예슬 씨가 대학을 거부한 직후 많은 대학생들, 수백만 네티즌들은 잠 못 이루며 토론하고 슬퍼하고 분노했습니다. 대자보 옆에 장미꽃을 달아 준 학생, 아이들과 대자보 전문을 함께 읽다 끝내 울어 버렸다는 선생님과 중학생들, 내 마음과 똑같지만 함께하지 못해 부끄럽다던 대학생들, 미안하다고 고백하는 학부모님들의 글이 쏟아져 나왔습니다. (……)

—이화여대 07학번 심해린(오마이뉴스, 2010년 3월 17일)

조금도 과장이 아닌 이 글은 그때 나온 수많은 격정적 반응 가운데 하나다. 나는 그때 제2, 제3의 김예슬이 뒤따르리라, 그리고 대학 당국이나 교수들도 어떤 형태로든 반응을 보이리라 예상했다. 그러나 결국에는 나의 많은 헛된 희망 사항 가운데 하나에 지나지 않게 되었다. 우리 대학의 전통과 관행은 내가 헤아리고 있던 것보다 훨씬 더 씩씩하고, 훨씬 더 굳건했다. "많은 대학생들, 수백만 네티즌들은 잠 못 이루며 토론하고 슬퍼하고 분노했습니다." 그것은 사실이었지만, 결과는 호수에 던진 조약돌 하나와 같게 되었다. 김예슬 씨는 선언 한 달 뒤가 되는 4월 12일, 경향신문과의 인터뷰에서 "거대한 적 '대학·국가·자본'에 작은 돌을 던진 것"이라고 했는데, 정말 그렇게 된 셈이었다. 무서운 느낌이 들었다. 우리 대학의 죽은 상태는 그토록 견고했다. 그리고 그때로부터 4년쯤의 세월이 흐른 뒤, 나는 이런 글을 읽게 된다.

"큰 배움도 큰 물음도 없는 대학 없는 대학에서, 나는 누구인지, 왜 사는지, 무엇이 진리인지 물을 수 없었다. 우정도 낭만도 사제 간의 믿음도 찾을 수 없었다. 가장 순수한 시절 불의에 대한 저항도 꿈꿀 수 없었다. 스무 살이 되어서도 내가 뭘 하고 싶은지 모르고 꿈을 찾는 게 꿈이어서 억울하다."

김예슬의 '자퇴 선언'을 한 학생이 읽어 가자 일순 강의실이 술렁이기 시작했다. 어디선가 잔기침 소리가 잦아졌고, 여기저기서 나직이 울먹이는 소리가 들려왔다. 낭독 후 자신의 느낌을 말하던 여학생이 기어이 울음을 터뜨리자 학생들의 눈가에 눈물이 번져 갔다. 예상치 못한 일이었다. 저 쾌활해 보이는 학생들의 마음속에 저런 응어리가 맺혀 있었다니. 처음으로 학생들의 심연을 들여다본 느낌이었다. 내 안에서도 뜨거운 무언가가 울컥 치밀었다. 아버지 세대로서, 선생으로서 부끄러웠다. (……)

오늘날 이 땅의 대학은 더 이상 진리의 상아탑도 정치의 공론장도 아니다. 대학이 스스로 대학이기를 포기하고 있다. 근대 대학의 창시자인 훔볼트의 말처럼 대학이 "교수와 학생으로 이루어진 자유롭고 평등한 학문 공동체"라면, 이 땅에 대학은 없다. 교수와 학생은 대학의 자유롭고 평등한 주체가 아니라 단순한 관리 대상으로 전락했고, 경쟁과 승자 독식의 논리 속에 학문 공동체는 붕괴했다. 진리를 탐구하고 정의를 혜량하며 사회에 기여하는 최고 학문 기관이 대학이라면, 이 땅에서 대학은 숨을 거둔 지 오래다. 진리, 정의, 연대의 가치는 낡고 시대착오적인 것으로 외면당하고, '경쟁력', '효율성', '수익성', '선택과 집중' 따위의 마케팅 용어들만 난무한다. 대학은 취업 학원으로, 학생은 지식 소비자로, 교수는 지식 소매상으로 전락했다. 대학이 지녔던 도덕적 권위와 사회적 책임감은 가뭇없이 사라졌고, 실용주의의 탈을 쓴 반지성주의가 대학의 이념을 질식시켰다. 대학은 이제 지성의 폐허, 정신의 황무지, 정치의 불모지가 되어 버렸다.

──김누리, 중앙대 독문과 교수(한겨레신문, 2013년 12월 22일)

위의 두 인용문은 대학 구성원 자신들의 대학에 대한 평가이고, 동시에 논고다. 결론은 '이 땅에 대학은 없다'가 되겠다. 이론異論은 없었다. 우리 대학의 죽음이 확인된 셈이었다. 그러나 그걸로 끝이었다. "아버지 세대로서, 선생으로서 부끄러웠다"는 비단 김누리 교수만은 아니다. 내가 육성으로 직접 들은 것만도 여러 번이었다. 그러나 그 부끄러움은 일과성에 지나지 않았다. 그다음에는 침묵뿐이었다. 쥐 죽은 듯 고요했다. 열화 같던 그 분노는 모두 어디로 간 것일까? 어찌하여 이토록 적막강산이 된 것일까?

죽음 같은 침묵

우리 대학은 결국 죽음 같은 침묵 상태에서 관행 또는 관성에 의해 김예슬 이전, 곧 죽은 상태로 돌아갔고, 김예슬은 잊혔고, 더불어 우리 대학의 죽음은 더 견고해져서, 당연히 학문의 용광로여야 할 대학은 불 꺼진 창이 되고야 말았다. 그 결과 가운데 하나가 앞에서 소설을 통해 살펴본 것처럼, 학생들의 주된 소일

거리는 배회가 된다. 그런데 정말 어쩌다 이런 상태가 되었을까? 그 조화와 그 결과가 무궁무진한 욕망에 대한 분석적 접근 없이는 결코 간단하지 않은 이 질문에 대한 답은 불가능할 것 같다.

넘어져도 걱정 마라,

사랑스러운 아가씨야.

청춘은 상처를 입을 수밖에 없도록 되어 있는 거니까.

Don't worry if you fall, sweet girl. Youth is made for bruises.

──섀넌 셀레비(Shannon Celebi, 미국 작가)

젊은 시절에 완전한 실패란 있을 수 없습니다.

넘어질 수 있는 기회를

맘껏 가지세요.

그리고 스스로를 토닥여 주세요.

다시 일어나면 됩니다.

──안철수(안랩 설립자, 1962~   )

필연의 완성

　　인간은 본질적으로 자신의 욕망에 의해 하루에 몇 차례씩이
라도 변절과 배신을 감행할 수 있는 속성을 지니고 있다. 그런
속성은 타고난 본능과 환경적 조건에 의한 학습, 양편 모두로부
터 비롯된다. 결국 뛰어난 지능으로 말미암아, 인간은 다른 동
물들보다 훨씬 더 탐욕적이고 이기적일 수밖에 없으며, 표리와
언행과 지행의 합일은 드물 수밖에 없어서, 굶주린 소크라테스
보다는 배부른 돼지 같은 삶을 선호할 수밖에 없다. 제 배가 부
르면 남 배고픈 줄 모르고, 이익의 대상 앞에서는 맹목이 될 수
밖에 없고, 아흔아홉 석 추수를 해 놓고도 백 석을 채우기 위해
한 석 추수한 집의 가련한 그 한 석을 욕심낼 수밖에 없으며, 자
신의 이해관계에 따라 다른 사람과 자기 자신까지도 얼마든지
배신할 수 있다.

해탈한 부처님이나 극소수의 예외적 인물, 이를테면 정신 박약아만이 이런 속성으로부터 자유스러울 수 있다. "인간은 지구의 질환이다." 이것은 버나드 쇼(1856~1950)다운 독설이겠지만, 적어도 인간은 인간 스스로 주장하거나, 그러기를 바라는 것만큼 고매하지도 우아하지도 않은 것 같다. 인간은 그보다는 꽤 조잡한 편인 듯하다. 왜 그럴 수밖에 없는 것일까?

지극히 난해해 보이는 이 질문에 대한 답만은 간단명료해 보인다. 인간은 욕망의 종속물일 수밖에 없기 때문이다. 욕망의 노예나 꼭두각시가 되어 욕망의 잔혹한 발호 앞에서 대개는 힘을 쓰지 못하다 보니 그토록 자만심에 가득한 인간이 기껏 해봐야 스스로를 야멸차게 야유하고, 또 그 야유를 도무지 부정할 수 없는 가련한 존재로 전락하였기 때문이다.

인간과 욕망

앞에서 인용한 김용옥 선생의 노래에 "In youth desire is overwhelming"이라는 구절이 있다. 그런데 비단 'in youth'만은 아니다. 정치판을 어지럽히는 늙은 정치인들의 추태들을 보라. 오히려 나이 들면서 더 추악해지는 경우는 아예 흔하다. 그러므로 'in whole life'가 맞다 In whole life desire is overwhelming.

영어에 '욕망'을 뜻하는 단어는 desire, greed, craving, appetite, ambition, avarice, rapacity, covetousness, cupidity 등 여럿이고, 욕망의 질이나 등급이라 할, 이 여럿이 품고 있는 의

미 차이는 미묘하다. 김용옥 선생이 이 미묘한 차이를 고려해서 desire를 골라 쓴 것인지는 알 수 없다. 문제 삼아야 할 것은 욕망 그 자체가 아니라 탐욕, 허욕, 그렇게 표현해 볼 수 있는 과욕過慾인데, 김용옥 선생이 일반적 의미에서의 욕망을 뜻한 것인지, 지나친 욕망, 곧 과욕을 뜻한 것인지, 역시 알 수 없다.

그러나 같은 노랫말에서의 '비극(tragedy)'은 바로 압도적 (overwhelming)인 욕망의 유린으로 비롯된 것일 수밖에 없다는 점을 고려한다면 일반적인 욕망이 아닌 지나친 욕망, 곧 과욕을 뜻하는 것으로 봐야 할 듯싶다. 이 문단 진술에서 낱말의 정의에 대해 이미 혼란을 느꼈을 것 같은데, 여기서 욕망의 속성에 대해, 또는 그 속성에 대한 일반적 오해에 대해 조금 짚어 볼 필요가 있을 것 같다.

맹자의 성선설보다 인간의 속성을 더 정확하게 간파해 낸 것으로 이해되는 성악설의 주창자인 순자荀子는 '욕악동물慾惡同物'이라 하여, 욕망을 아예 악惡 또는 그 근원으로 격하시켜 버렸다. 욕망에 대한 일반적 이해는 이 정도까지는 아니라 할지라도 욕망은 추한 것 또는 최소한 바람직하지 않은 것, 그런 것인 듯하다. 이런 증언도 있다.

지금까지 대개의 경우, 욕망이란 것은 매우 부정적인 것으로, 혹은 심지어 저주받은 개념으로까지 사용되었다.
— 강신주, 『철학 vs 철학』(그린비출판사, 2010)

욕망에 대한 어이없는 오해

만일 그렇게 보기로 한다면, 그것은 욕망에 대한 온당한 평가도, 대접도 아니다. 역시 수학적 논증을 시도해 보기로 하자면, 인간의 모든 향상, 모든 생산, 모든 아름다움, 모든 기쁨, 모든 가치는 욕망으로부터 나온다. 우리들 정신에 무한한 자양과 기쁨을 주는 학문이나 예술 쪽의 경탄할 만한 성취들도 욕망 없이는 불가능하다. 내가 몹시 버거워하면서도 이 글을 써 나가고 있는 것도 물론 당신들에게 뭔든 조금이라도 귀띔해 주고 싶은 불같은 욕망 때문이다. 욕망 없이는 아예 생명의 역사가 이어져 나갈 수도 없다. 그런데 욕망이 악이라니? 그것은 곤죽이 되도록 욕망에 하도 유린당한 비극적 생애를 되풀이하여 살다 보니 어쩔 수 없이 마음속에 품어 보게 된 욕망에 대한 넌덜머리 같은 것으로 봐야 할 것 같다.

사실 욕망에 대해서는 그럴 만도 하다. 왜냐하면 욕망은 일쑤 인간의 눈을 가려, 인간으로 하여금 섶을 지고 불구덩이에 뛰어들게 하기 때문이다. 그 결과, 개인도 사회도 더불어 망가져서 세상은 차츰 더 나빠져 간다. 이상에 대해 생각하지 않는 인간이 어디 있을까? 그런데 바로 그 인간에 의해 이루어지는 "모든 사회적 변화"가 기껏 "타락이나 부패 또는 퇴화"(플라톤)라니! 그것은 욕망의 발호 앞에 인간이 얼마나 무력할 수밖에 없는가를 보여 준다.

도대체가 욕망에 달떠올라 있는 동안에는 인간을 인간답게 하는 이성은 도무지 힘도 써 볼 수가 없다. 그러니 어떻게든 인간다워 보려는 또 다른 욕망을 포기할 수 없는 명색이 인간으로서 어찌 넌덜머리를 내지 않을 수 있으랴. 그러나 그렇다 하여 욕망에 대한 평가나 대접을 그렇게 해서는 안 될 것 같다.

욕망의 빛깔 그리고 욕망과 이성의 함수 관계

욕망을 빛깔로 표현해 본다면 '청운의 꿈'에서 푸른빛을, '벌건 욕망'에서 붉은빛을 추출해 낼 수 있다. 사회든 개인이든 이성의 권능도가 높을수록 푸른빛이, 이성의 권능도가 낮을수록 붉은빛이 짙어진다.

사회와 개인 그리고 욕망과 이성과 재능의 함수 관계에 대해서도 생각해 볼 수 있다. 노블레스 오블리주(Noblesse Oblige)를 연상하면 이해하는 데 도움이 될 듯싶다. 이성의 권능도가 높은 사회에서는 개인의 재능이 높을수록 이성의 권능도도 높아져서, 그 개인이 실현하는 욕망이 푸른빛 쪽으로 짙어질 가능성이 높지만, 이성의 권능도가 낮은 사회에서는 개인의 재능이 높을수록 그 재능이 이성 쪽보다는 간지奸智 쪽으로 작용하여, 개인이 실현하는 욕망은 붉은빛 쪽으로 짙어질 가능성이 높다. 이성의 권능도가 낮은 후진 사회에서 공익을 외면하는 이른바 지식인의 배임 현상은 이 논리로 설명해 볼 수 있다.

욕망의 빛깔에 대한 궁리에서 살펴보면 욕망은 (1)푸른 빛깔의 순자연적인 것과, (2)붉은 빛깔의 반자연적인 것으로 나눠 볼 수 있다. 생명 탄생과 생존, 방어, 자기실현, 구도, 근면 같은 것들은 (1)의 범주에 들고 나태, 쾌락, 치부, 착취, 유린, 공격, 정복 같은 것들은 (2)의 범주에 든다. (1)과 (2)의 가장 큰 차이는, (1)은 대체적으로 타인을 해치지 않는 것으로 타인과의 이성적 공존을 도모하는 데 비해 (2)는 대체적으로 타인에 대한 피해가 전제된 것으로 배타적이라는 것이다.

결국 인간의 품질에 대한 것이 될 이 대목 논의에서 우리가 문제 삼아야 할 것은 범주 (2)다. 인생 비극은 대체적으로 이성의 권능 범위를 벗어난 욕망의 발호나 준동으로부터 시작되기 때문이다. 그러니까 이제부터 논의하게 될 '욕망'은 이성의 합당한 권능 범위를 벗어난 반자연적 붉은 빛깔의 욕망을 뜻한다.

아흔아홉 석을 추수한 사람이 백 석을 채우기 위해 단 한 석 추수한 집의 그 한 석을 더 탐내는 식의 소유욕 같은 예를 보더라도 인간 됨됨이, 인간다움 또는 인간의 질은 인간과 욕망의 달리기 내기 결과에 따라 정해진다. 욕망에 사로잡힌 인간은 욕망의 대상을 소유하기 위해 죽을힘마저 다한다. 그리고 그 대상을 소유하면 욕망은 끝나는가? 천만의 말씀이다. 모든 수고를 다 바쳐 그 대상을 소유했다 싶은 순간, 그 대상은 욕망을 채워주는 것이 아니라 욕망의 결핍만 남긴 채 멀리 도망가 버린다. 이것은 자크 라캉의 이론이다.

그렇게 욕망의 대상은 사막의 신기루 같다. 죽을힘마저 다해 가며 허위단심 좇아가 보면 욕망의 대상은 어느덧 저만큼 물러나 있다. 또 좇아간다. 욕망의 줄기찬 에스컬레이션, 욕망은 무한이다. 충족을 모른다. 그래서 대부분의 사람들에게 이 달리기 내기는 생애 내내, 그리고 마침내는 죽음의 순간까지 이어진다. 그래서 프로이트는 단언했다. 죽음만이 욕망을 충족시킬 수 있다, 라고. 무서운 선언이다. 그걸 부정할 수 없어 더 무섭다.

요컨대 'Desire is overwhelming', 그런 상태가 되어서는 인간의 인간적 품질은 민망한 것이 될 수밖에 없다. 그래서 '인간은 결국 모두 패배한다'는 또 하나의 비극적 명제가 성립된다. 인간의 인간다운 품질을 최소한이나마 확보하기 위해서는 욕망을 절제해야 한다. 이런 관점이 조금씩 설득력을 얻어 가고 있는 것은 차츰 더 드세어지고 있는 쾌락주의나 물질 만능주의에 대한 위기감 때문이고, 그래서 요가나 불교 또는 도교 같은 욕망 절제를 중심으로 하는 동양 문화나 사상이 벌건 욕망의 지배 체제가 확고한 서양 사회에서 차츰 더 먹혀들어 가게 된 것이겠지만, 그래 봤자 욕망의 절제는 쉽지 않다. 욕망의 발호가 하도 오묘하고, 그 준동이 워낙 교활하고 악랄하기 때문이다.

그래서 욕망과의 달리기 내기에서 인간은 아예 곤죽이 되도록 판판이 깨지기만 하는 현실은 줄기차게 되풀이된다. 그러다 보니 인간을 고매하고 우아하게 만드는 이성은 일쑤 별로 힘을 쓰지 못하게 된다. 그래서 소수의 승리자를 제외한 대개의 사람들은 인간의 품질 평가에서 조잡함이나 유치찬란함이라는 불명예를 운명처럼 뒤집어쓰게 된다. 그 불명예는 벗어나려고 몸부

림칠수록 오히려 더 조여 오는 덫과 같다.

당신들 자신을 포함한 당신들 시야의 장삼이사는 몸부림치면 오히려 더 조여 오는 덫에 치여 가쁜 숨을 내쉬고 있는 인간들일 가능성이 크다. 왜냐하면 욕망에 압도(overwhelming)당한 게 아니라 욕망을 초극(overcoming)하려고 시도나마 해 보는 인간은 소수에 지나지 않기 때문이다. 왜 그럴까? 드디어 강신주 멘토와 김어준 멘토를 찾아갈 시간이 된 것 같다. 내로라하는 허다한 멘토 가운데 굳이 이 두 분을 멘토로 모신 이유는 그들이야말로 당대에서 순응주의를 단호하게 거부한 채, 자신들의 의지를 관철하여 자신들의 독자적 세계를 구축해 냈기에 당신들에게 사표가 될 만하다 생각되기 때문이다. 김어준 멘토에 대해서는 굳이 설명할 필요가 없을 듯하지만, 강신주 멘토에 대해서는 조금 이야기해 보는 게 좋을 것 같다. 그 앞에 이명원 신화부터 그럴 만한 사람들에게는 흥미진진할 이야기를 될 수 있는 대로 간추려 적어 보겠다.

이명원 신화

우리나라 대학의 순응주의가 얼마나 죄악적인가 하는 좋은 예가 될 이명원 신화는 문학 분야에 관심 없는 사람들에게는 매우 낯설지만, 우리 문단에는 이명원(1970~　)이라는 독불장군이 있다. 순응주의가 지배적 사조인 시대에 순응이 절대 불가능한 독불장군 가운데 하나인 이명원의 신화는, 그가 어느 저명 교수의 책 한 권이 통째 표절이라는 것을 발견한 데에서 시작된다. 당시 박사 과정에 있던 이명원은 이 사실에 대해 발언했다.(『타는 혀』, 새움, 2000) 당연한 발언이었다. 더구나 책 한 권이 통째 표절이었다. 그런데 당연하지 않게 보는 검은 세력들이 있었고, 마침내 이른바 '사제 카르텔 논쟁'이 시작되었다. 논쟁이라 해봐야 일방적으로 이명원이 타살他殺당하는 프로세스에 지나지 않았지만, 어쨌든 그렇게 판이 커지기까지 했으니, 그토록 무지막지한 표절을 감행한 어느 저명 교수는 죽게 될 수밖에 없으리라 생각되었다. 아무리 표절 천국이라 하지만 한두 문장이 아니라 책 한 권이 통째 표절이었으니, 적어도 교과서적 상식으로 보면 그랬다.

그런데 죽은 것은 그 저명 교수가 아니라 이명원이었고, 이명원을 죽인 것은 다른 사람이 아닌 이명원의 지도 교수들이었다. 저명 표절 교수의 제자인 그들은 '너를 제도적으로 매장하겠다'고 아예 공개 선언한 상태에서 지도 교수로서 가능한 공식, 비공식 모든 권능을 행사했다. 독재자에게 굴종하여 사법 살인을 감행한 법관들보다 그들이 더 잔인하고 더 비열해 보였다. 그들은 명색 문인이고, 더구나 스승이었기 때문이다. 도무지 사실로 믿어지지 않을 만큼 그들은 잔인했고 비열했다. 그리고 언론을 포함한 우리 사회 모든 기능은 이명원이 잔인하고 비열하게 죽임 당하는 과정을 매우 공손하게 방관했다. 어찌하랴. 이명원은 죽었다. 그리고 자신의 무덤에서 그 자신이 죽임 당하는 과정을 그는 자기 자신의 손으로 기록했다. 그것은 한 순교자의 처절한 신앙 고백과 같다. 읽으면서 가슴이 아팠다. 다른 사람도 아닌 스승들의 칼날이 여러 방향에서 그렇게 날아올 때, 그래 봐야 20대 중반, 아직 젊은 그의 심정이 어땠을까? 모두가 기어야만 살아남을 수 있다고 믿으며, 거의 어김없이 그렇게들 하고 있는 판에, 그 스승을 향해 아니라고, 또박또박 말대답을 하고 있는 그의 모습. 울타리 밖 존재이기는 하지만, 나도 그 판에 한 다리를 걸치고 있는 존재로서 참 부끄러웠다.

사회는 유기적이다. '도대체 이게 나라냐!'라는 탄식을 부정할 수 없을 만큼 온 나라가 썩었다면, 문학판도 예외가 될 수 없다. 예외가 될 수 없는 그 판에서 이명원은 결국 순교했다. 그러나 이명원은 그 무덤에서 다시 몸을 일으켜 '학문적 망명'을 감행했고, 그 뒤에도 독불장군으로서의 생애를 살아가고 있다. 이명원의 자취가 더러 눈에 띌 때마다 나는 신기해한다. 이명원을 죽인 현실의 최종 하수인인 그들은 적어도 게으른 독자인 내 눈에 띄지 않을 만큼 현상에서 사라졌는데, 아, 저 사람은 저렇게 살아남았구나. 아, 저럴 수도 있는 거구나. 내가 도무지 동의할 수 없는 당대 현실에서 선善이 재생 불가능할 만큼 짓이겨지지 않은 드문 경우를 실현해 낸 이명원은 대한민국 문학 분야 쪽 독불장군의 상징적 존재다. 적어도 내 눈에는 그렇다.

이명원에 견준다면 강신주는 맷집이 훨씬 더 튼튼해 보인다. 아니면 그의 지도 교수들이 이명원의 스승들보다는 덜 잔인했거나. 그는 자신의 뜻과는 관계없이 가게 된 공대에서 학부 생활을 마치고, 대학원에서는 철학을 선택한다. 그리고 석사 과정 지도 교수와 대판 싸운 뒤 박사 과정은 다른 학교로 갔는데, 여기서도 지도 교수와 공존할 수 없는 존재가 되었고, 그것으로서 그는 '강단'이 아닌 '거리'를 자신의 활동 무대로 삼을 수밖에 없었다. 거리에서마저 그는 독특했다. 강의 전에, 예수 믿는 사람을 골라 '내쫓는'다는 게 한 예가 되겠다. 그렇게 하고도 그는 당대 철학자 가운데 가장 많은 청중, 가장 많은 독자를 보유하게 되었다. 학자로서는 지복일 텐데, 이런 지복은 지도 교수에게 노예적 순응을 하지 않으면 살아남을 수 없는 우리 대학의 범죄적 풍토에서 단호하게 순응을 거부한 덕분이다. 그래서 나의 이 소중한 지면에 김어준과 함께 강신주를 멘토로 모시게 되었다. 김어준 총수야 허허 웃고 말겠지만, "멘토를 자칭하는 사람들은 다 사기꾼이다"라고 아예 폭력적 언어로 단정한 바 있는 강신주 선생은 멘토라는 표현을 물론 싫어할 테지만, 문맥의 흐름으로 볼 때 이 대목에서는 어쩔 수 없어 보인다. 해량 바란다.

인간의 욕망은 타자의 욕망이다

주체는 타자가 욕망하는 것을 자신의 욕망처럼 생각하면서 욕망한다. 그런데 '타자의 욕망' 또는 '타자에 대한 욕망'은 필연적으로 타자의 인정을 전제로 한다. 그러므로 주체의 욕망은 궁극적으로 타자의 인정에 대한 욕망이 된다. 여기서 주체와 타자의, 수평적일 수 없는 수직적 주종 관계가 불가피해진다. 욕망에 최선을 다해 민감할 수밖에 없는 모든 세포와 신경은 이 사회에 존재하는 불특정 다수의 타자를 향할 수밖에 없고, 이 과정에서 주체는 배제된다. 이른바 자아 상실. 그래서 자아가 거세된 무수한 '나'가 존재하게 된다. 이것은 자크 라캉의 논리인데, 번역자들조차 어려워하는 라캉의 언어는 감이 잘 잡히지 않는다. 강신주 멘토는 라캉 멘토의 이론에 대해 이렇게 풀어 설명한다.

> 갓난아이에게 최초의 타자는 곧 어머니라 할 수 있고, 예를 들어 어머니가 자신이 김치 먹는 것을 좋아한다면, 갓난아이는 김치에 대한 자신의 불쾌감을 무릅쓰고 그것을 먹으려고 한다. 비록 괴롭기는 하지만, 김치를 먹었을 때, 어머니가 자신을 사랑스럽게 생각할 것이라는 것을 직감적으로 알고 있기 때문이다. 어머니가 느끼한 파스타를 좋아한 경우라도 마찬가지 결과가 나올 것이다. 아 아이는 어머니로부터 지속적인 사랑을 얻기 위해 파스타를 기꺼이 먹을 테니까 말이다. ……어른이 되었을 때, 인간은 그 자신이 타자가 욕망했던 것을 욕망한 것에 지나지 않는다는 것을 쉽게 망각하게 된다. 그래서 자신이 원하는 음식은 다른 누구도 아닌, 자신의 원하는 것이라고 믿게 된다.
>
> —강신주, 『철학 vs 철학』

이 설명도 이해가 쉽지 않을는지 모르겠다. 그렇다면 이번에는 강신주 멘토와 비슷한 연배에 생김이나 세계관은 딴판으로 다르면서, 어려운 말도 쉽게 풀어내는 특이 체질 소유자인 김어준 멘토의 소리를 들어 보기로 한다.

라캉이라는 사람이 있어요. 약간 유명한 사람이에요. 그 사람이 이런 말을 했습니다. "인간은 타자의 욕망을 욕망한다." 유명한 사람들은 쉬운 말을 어렵게 합니다. 무슨 소리냐 하면 아이가 태어나면 가장 먼저 엄마를 만나겠죠. 보통. 그리고 그 엄마를 행복하게 만드는 일을 합니다. 아이가 웃었는데 엄마가 좋아해. 그럼 자꾸 웃어. 걸었는데 엄마가 박수를 쳐. 아이가 자꾸 걸으려고 해요. 말을 했는데 가족들이 박수 쳐 주면 자꾸 말을 하려고 하죠. 누구나 겪는 발달 과정이에요. 나이를 먹으면 그 대상이 엄마, 선생님, 친구들, 친·인척, 사회가 되기도 하죠. 학교 들어가서 공부 잘하면 선생님들이 칭찬합니다. 그럼 자꾸 공부하고 싶어요. 그러니까 인간이 타인의 욕망을 욕망한다는 이야기는 애초에는 아이가 태어나서 사회를 배워 가는 과정이란 겁니다. 가장 먼저 하는 게 다른 사람의 욕망을 충족시키는 것이고 그렇게 사회를 배워 갑니다.

결국 타자의 품질에 따라 주체의 품질은 결정될 수밖에 없다.

왜냐고요?

주체에게 절대적 영향을 미치는 타자들, 곧 부모가, 친구가, 교사가, 교수가, 고용주가, 그리고 세상 전체가 욕망하는 것이 건강하고 도덕적이고 진취적이고 능동적일 경우, 주체도 건강하고 도덕적이고 진취적이고 능동적인 것을 욕망하게 되겠지만, 타자가 그 역의 경우라면 주체도 그 역이 될 수밖에 없다. 그런데 우리 현실에서 대개의 주체가 만나는 타자는, '도대체 이게 나라냐!'라는 탄식을 금하지 못하게 하는 바로 그 세상의 주역들이다. 그리고 그 세상이 구성원들에게 제시하고 요구하는 것은 물적 가치 생산의 극대화다. 부모도, 교사도, 자기 자식과 자기 제자에게 요구하는 것은 물적 가치 생산 능력의 극대화다. 그러므로 타자가 욕망하는 것을 욕망할 수밖에 없는 주체는 어쩔 수 없이 물적 가치 생산의 극대화를 욕망하게 될 수밖에 없다. 『소유냐 존재냐(To Have or To Be)』(에리히 프롬)가 고민 대상이 된 적도 있지만, 이제는 단연 '소유'만 남았다. 더 많은 소유, 더욱더 많은 소유를 향해 사람들은 치달린다. 그것이 타자의 욕망, 그 집약이기 때문이다.

되풀이하여 이야기되고 있는 피동성만 해도 그렇다. 본능적으로 자유를 갈망하는 영혼의 억압과 강제가 전제된 과보호, 주입식 교육에 대한 타자의 의지와 관성이 하도 철두철미하다 보니 모든 주체는 소극적, 피동적 인간이 될 수밖에 없다. 그래서 M세대, 곧 매뉴얼 세대로 별칭되는 우리 젊은이들은 타인에 의해 주도면밀하게 만들어진 지침, 방향, 표준, 그런 매뉴얼이 없으면 어찌해야 할 바를 모를 만큼 피동적으로 획일화되어 있는 상태인 터라, 이를테면 '가만있으라'는 매뉴얼에 순응하는 세월호 참사가 일어날 수밖에 없었다.

중앙일보 2007년 6월 5일 자에, 미국으로 유학 간 한국 젊은이들의 좌담 기사가 실렸는데, 이 좌담의 키워드도 '획일'이다. "대부분의 유학생은 입시 위주의 획일적 한국 교육을 견딜 수 없었다"라고 했다. 그중 일부는 어렸을 때 미국 교육을 경험해 한국과 미국 교육의 차이를 잘 알고 있었다. 이들은 한국 학교를 벗어난 것을 '천만다행'으로 여기고 있었다. 한 조기 유학생 출신은 한국 학교생활을 '끔찍했다'는 말로 대신하기도 했다. '획일', 이 표현 안에는 젊은이들의 진취성을 아예 고사시키는 모든 것이 들어 있다. 학교는 벽돌 공장이 아니고 벽돌 공장이어서도 안 되지만, 우리 아이들은 어쩔 수 없이 벽돌이 되어 가고 있다. 획일화 프로세스는 개성(personality)의 거세를 전제한다. 개성은 거세될 수밖에 없다. 그것은 창의의 소멸을 뜻한다. 그래서 창의가 거세된 청춘이 완성된다. 거부할 수도, 피할 수도 없는 필연이다. 필연의 완성이다. 세상 물결에 피동적으로 휩쓸려 배회할 수밖에 없다. 그사이 인생의 골든타임은 시나브로 사라져 간다.

집어등의 치명적 유혹

집어등이란 말은 글자 그대로 물고기(魚)를 모으는(集) 등불(燈)이란 뜻입니다. 심해의 오징어들은 오징어잡이 배에 매달린 수많은 집어등의 치명적 유혹에서 벗어나기 힘듭니다. 화려한 등불의 불빛은 자신들의 목숨을 바쳐서라도 도달하고 싶은 치명적 유혹을 안고 있으니까요.
—강신주, 『상처받지 않을 권리』(웅진씽크빅, 2009)

눈앞의 저 빛!
찬란한 저 빛!
그러나 저건 죽음이다
의심하라
모오든 광명을

—유하, 「오징어」

강신주 멘토의 이 비유는 사실은 자본주의 사회의 속성을 이야기하기 위한 것이고, 유하 시인의 이 시는 그런 사회에서 절조 없이 나붓대는 무리들을 향한 야유 투 경고지만, 그 비유와 경고는 그대로 이 책의 주제인 청춘들에게도 꼭 그대로 적용될 수 있다. "의심하라／모오든 광명을"이라는 명시적 경고에도 불구하고 오히려 어깃장이라도 놓으려는 것처럼, 청춘들은 자신들을 꾀는 수많은 불빛 앞에서 속절없이 무너져, 집어등 불빛을 보고, 그것이 결국 죽음인 것도 알지 못한 채 몰려드는 수많은 오징어 떼처럼, 화려한 불빛이 번득이는 황폐한 풍경 속을 줄기차게 배회하며 자신들의 골든타임을 까먹고 있다. 생명의 명백한 소모 또는 자멸. 방황이 아니라 배회다. 방황과 배회, 그 차이가 무엇인가?

젊은이들은 사치를 사랑한다.

그들은 버릇이 나쁘고, 권위를 경멸하며,

나이 든 사람을 존경하지 않는다.

그들은 나이 든 부모에게 덤비고,

게걸스레 음식을 먹고,

자신의 교사들을 개떡처럼 여긴다.

Youth love luxury. They have bad manners, contempt for authority, show disrespect for their elders; they contradict their parents, gobble up their food and tyrannize their teachers.

—소크라테스(Socrates, B.C. 470~399)

배회와 방황

학교나 공부에 매달려 있어야 하는 최소한의 시간을 제쳐 두고 보면, 요즘 대개의 젊은이들은 어떻게든 또래들과 어울려 밖으로 나돌려고 한다. 또래들과 떨어져 있으면 다른 애들은 무엇을 하고 있을까 궁금하고, 또 자신만 따돌림을 당하고 있는 듯 외로움을 느끼는 반면에 또래들과 함께 있으면 편안하기 때문이다. 취재를 위해 만난 몇몇 학생의 공통된 대답이 그랬다. 일상적 질서나 생활의 리듬 같은 것은 찾아보기 어렵다. 자는 시간과 일어나는 시간이 매우 불규칙적이고, 언제나 밖에 나가려 하고, 일단 나가면 모든 시간을 소모한 뒤에야 지친 모습으로 집에 돌아온다. 그들의 눈은 당연히 언제나 '밖'을 향해서만 열려 있다. 배회하고 있을 또래들에 섞이지 못할 때, 그들은 정서적 불안 현상을 보인다. 드물게 '안'에 있을 경우에는 심심해 못

견뎌 하여 '밖'을 향해 SNS를 혹사시킨다. 그래서 이룩된 세계 최고 또 하나 — 인구 비례 SNS 사용률 세계 최고.

홍대 골목, 밤

나는 그 현장 가운데 하나를 한 번 더 확인하기 위해 유명한 홍대 골목에 다녀왔다. 젊은이들이 바글거리는 술집에도 들어가 보았고, 고막을 찢는 듯한 음악이 연주되는 카페에도 한동안 앉아 있어 보기도 했다. 집어등 강렬한 불빛을 쫓아 모여든 오징어 떼와 결국은 동류인 그들, 하나같이 도취나 광란 상태였다. 늦은 시간, 밤거리에 토악질을 하는 젊은이도 보았고, 남의 집 담벼락에다 오줌을 내갈겨 대는 풍경도 마음에 담아 두었다. 지하철 막차 시간에 맞춰 홍대입구역에 내려갔을 때, 거기 또 하나의 젊은이가 벤치에 널브러져 있었다. 막차 시간을 확인해 보니 23시 59분이었고, 그때 시간은 58분이었다. 전철이 들어오고 있었다. 전철에 태워야 할 것 같아 건드려 보았지만 거의 인사불성 상태였다. 그 지경이 되었는데 지하철역까지는 어떻게 왔을까. 나는 겨우 그를 전철 안으로 끌고 들어갔는데, 그는 또 의자에 길게 늘어져 버렸다. 몸도 제대로 가누지 못할 만큼 왜 이렇게 퍼마셨는지 모르겠다. 내가 혼잣말처럼 투덜거렸을 때, 젊은이가 그 말은 용케 알아듣고, 뭐라고 한마디 냅다 내지른 다음, 이번에는 의자에 아예 길게 누워 버렸다. 나는 한참이나 음운학적 연구를 해 본 다음에 그가 내지른 한마디가 'carefree'

라는 것을 알아차렸다. 아, carefree!

톨스토이에게 물었다. "인생에서 가장 소중한 시간은 언제입니까?" 톨스토이는 대답했다. "바로 지금." 정말 그럴 것 같다. '산다'는 것은 현재, 1분 전도 1분 후도 아닌, 바로 지금이다. 우리는 바로 지금 살고 있고, 우리가 살고 있는 바로 지금, 그 시간이 가장 중요할 수밖에 없다. 그런데 이 세상 어느 나라에선가는 같은 또래들이 한 주일에 전공 서적 세 권을 요약해 내기 위해 눈에 불을 켜고 있을 바로 지금 이 시간, 우리 젊은이 하나는 저토록 인사불성 상태에서 부서지고 있다. 그의 내일은 어떤 것이 될 수 있을까? 숙취. 그리고 또 인사불성. 숙취와 인사불성의 되풀이. 그런 반복에서 인생의 골든타임은 소진된다. 지리멸렬될 수밖에 없는 인생. 나는 그 젊은이에 대해 여러 가지 생각을 해 보며 적막한 밤거리를 걸어 집으로 돌아와 다시 이 글을 쓰기 시작한다.

좋은 핑계, 방황

'젊은 시절의 방황'은 흔한 이야기다. 그것이 회고 조가 될 때는 그 눈빛이 아득하게 거룩해지고, 그것이 현재 진행형일 경우에는 그 눈빛에 검푸른 고뇌가 가득하다. '방황하는 젊은이들'은 시대에 관계없이 사회적 주요 문제다. 젊은이들은 모두 '방황'하는 듯하다. 무릇 젊은이라면 당연히 '방황'해야 하는 것 같다. 그래서 젊은이들은 너도나도 '방황'한다.

그런데 젊음을 탕진하는 아주 좋은 구실이나 핑곗거리가 될 수 있는 그 '방황'이 사실은 '배회'이기 일쑤다. '자유'와 '방종'의 혼동이 그런 것처럼, '방황'과 '배회'의 혼동은 곧 청춘을 망가뜨리는 '비극'의 단초일 수 있다. 그런데 '방황'은 무엇이고, '배회'는 무엇인가? 사전을 찾아보니 이런 뜻풀이가 되어 있다. 화두가 되어 줄 수도 있을 듯하다.

방황: 이리저리 헤매어 돌아다님 wandering, roaming
배회: 아무 목표도 없이 놀아 가면서 어정어정 돌아다님
　　　loitering, sauntering

'자유'와 '방종'이 그런 것처럼, '방황'과 '배회'는 겉모습은 비슷해 보이는데 속내는 딴판이다. 배회의 뿌리는 권태이고, 방황의 뿌리는 갈증이다. 배회는 회피고, 방황은 구도求道다. 배회는 타락이고, 방황은 고양高揚이다. 배회하는 자의 눈은 밖을 향해 있고, 방황하는 자의 눈은 안을 향해 있다. 배회하는 자의 사고는 밖으로부터 시작되고, 방황하는 자의 사고는 안으로부터 시작된다. 배회하는 자에게 세계는 좁고, 방황하는 자에게 세계는 넓다. 배회하는 자의 세계는 왜소하고, 방황하는 자의 세계는 호대浩大하다. 배회하는 자에게는 확신이 있고, 방황하는 자에게 세상은 온통 불확실성투성이다. 배회는 욕망(desire)에 압도(overwhelming)당해 포기한 자의 우스꽝스러운 모습이고, 방

황은 욕망을 초극(overcoming)하려는 자의 처절한 몸부림이다. 배회하는 자는 번들번들 웃고, 방황하는 자는 성난 목소리로 부르짖는다. 그리하여 배회하는 자는 잃고, 방황하는 자는 얻는다. 그런데도 배회는 포기되지 않는다. 욕망이 그만큼 압도적이다.

쾌락주의

쾌락주의에 관심을 가져 본 적이 있는가? 쾌락의 첫 단계는 고통 회피다. 구도의 고통에 비해 회피의 열락은 너무나도 달콤하다. 그리고 달콤한 회피의 열락이 추구하는 궁극은 최소 수고에 최대 쾌락이다. 이것을 나는 쾌락의 경제학이라고 이름 붙여 두었다. '최소 수고에 최대 쾌락'은 현대판 공리주의이고, 세상에 대한 물신의 위세가 커져 갈수록, 나이가 아래로 내려갈수록 이 공리주의 신봉도 역시 더 높아진다. 그래서 대개의 젊은이들은 너도나도 최소 수고에 최대 쾌락을 밭게 추구한다.

그래서 한국 현물 시장 시세로 볼 때 '젊은 시절의 배회'는 지천이어도 '젊은 시절의 방황'은 드물고, '밤거리를 배회하는 젊은이'는 지천이어도 '밤거리를 방황하는 젊은이'는 쉽지 않다. 그 배회를 통해 젊음은 무참하게 탕진된다. 그 탕진의 엄연한 결과 가운데 하나가 "한국 대학은 휴가촌(vacation camp)"이라는, 박노자 교수의 야유조 비판이다. 아주 오래된 이런 비판에 대한 반응의 대종은 '그렇다. 어쩔래?'다. 그래서 생존 비용을 포함하여 한 해 2000만 원씩 들어간다는 대학 생활 4년 동안 얻는 것은 나이 몇을 보탠 것뿐, 대학 이후에 대한 준비는 과소한 편이 되기 일쑤다.

더러 대학에 들를 때마다 그 아름다운 공간에 머무는 '특권'을 누리고 있는 젊은이들로 하여금 실질적으로는 아무것도 얻지 못하게 하는 현실이 안타깝다. 결국은 'vacation camp'라는 대학 현실이 그들로 하여금 그렇게 몰아가고 있기 때문이다. 그들도 현실의 희생자다.

대학 4학년이 되어 비로소 황급히 시작되는 이른바 '스펙' 쌓기. 그토록 급조될 수 있는 스펙이라면 그것은 가벼운 위장막에 지나지 않는다. 위장막은 당연히 한시적이다. 그래서 새로운 형태의 배회가 시작된다. 이전의 배회가 부모에게 의지하는 것을 당연한 일로 생각하는 것이었다면, 이후의 배회는 부모에게 의지하는 것을 어쩐지 거북해해야 하는 것이 될 수밖에 없기에 그 배회의 의미는 더 시금털털하다. 더구나 현실은 이른바 이태백. 인간 비극의 본격적인 개막이다. 그래서 인생은 망가지기 시작한다. 침식처럼, 눈에 쉽사리 띄지 않게, 그러나 역시 침식처럼 집요하게. 그래서 빛나는 청춘의 탕진은 대충 완성된다.

그렇게 될 수밖에 없는 것일까?
그렇지 않다.
왜냐하면 그렇지 않은 생애를 살아가는 젊은이들도 드물지 않기 때문이다.

그렇다면 어떻게 해야 할까?

마당을 바꿔, 궁리해 보자.

나는 똑똑하다고 말해 주세요,

나는 친절하다고 말해 주세요,

나는 재능이 많다고 말해 주세요,

나는 귀엽다고 말해 주세요,

나는 재치가 있다고 말해 주세요.

우아하고 슬기로운 이여,

나는 완벽하다고 말해 주세요,

그러나 진실을 말해 주세요.

Tell me I'm clever,

Tell me I'm kind,

Tell me I'm talented,

Tell me I'm cute,

Tell me I'm sensitive,

Graceful and Wise,

Tell me I'm perfect,

But tell me the TRUTH

──셸 실버스타인(Shel Silverstein,

미국 풍자만화가, 1930~1999)

그렇다면 어떻게 해야 할까?

내가 프롤로그에서 귀띔해 둔 '진정한 희망'은 도대체 언제쯤 나타나는 것일까? 궁금해하고 있을는지도 모르겠다. 그러나 당신이 긁히는 속 다스려 가며 여기까지 읽어 올 만큼 인내심을 아끼지 않았다면 당신의 마음에는 이미 그 씨앗이 뿌려졌다. 왜냐하면 현실을 있는 그대로 인지하는 일 자체가 바로 새로운 개안開眼을 뜻하는 것이기 때문이다. 그런데 이 새로운 마당에서마저 도무지 희망적이지 못한 현실 점검부터 시작해야겠다.

희망 점검

풍토병이라 했는데, 치유를 위한 노력도 물론 있었다. 과보호나 주입식 교육에 대한 '성찰'이 없었던 적이 없고, 정권이 바뀔 때마다 '교육 개혁'을 부르짖지 않았던 적도 없었다. 입시 제도부터, 교육 정책이 허다하게 새로워지기도 했고, 여러 형태의 대안 학교를 비롯해 사회적 노력도 기울였다. 그러나 결과는 백약이 무효, 오히려 더 나빠졌다. 그 이유는 헛다리 짚기였다. 그런 문화 자체를 뒤집어엎어야 하는데, 문화는 그대로 둔 채 현상치 약간만 손에 쥐고 들입다 소란만 피워 댔다. 그것은 마치 화학 비료 과다 사용으로 말미암아 산성화가 완성된 땅을 그대로 둔 채 유기질이 풍부한 농작물의 풍성한 수확을 기다리는 농부의 어리석은 짓과 꼭 같다. 앞으로는 어떻게 될 것인가? 우리에게 과연 희망은 있는가? 이 절박한 질문에 대해 당신들 스스로 점검해 볼 수 있는 문항을 제시해 보겠다.

1) 민주 공화국인 대한민국은 행정, 입법, 사법 이 3부에 의해 지배되므로 이들의 지배에 따라 대한민국의 품질은 결정될 수밖에 없고, 따라서 대한민국이 '도대체 이게 나라냐!'라는 상태가 된 것은 결국은 이들 3부의 기능이 부전不全 상태였기 때문이다. 그러므로 대한민국의 희망적 미래를 위해서는 이들 3부가 제 기능을 제대로 할 수 있어야 하는데, 그렇게 될 수 있을까?

2) 제4부인 언론만 제대로 살아, 언론 본디 사명인 목탁 노릇만 제대로 할 수 있다 하여도 3부의 행태가 이 지경이 되지는 않았을 것이다. 그렇다면 앞으로 우리 언론이 정론, 직필이라는 언론 본디 모습을 되찾을 수 있을까?

이 두 질문에 대해 '예'라고 대답할 수 있다면 대한민국에 대한 희망적 전망은 가능하다. 당신의 대답은 어느 쪽인가? 당신의 대답을 기다리는 사이에 나의 대답을 적어 보겠다. 당신의 우선 당장 기분을 위로하기 위해, 그래도 희망은 있다는 식으로 이야기하고 싶지만 그렇게 되지 않는다. 나의 대답은 분명히 '아니요'다. 매우 불행한 것일 내 대답의 근거는 지난 70년 동안 온갖 개혁 코스프레에도 불구하고 이들 4부의 기능은 차츰차츰 더, 그리고 꾸준히 나빠져 왔으며, 국정원 사건이나 세월호 참사에 대한 실로 비열한 대응 태도만 보아도 이런 추세가 바뀔 가능성은 매우 희박하다는 것이다. 절망적이다. 그러나 기독교의 천년 왕국이나 마르크시즘의 '능력만큼 일하고 필요만큼 분배받는 세상', 또는 정치인들이 염치도 없이 그려 보여 주는 장밋빛 그림, 절대 검증 불가능한 그따위 허황된 희망보다는 차라리 확실한 절망이 낫다. 말기 암 진단에도 불구하고 투병을 아예 포기한 채 왕성한 집필을 계속하고 있는 복거일 선생이 했다는 말씀. "절망이 가장 스테이블(stable)하다."(동아일보, 2014년 3월 31일)

세상에 대한 그의 관점에 동감하지 않는 부분이 많지만, 그의 이 표현에는 감동했다. 절망에 대한 이런 정의는 인생의 모든 것을 초극한 사람만이 가능할 것 같다. 죽음에 대한 우리의 지나친 호들갑에 의문을 품고 있는 나는, 내가 만일 그런 상태가 된다면 꼭 그렇게 하겠다고 나 자신에게 약속했다. 가장 '스테이블'한 절망. 그것이 우리에게는 오히려 약이 될 수 있다. '인생 역전'을 노려, 혹시나 하는 희망으로 확률 800만분의 1이라는 로또에 매달리는 것이나, '747'이니 '국민 행복 시대'니 하는 순도 100퍼센트 사기에 속아 넘어가는 것보다는, 빤히 헛된 그런 희망 아예 포기하고 확실히 절망하는 것이 백번 낫다. 그러므로 단정적으로 말하면 '도대체 이게 나라냐!'라는 상태를 극복할 가능성은 극히 희박하다. 희망이 아닌 절망에 대해 이토록 단호하게 이야기하는 것, 참 송구스럽지만, 그것은 사실이다.

민주주의와 자본주의

우리가 살고 있는 대한민국은 정치적으로는 민주주의, 경제적으로는 자본주의 체제인데, 두 체제 유지의 중심축이 양쪽 모두 범죄적 배임을 되풀이하고 있으므로, 우리 모두가 동감하고 있는 모순 극복 가능성은 거의 완전 제로다. 이것이 이 대목에서 내가 하려는 이야기의 요약인데, 우선 민주주의 쪽부터 예를 들어 보겠다.

대한민국의 주권은 국민에게 있고, 모든 권력은 국민으로부터 나온다. 헌법 제1조 제2항의 명문 규정과는 달리 대한민국 민주주의 체제의 실질적 운용자는 정치인인데, 이 글을 쓰고 있는 2014년 10월 현재에도 현역 국회 의원 여덟인가 아홉인가가 구속 또는 불구속 상태에서 법적 절차를 밟고 있다. 전과자 수가 우리 국회만큼 많은 나라가 없고, 정권이 끝나기만 하면 정치인들이 줄을 서서 감옥에 들어가는 나라 역시 우리나라밖에 없다. 정치인의 약속은 약속이 아니며, 정치인은 아예 불신의 상징이다. 바로 그 정치 체제의 정상으로서 재임 중 제왕적 권위를 휘두르는 대통령을 지낸 사람들은 단 하나의 예외도 없이 그 끝이 불행했다. 적폐 척결을 외치면서도, 참으로 파렴치하게도, 대표적 적폐인 낙하산을 줄기차게 내려보내고 있는 데다, 국민을 소통 거부 대상으로 아예 확정해 둔 상태에서 파렴치한 거짓말을 되풀이하고 있는 현 대통령도 인과응보의 법칙에 의해 전임자와 같은 운명이 될 가능성이 매우 높다. 이런 판이니 민주주의는 원천적으로 불가능하다. 그렇다면 자본주의 체제 쪽은 어떤가.

자본주의 운용의 중심축은 기업인인데, 그들 가운데 상당수는 범죄자다. "10대 그룹 총수의 50퍼센트가 형사 재판에서 유죄 선고를 받은 '범법자'인 것으로 확인됐다."(오마이뉴스, 2014년 10월 5일) 이런 사실은 굳이 '확인'할 필요가 없다. 이 글을 쓰고 있는 현재만 해도 SK그룹의 최태원, 전 KT 회장 이석채, 동양그룹 현재현 회장, 효성그룹 조석래 회장, CJ그룹 이재현 회장 등 재벌 총수급 기업인만도 여럿이 감옥에 들어가 있기 때문이다. 그런데 유념해야 한다. 총수급 기업인이 법 절차를 밟는다는 것은 그 앞의 방패들이 모두 무너진 것을 뜻한다. 그러니까 총수급 이전에 이미 많은 범법이 있었다. 또 유념할 게 있다. 정치인도 마찬가지지만, 경제 사범 같은 경우 그 범죄의 성격상

실제 일어난 범죄는 사법 처리된 것보다 훨씬 더 많다. 수십, 수백 곱절이 될 수도 있다. 우리 기업은 기회 선점과 이윤 극대화를 위해 모든 수단과 방법을 다 쓰고, 그 수단과 방법 가운데 상당 부분은 탈법, 곧 범죄지만, 그것이 범죄로 인식되는 경우마저 쉽지 않다. 관행이기 때문이다. 그들은 해묵은 관행에 의해 정치인이나 관료들과 상호 협조하는 상태에서 시리時利를 극대화한다. 그들의 수법 가운데 상당 부분은 투기지만, 그 투기에 실패하여 회사가 망해도 상관없다. 국가가 국민이 낸 세금인 공적 자금을 투입하여 모든 것을 해결해 주기 때문이다. 망한 기업인들은 자신의 기업에 투입된 공적 자금을 챙겨 해외로 튀어, 그곳에서 유유자적한다.

재벌의 불법이 재벌만의 것인가? 천만의 말씀이다. 정치인이나 관료와의 결탁 없이 불법은 불가능하다. 대한민국 자본주의 역사에 김우중이라는 인물이 있다. 1970~1980년대, 내가 한 기업의 대정부 관계 담당자로 과천에 있는 경제 부처를 출입하던 시절, 거기 김우중에 대한 신화가 있었다. 경제 부처 관리들치고 김우중에게 형님 소리 듣지 않은 사람이 없고, 김우중 돈 먹지 않은 사람이 없다는 것이 신화의 내역이었다. 대우는 그렇게 몸을 키웠고, 그 끝에서 김우중은 추징금 23조 원을 떼먹은 채 해외에서 유유자적한 생활을 즐기다가 느닷없이 책까지 펴냈다. '아직도 세계는 넓고 할 일은 많다'라는 제목이 실로 해괴하다. 대우가 망한 것은 경영 실패가 아니라 정부의 '기획 해체'

때문이란다. 당시 정권에 기획 해체를 당한 거라면, 그동안 내내 왜 침묵하고 있었는가? 김우중, 그가 논리가 달리는 사람인가? 내가 그에게서 느끼는 것은 비겁, 노추, 그런 것이다. 국민의 터지는 속을 아예 뒤집어 놓으려고 작정한 듯하다. 파렴치범 같다. 당시 국가 예산 10분지 1이 넘는 23조 원, 그것은 물론 국민 돈이다. 국민은 생돈을 떼이고도 말조차 하지 못한다. 이것이 자본주의 체제, 대한민국의 현실이다.

이렇게 대한민국을 결정하는 두 축인 민주주의와 자본주의 체제는 병적, 범죄적이다. 다른 분야라고 멀쩡할 리 없다. 이 책의 주제 가운데 하나가 될 교육 분야도 마찬가지다. 그래 봐야 정치인들의 한시적 장난질에 의해 교육 정책은 쉴 새 없이 바뀌지만 죽은 교육, 죽이는 교육에는 조그만 변화도 없다. 교육 당국자는 제도적인 그런 허점을 악용하여 역시 이윤 극대화를 위해 모든 수단을 다한다. 등록금 갈취는 그들의 수단 가운데 으뜸이다. 어떤 형태의 것이든, 희망, 그런 것을 가져 보는 것은 불가능하다.

그리고 하나 더 이야기해야 한다. "소비 주체인 소비자가 자본의 횡포를 통제하지 못하는 것도, 투표권을 쥐고 있는 주권자인 국민이 권력의 유린을 당하는 것도 역시 힘의 위세 앞에 하릴없이 무릎을 꿇고 마는 순응주의 때문이다"라고 앞에서 이미 이야기한 바 있다. 바로 이 만악과 만화의 근원인 순응주의로 말미암아 현상 개선을 기대하기는 매우 어렵다. 바로 그 현상에 책임을 느껴야 하는 입장이기에 매우 송구스럽지만, 사실이 그렇다.

만일 현실에 대한 나의 이 비관적 진단에 동의하지 않는 분들은 반증해 보시기 바란다. 당신이 바라보고 있는 현실에서 관념적, 지엽적인 게 아닌 실질적, 구체적으로 희망될 수 있는 것들을 찾아내시면 된다. 어쩌면 막연한 희망보다는 확고한 절망이 나을는지도 모른다. 역시 "절망이 가장 스테이블한 것"이기 때문이다.

각자도생

현재 상태에서 개괄해 볼 때, 우리 역사가 열린 이래 이때까지 내내 그렇게 되어 온 것처럼 시대적 상황이나 풍토병이나, 양편 모두 오히려 더 고질화되어 갈 가능성이 거의 확실하다. 그러므로 이 세상을 요렇게 만든 이른바 기성세대의 한 사람으로서 실로 염치없는 노릇이지만, 자기 자신을 진정으로 사랑하는 사람들이라면 마음을 모질게 다잡아 먹고 각자도생各自圖生, 스스로 살길을 찾아야 한다. 어떻게? 과연 어떻게?

『당신들의 일본』 출간 뒤, 내가 받은 공격적 질문의 요약은 '대안'이었다. '그렇다면 어떻게 해야 하는가?' 이런 질문에 대한 나의 의견을 이야기하자면, 사실을 사실 그대로 인지하는 자체가 대안이다. 『당신들의 일본』 경우, 내가 제시하는 일차적인 대안은, 제대로 된 응징 수단 하나도 없는 상태에서 일본을 향해 버럭버럭 소리나 질러 대고 있어 봐야 국물도 없으니까 은인자

중 칼을 갈아 힘을 키우자인데, 사람들은 그렇게 묻는다. 도대체 대안이 뭐냐고? 당신이 그렇게 잘난 체 우리의 결여, 우리의 결핍을 조목조목 이야기했으면 딱 부러지는 대안이 있어야 할 게 아니냐고?

> "제가 사회 민주주의를 비판하면 사람들이 그럼 대안이 뭐냐고 해요. 제일 비겁한 담론이 그거예요. 뭐라고 비판하면 대안이 뭐냐고 하는 것. (……) 잘못되었냐 아니냐만 이야기하면 되는데, 항상 대안이 있느냐고 몰아붙여요. 지금 여기가 나쁘다는 건데 무슨 대안을 이야기해요. 대안이 없으면 나쁜 채로 살아야 하는 건가요? 그게 문제인 거예요."
>
> ─강신주, 『강신주의 맨얼굴의 철학』

강신주 선생은 사뭇 짜증 투이고, 서슴지 않고 짜증 투가 될 수 있을 만큼 튼튼한 그가 부럽지만, 나는 짜증을 낼 수도 없다. 왜냐하면 나는 도무지 튼튼하지 못한 데다, 대화를 위해 '광장에서 만나자'는 정중한 제안까지 하고 나선 입장이기 때문이다. 그래서 어떻게든 성급하게 대안을 묻는 그들의 성을 최소한이나마 채워 보려고 안간힘 써 보지만, 경세가輕世家가 아닌 한낱 글쟁이에 지나지 않는 내게 그것은 지나치게 버거운 과제다. 대답이 궁할 수밖에 없다. 물론 정답은 있다. 독도나 교과서, 그리고 물론 위안부니 하는, 한일 간 현안이 되는 문제를 두고 그들이 적반하장식으로 도발할 때, 허구한 날 으름장이나 놓고 있어서는 언제나 문제 그대로니까, 그들을 확고하게 응징할 수 있는 수단 하나쯤이라도 개발해 내야 한다. 한일 관계에서 우리는 언제나 좌시하지 않겠다는 식의 최고 강도 으름장은 있었지만 응징, 보복, 그런 것을 해 본 적은 단 한 번도 없다.

세월호 참사가 있었던 2014년 4월 16일, 우리 대통령의 '일곱 시간 실종 사건'에 대해 일본 산케이 신문이 다분히 선정적인 상상력을 자극하는 보도를 내보냈을 때, 청와대 홍보 수석은 "민형사상 책임을 끝까지 묻겠다"(2014년 8월 7일)라고 역시 최고 강도 으름장을 놓기는 했지만, 그다음 장면에서는 슬그머니 발을 빼는 형국이 되어, 그 사건의 빛깔은 더 미묘해졌다. 문제가 되고 있는 것은 산케이가 아니라 국민 일반에 만연해 있는 불신이 문제다. 대통령이 그 시간에 무엇을 하고 있었는가? "청와대 경내에 있었다"라는 청와대 대답이나, 대통령의 상대로 지목받고 있는 그 사람이 그날 아무개를 만나고 있었다는 검찰 발표 모두 어찌하랴. 국민들의 불신만 키우고 있다. 다음 포털에 걸린 홍보 수석 발언이나 산케이 입건 기사마다 붙은 수백, 수천 개 댓글의 주된 흐름은 '생전 처음 일본 놈 편들게 되었네'다. 나도 그렇다. 빤한 일을 가지고, 더구나 외국 기자를 향해 대포를 들이댄 대한민국 검찰. 진심으로 쪽팔린다. 내 책을 내겠다고 나를 찾아온 일본 출판사 사람들에게 말했다. 친일파라는 지탄이 두려워 대개 입 다물고 있지만, 산케이 사건에 대한 우리 국민들의 평균적인 의견은 적어도 검찰 쪽은 아니다. 그런 말을 해야 하는 내가 창피했다.

책임지지도 못할 으름장이나 놓고 있는 것, 이것은 약자의 전형적 증세다. 그러므로 나의 대답은 그럴 경우에 써먹을 단 하나의 응징 수단이나마 확보해야 하지만, 그러나 어찌하랴. 그다음에 또 하나의 질문이 바투 이어진다. 어떻게? '빨리빨리'의 성급한 문화에 길들여진 질문자가 바라는 것은 당장 손에 쥐어지는 답이다. 그러나 그런 답은 없다. 문제가 어려울수록 해결책도 어렵다. 뭐든 우리에게 배워야 했던 일본이 우리를 극복하기까지 바친 세월은, 일본의 한국 배우기 커리큘럼의 구체적 시작이었던 조선 통신사(1429)부터 일본이 한국을 확실하게 넘어섰던 메이지 유신(1868) 때까지만 계산해도 400년이 훨씬 넘는다. 이렇게 이야기하면 아이코 400년! 한다. 그 눈에는 미래에 대한 절망과 그것을 대책이랍시고 들이미는 나에 대한 비난이 함께 빛난다. 그토록 긴 인고의 세월을 견뎌 내느니 차라리 죽는 게 낫다는 것. 그렇다면 영원히 일본에 종속된 상태에서 죽어라 궐기 대회나 하고 있자는 것인가. 나는 무력감을 느낄 수밖에 없다. 우선은 불가항력적으로 보인다.

현상은 유기적이다
나 자신의 지난 생각 하나부터 인용해 보겠다.

우리는 무슨 사고나 사건이 터지기만 하면 "깊이 고개 숙여 사과드립니다"와 더불어 '재발 방지 대책'이 극적인 방법으로 재빨리 발표되고, 그 내용의 첫머리는 거의 어김없이 '제도와 의식의 개혁'이 된다. 이런 상투성은 실로 줄기차게 되풀이되고 있어서, 이제는 어떤 사건이 터졌다 하면 그다음에서 어떤 장면이 펼쳐지게 될 것인가 하는 것을, 그리고 또 그다지 머지않아 같은 사고나 사건을 맞닥뜨리게 된다. 그러면 또 이전에 본 것과 비슷한 사과와 '재발 방지 대책'을 보게 되리라는 것까지, 그다지 틀리지 않게 예측할 수 있게끔 되었고, 매우 불행하게도 우리 예측은 그다지 오래지 않아 현실이 되었다.

                —유순하, 『한국 문화에 대한 체험적 의문 99』(한울, 1998)

왜 그럴까? 〈유순하의 생각〉이 어제오늘에 비롯된 게 아니라는 것을 표명하기 위해 내 생각의 지난 자취 하나를 더 인용해 보겠다.

"유기적인 관계라는 표현이 그럴듯하게 들리는데요." 신종택은 그 표현의 뜻을 음미해 보듯이 잠시 고개를 갸웃해 해 보다가, 양손을 쫙 펴 열 손 가락을 모두 맞물려, 꽉 깍지를 껴서 이리저리 움직여 보았다. "정치 따로 경제 따로 문화 따로, 모두가 따로따로 존재하는 게 아니라, 이렇게 모두가 서로서로 맞물려 존재하고 있음?"   —유순하, 『생성』(풀빛, 1988)

1980년대는 격동의 시대였다. 서울 도심은 언제나 최루탄 연기가 자욱했다. 바로 그 소용돌이 속에서 나는 이 소설을 쓰며, 지금 이 시간과 마찬가지 생각을 하고 있었다. 정말 그렇다. 현상은 유기적이다. 정치, 경제, 교육, 종교, 군대, 그런 것들이 따로 있는 게 아니라 모두 유기적으로 연관되어 있다. 그러므로 하나의 사건이나 사고 또는 우리가 모순이라 동의하고 있는 현상 하나하나에 대한 대책은 그 사회적 유기성과 역사적 뿌리까지 겨냥하지 않는 한, 같은 일이 되풀이될 수밖에 없고 같은 모순은 영원할 수밖에 없다.

세월호 말고도 2014년 대한민국을 뒤흔든 사건 가운데 하나가 2014년 8월에 들어서면서 느닷없이 폭로된, 28사단의 이른바 '윤 일병 사건'인데, 그 뒤에도 실로 신속하게 재발 방지 대책이 발표되었다. 참 신통하게도 과거 병영 사건이 터질 때마다 나온 것과 문장까지 비슷했다. 그러나 그런 사건은 사회 전체적으로 보았을 때 인간의 잔혹성을 극대화하면서 청년들을 마냥 나약하게 몰아가고 있는 우리 문화를 문제 삼아야 하고, 그 근원으로 보자면 초등학교 시절에 이미 만연해 있는 왕따 문화를 문제 삼아야 한다. 그러므로 그것은 하루아침에 '개선'될 수 없다. 병영 폭력이 재발하면 부대를 해체하겠다는 으름장까지 나왔고, 그 으름장을 실천하려면 대한민국 군대 전체를 해체해야 할 수밖에 없다. 그러나 그것이 가능할까? 군을 지배하고 있는 문화 전반에 대한 혁명적 통찰이 전제되지 않는 한, 제아무리 목청을 돋운다 해도 비슷한 사건은 줄기차게 '재발'될 수밖에 없다. '재발'될 수밖에 없도록 되어 있기 때문이다.

성매매를 강요하며 온갖 행악으로 죽인 다음 시신 얼굴에 불붙이고 시멘트까지 뿌려 암매장한 김해 여중생 사건(2014년 8월)에 가담한 일곱 여학생을 두고 "또 하나의 악마를 보았다"라고 표현한 언론이 있었지만, '악마'는 윤 일병 사건이나 김해 여중생 사건에 가담한 그들만이 아니다. 우리 모두 악마가 될 수밖에 없는 현실을 겨냥할 때, 우리는 비로소 문제의 본질에 접근이나마 해 볼 수 있다. 그것이 어디서부터 손을 대야 할는지 도무지 엄두가 나지 않는다 할지라도 우리에게 다른 '대안'은 불가능하다. 왜냐하면 문제의 본질을 제쳐 둔 채 해결책은 불가능하기 때문이다.

세월호 참사도 그렇다. 대한민국의 명운을 좌지우지하고 있는 권력자들이 '단순한 교통사고'라고 딱 '가이드라인'을 제시해 놓았으니, 참사의 '원인 규명'이니 하는 것은 아예 땅띔도 해 볼 수 없게 된 것이 분명해 보인다. 더구나 명색 제1야당이 해묵은 밥그릇 싸움이나 되풀이하던 끝에 제 몸 하나마저 추슬러 내지 못하는 빈사 상태에서도 저질 집안싸움을 그만두지 못하고 있으니 결국은 권력자의 뜻대로 문제의 본질과는 아득히 먼 곳에서 두루뭉술 끝맺을 수밖에 없게 되었다. 292명의 서해 훼리호 사고(1993) 때도 마찬가지였다. 세월호 참사 이후 세상을 요란하게 했던 소음 가운데 하나가 '전국 안전 일제 점검'이었다. 그런데 세월호 참사 여파가 아직 가라앉지도 않던 2014년 9월 30일, 홍도 유람선 사고가 터졌다. 보도는 전한다. 선령이 27년이나 된 노후 선박이라는 것부터, 사람이 죽지 않았다는 것을 제외하고는 세월호 사고와 꼭 같았다. 그러자 국무총리는 또 유람선 일제 안전 점검을 '긴급 지시'했다. 그러므로 같은 사고는 또 일어난다. 일어날 수밖에 없게끔 되어 있다. 문제의 본질을 놓칠 수밖에 없는 문화적 국면 전체에 대한 통찰력 부재 때문이다.

일본에 대해 실로 이 갈리는 현상도 마찬가지다. 그게 어디 하루 이틀에 이루어진 일인가? 수천 년 동안 줄기차게 이어져 온 것이다. 통틀어 493회나 일본의 침략을 받았으면서도 단 한 번도 일본을 침략하지 못했고, 일본의 가마우지 노릇을 한 것만 해도 반세기를 넘었는데 오히려 무역 역조는 심화되고 있다. 그것이 그 급한 성미를 단박에 해결해 줄 만큼 재빨리 해결될 수 있는 것인가? 그런 대안은 없다. 불가능하다. 결국 '졸속 대책'이나 촉구하고 있는 셈인 우리의 성급함 자체가 우리가 극복해야 할 첫 번째다. 응징 수단 한 톨도 없이, 일본을 향해 괜한 으름장이나 놓아 대고 있는 게 참 부질없는 짓이라는 것을 인지하는 자체가 대일 관계에서 우리가 당장 궁리해 낼 수 있는 대안이고, 그 대안으로부터 우리는 비로소 문제의 본질을 향해 나아갈 수 있다.

이제 주제를 일본에서 청춘들로 바꾼 이 책에서 또다시 '어떻게? 과연 어떻게?'라는 피해 갈 수 없는 질문에 맞닥뜨리게 된 지금, 나는 또 다시 막중한 무력감을 느낀다. 결코 쉬울 수 없는 이 질문에 대해 나는 과연 어떤 대답을 만들어 낼 수 있을까? 부디 성급히 묻지 말고 스스로 답을 구해 보시기 바란다. 흔히 하는 이야기로, 논술 지문에 이미 정답이 제시되어 있다. 지금까지 여러분이 읽은 그 '지문'에 여러분이 반드시 찾아내야 하는 정답이 있다.

대안 - 과연 어떻게?

살불살조殺佛殺祖. 진정으로 득도를 원한다면 우상으로 떠받드는 부처와 조사, 무명無明이라는 아비, 탐애貪愛라는 어미까지 죽여야 한다. 선가禪家의 이 당위를 당신들 현실 차원으로 내려 보자면, 국가도, 학교도, 부모도, 교수도, 선배도, 믿어 의지해도 좋은 대상은 없다. "멘토를 만나면 멘토를 죽여라!"(강신주, 경향신문, 2012년 6월 24일)라는 정언적 명령까지 있다. 그 대상이 누구든, 믿어 의지하기보다는 그 하나하나에 대해 의문을 품어 보는 것이 옳다. 이 세상에 믿어도 좋을 대상은 하나도 없다. 왜냐하면 그 모든 것들이 결국은 성한 데가 없는 이 사회의 한 부분이니까. 물론 나도 그중 하나다. 돈 되는 일이면 무슨 짓이든 마다하지 않는 이 벌건 세상에서, 당신들 돈을 알겨먹기 위해 이런 글을 쓰고 있을 가능성에 대해 의문을 품어 보아야 한다. 과학의 시작인 의문은 발전의 동기다. 요컨대 당신 주변의 모든 것을 의혹과 도전의 대상으로 삼아야 한다. 법정

(1932~2010) 스님이 본회퍼의 표현을 빌려 이런 말씀을 한 적이 있다.

술 취한, 혹은 미친 운전사가 차를 몰고 간다. 운전이 위태위태하여 어디로 어떻게 몰고 갈지 함께 타고 가는 승객들은 불안해 견딜 수가 없다. 뿐만 아니라 어린이고 노인이고 부녀자고 할 것 없이 무고한 목숨들이 그 차에 치여 죽어 간다. 이런 때 종교인이 할 일은 무엇일까. 죽은 시체나 치다꺼리하여 제사나 지내주면 그것으로 일이 끝나는 것일까. 아니다. 아니고말고. 우선 미친 운전사를 차에서 끌어 내리는 일이다. 두려워 떠는 승객들을 공포와 불안으로부터 건져 내야 하고, 정신이 말짱한 운전사에게 차를 맡겨 예정된 길을 달리게 하는 일이 곧 살아 있는 종교의 사명이다.

본회퍼(1906~1945)가 누구인가? 목사인 그는 그런 고뇌 끝에 히틀러를 죽일 음모를 꾸미다가 체포되어 처형당했다. 그 시절에만 해도 종교인은 믿을 만했던가 보다. 그런데 현재 대한민국에서 종교인은 가장 썩은 축에 든다. 역시 믿을 게 되지 못한다. 그러므로 아직 썩을 기회가 없어 순결한 영혼을 간직하고 있는 당신들 자신이, 미치거나 술에 취한 운전사가 몰고 있는 버스에 올라타 그 사람을 끌어 내리고 위기에 처한 승객들을 구해 내야 한다.

우선 실질 부담 세계 최강 등록금의 야만적 수탈 구조에 저항해야 하고, 나태한 교수는 배겨 낼 수 없도록 해야 하고, 지방 출신 학우들이 머물 수 있는 기숙사를 짓도록 해야 하고, 대학가가 유흥가와 동의어가 되지 않도록 해야 하고, 냉소를 포기하고 투표장에도 나가야 하며, 그리고 명색 야당이 저 지경이어서 대안이 부재한 현실의 대안 기능도 해야 한다. 그럴 만한 사람들에게는 암흑기인 1970~1980년대에 그래도 빛을 느낄 수 있었던 것은 청년들의 저항 의지 실천 덕분이었다. 요즘 들어 이른바 386이니 486이니 하는 부류로 지칭되는 그들의 자기 배반 현상이 그들 자신의 얼굴에 똥물을 뒤집어씌우고 있기는 하지만, 그 시절의 그들은 위대했고 찬연했다. 이미 죽어, 배때기 허옇게 드러내 놓은 채 떠내려가는 물고기가 아니라 거센 물결 거슬러 올라가는 싱싱한 물고기였다. 당연히 거센 물결 거슬러 올라가야 한다. 학생은 공부나 하라는 것은, 당신들의 사나운 야성을 두려워하는 무리들이 당신들을 순응주의의 노예로 만들기 위한 교조다. 그 교조에 저항하여, 공부는커녕 언제나 불안감에나 사로잡혀 있어야 하는 현실을 당신들 스스로 광정匡正해야 한다.

그리고 이번에는 당신들 자신이다. 세상이 모두 글러 먹었는데 당신들 자신만 멀쩡할 수는 없다. 당신들 자신도 마찬가지로 의혹과 도전의 대상으로 삼아야 한다. 그리고 오염된 강물을 벗어나 틀림없이 맑은 물을 기대해 볼 수 있을 상류를 향해 죽을힘 다해 거센 물결을 거슬러 헤엄쳐 올라가야 한다. 탄식, 푸념, 한숨, 술주정, 광태狂態, 그 모든 것은 아예 패자가 되기로 작심한 사람의 처량한 신음 소리에 지나지 않는다. 이 책 서두 부분에서 분석한 소설의 인물들, 그들을 거울삼아 당신들을 비춰 보라. 그들과 당신들의 차이는 무엇인가. 그래서는 안 된다. 승자가 될 수 있는 길이 없는 게 아닌데, 무엇 때문에 패자가 되어 일생을 살아가기로 작심하는가? 막중한 고독감, 단호하게 털어 내고 고독하기 짝이 없는 헤엄을 시작해야 한다. 당신들은 아직 싱싱하게 살아 있는 물고기이기 때문이다.

그렇다면 어떻게 해야 할 것인가? 이것은 형편없는 우문이다. 질문이 성립되지 않는다. 왜냐하면 불변, 부동의 정답이 있고, 모든 사람들이 그것을 알고 있기 때문이다. 그렇다 할지라도 조금 적어 보기로 하자. 그러나 절대적 전제가 있다.

첫째는 현실 인식이다. 도무지 어느 한구석 성한 데가 없고, 이놈이나 그놈이나 저놈이나 글러 먹은 사람밖에 없다는 데 모두 동의하고 있는 현실은 '아수라의 지옥'이며, '도대체 이게 나라냐!'이다. 그런데도 불구하고 당신들 가운데 적어도 상당 부분은 배회를 일삼으며 당신들의 골든타임을 하릴없이 까먹으면서, 상인들의 교묘한 상술에 속절없이 투항하여 『아프니까 청춘이다』류의 지극히 유치하고 지극히 저급한 위안에 안주하고 있다. 이런 현실에 대한 독한 인식 없이, 당신들은 이런 현실로부터 당신들에게 꼭 필요한 것을 얻어 낼 수 없다. 살불살조. 그런 각오로 기성의 모든 것들부터 죽여야 한다. 자신들에게 다가오는 위해를 감지하면 노회하고 잔인한 그들이 무슨 짓을 할지 모르니까, 행동은 은밀하고 단호해야 한다. 은밀하고 단호하게 그들을 극복해 내야 한다.

두 번째는 이런 현실이 확고하게 전제된 관행을 거부할 수 있어야 한다. 관행, 곧 이미 되어 있는 제도, 이미 몸에 밴 습속, 그런 것을 털어 낼 각오와 용기가 없다면 백약이 무효다. 그 각오, 그 용기가 전제되지 않는다면 인사불성 상태에서, 혀 잔뜩 꼬부라진 목소리로 'carefree!' 하고 외치기나 하는 상태에서 허구한 날 배회나 일삼으며 죽은 교육, 죽이는 교육이나 받고 있을 수밖에 없기 때문이다.

Enjoy & Drink!

인간에게는 크게 나눠 두 가지 일이 있다. 하나는 하고 싶은 일이고, 다른 하나는 해야 할 일이다. 꼭 그런 것은 아니지만, 고통은 죽어라 피하고 싶어 하는 쾌락 법칙에 의하여 하고 싶은 일은 일쑤 쾌락 또는 향락적인 것이 된다. 그것은 패배가 약정되어 있는 길이다. 반면에 해야 할 일은, 의무적인 것이 대개 그렇듯 합당한 노고를 바쳐야 한다.

70퍼센트 이상이 대학에 가는 현실이기에 상당수 청춘들이 머물게 되는 대학은 이상 사회다. 당신들 생애에서 경험해 볼 수 있는 그런 사회는 대학이 유일하다. 그곳이 얼마나 그럴듯한 공간인지는 당신들이 그곳을 떠난 뒤에야 비로소 알 수 있다. 물에 사는 물고기가 물을 떠난 다음에야 물의 치명적 중요성을 알아차리는 것과 같다.

내가 당신들 나이 시절에 읽은 『The Adventure of Learning in College』(Rodger H. Garrison, Harper & Row, 1959)라는 책에 이런 구절이 있다.

Enjoy your college years. Drink deep of them. They may not prove the best years of your life, but they can be the most profitable growing time you have yet known.

정답은 하나가 아니다. 이런 문장의 경우에도 마찬가지다. 얼핏 짚어 봐도 여남은 가지 번역은 나올 듯하다. 번역은 역시 반역일 수밖에 없는지라, 어느 것을 고르든 우리말로 옮기는 그 순간에 원문의 본디 맛은 망가진다. 그중 하나, 지극히 주관적인 한글 버전을 적어 보겠다.

대학 시절을 즐기라. 깊이 마셔라. 당신의 생애에서 가장 좋은 시절이 되지는 못한다 할지라도 가장 풍성한 성장의 시기는 될 수 있으리니.

당신들 나이 시절에, 더러 들르던 헌책방에서 우연히 손에 넣게 된 이 책에서 이 문장을 처음 읽었을 때 나의 느낌은 콱 죽여 줄 만큼 멋진 격橄 같았다. 열두 살이 채 되기 이전부터 가족들의 생계를 위해 고된 노동을 시작해야 했던 나는 대학이니 하는 이상경理想境은 꿈도 꾸어 보지 못한 채, 그 이상경에서 이 세상 고귀한 것들을 모두 누리고 있는 같은 또래들을 눈동자가 튀어 나올 만큼 선망하고 있던 처지였기에 더욱더 그랬다. 읽어 보는 것만으로도 가슴이 두근거렸다. 그래서 내내 내 기억에 남아 있게 되어, 이 글에서 인용하기 위해 책을 찾아보니 눈에 띄지 않았다. 내 집의 수용 용량을 넘어설 때마다 책을 내보냈는데, 이 책도 내보낸 책 가운데 하나가 된 듯했다. 중고 서점을 모두 뒤져 봐도 나타나 주지 않았다. 미국 아마존에 가 보았다. 중고본이 있었고, 가격 표시는 '0$'이었다. 아마존을 더러 이용하는 둘째에게 말했다. "얘 좀 데려올 수 없을까?" 열흘쯤 뒤에 책이 도착했는데, 송장을 보니 수송 비용이 13달러였다. 예상보다 높았다. 그래서 이 책을 다시 간직하게 되었는데, 새로 읽어 봐도 참 멋진 격 같기는 마찬가지다.

　"가장 좋은 시절이 되지는 못한다 할지라도"는 자기 독자들이 대학 이후에 더 좋은 시절을 누리기를 바라는 지은이의 기도로 보아야 할 것 같다. 대학 시절은 인간의 일생에서 가장 좋은 시절일 수밖에 없다. 왜냐하면 대학 이후의 세계는 '현실'로서, 그것은 '이상'의 상대어이기 때문이다. 그 '현실'에서 어떤 형태의 것이든 '이상'을 추구하고 있다가는 밥 굶기 십상이다. 그러나 대학에서는 이상 추구가 가능하고 당연하다. 그러므로 '가장 좋은 시절'이 될 수밖에 없다. 그래서 지은이는 그 시절을 "즐기라. 깊이 마셔라" 하며 자기 독자들을 격동시킨다.

그런데 한국 대학 사회의 현실에서는 이 격檄이 엉뚱한 방향으로 작용하고 있다. 즐기라! 그래서 즐긴다고 즐기지만 그것은 방황이 아닌 배회부터, '성장'에 '유익한' 게 아니라 오히려 유해한, 그래서 그 좋은 시절을 탕진하고 마는 게 되고 있기 때문이다. 이 격에 곧이곧대로 순종하여 진실로 '성장'에 '유익하게' 대학 시절을 즐길 수는 없을까?

인간의 생애에서는 법적, 인간적으로 허다한 의무가 있다. 그런데 법적 의무는 이행하지 않으면 곧장 물리적 제재가 즉각적으로 가해지니까 어떻게든 이행하려 하는데, 인간적 의무들은 그렇지 않다. 인간적 의무 소홀에 대한 제재는 다분히 관념적인데다 즉각적이 아니다. 그 제재를 영원히 느끼지 못할 수도 있다. 이를테면 대학 시절 내내 배회를 일삼아도 기껏 해 봐야 학점을 제대로 못 받거나 구직이 좀 힘들거나, 알아야 할 것을 몰라 좀 답답하거나 하는 정도일 뿐, 당장 목에 칼이 들어오지는 않기 때문이다. 그런 정도의 제재가 전제된 '해야 할 일'에 견준다면 쾌락 법칙에 몸을 맡겨 '하고 싶은 일'이나 하며 배회나 일삼는 쪽이 훨씬 더 달콤하다. 아직 오지 않은 내일 때문에 오늘의 이 달콤함을 어찌 뿌리칠 수 있으랴! 쾌락주의자들의 이 슬로건은 통시대적으로 그 위력이 막강하고, 그런 위력에 견줘 인간의 의지는 가련하리만큼 연약하다.

이 땅의 예수쟁이들은 대개 형편없이 썩었지만, 예수는 위대하다. 그것은 사실이다. 바로 그 위대한 예수도 언명했다. "좁은 문으로 들어가라. 멸망으로 인도하는 문은 크고 그 길이 넓어 그리로 들어가는 자가 많고 생명으로 인도하는 문은 길이 협착하여 찾는 자가 적음이라."(「마태복음」 7장 13~14절) 이것은 종교적 진술이 아니라 인간사 모든 경우에 적용될 수 있는 준엄한 법칙이다. 많은 사람들이 몰리는 그곳을 외면하고, 찾는 사람마저 적은 그 길을 애써 골라 간다는 것은 가련하리만큼 연약한 인간의 의지에 견줘 볼 때 너무나도 힘든 일이다. 더구나 우리 대학 사회의 거침없는 대세는 'vacation camp'다. 대세를 거스르는 것은 왕따를 자초하는 어리석은 짓일 수도 있다. 위악으로라도, 냅다 무너져 버리면 편안하다. 사실이다. 많은 사람들이 버티기를 그만두고 자포자기, 편한 길을 걷는다.

'하고 싶은 일'과 '해야 할 일'의 상쾌한 합일

하고 싶은 일과 해야 할 일이 하나가 된다면 그것은 지복至福이다. 그런 지복을 누리는 사람도 드물지 않다. 나도 그런 사람들 가운데 하나다. 왜냐하면 창작은 내가 가장 하고 싶은 일이었으며, 밥벌이를 위해 꼭 해야 할 일이기도 했다. 나의 경우에는 하고 싶은 일을 꼬물꼬물 하다 보니 해야 할 일과 하나가 되었지만, 그 역逆의 경우도 가능하다. 곧 해야 할 일에 몰두하다 보면 해야 할 일 그 자체에서 거부할 수 없는 재미를 느끼게 되어, 그것이 바로 가장 하고 싶은 일이 된다. 그런 일이 뭐가 있을까? 답이 쉽지 않아 보이지만, 늘 다니는 그 길(관행)에서 벗어나고 보면 답이 될 가능성이 지천일 수도 있다.

그런데 이 지복을 누리기 위해서는 조금 배고플 각오를 해야 한다. 그러니까 '조금 배고픔'은 지복의 대가가 되겠다. 그렇다면 이 지복을 누리기 위해 치러야 할 대가는 무엇일까? 약간의 외로움이다. 요즘 '아싸(자발적 아웃사이더)'나 '혼밥(혼자 밥먹기)'이 더러 있다는데, 아마 그런 것일 듯하다. vacation camp라는 거센 대세, 곧 관행을 거스르려다 보니 다소간이나마 외로움을 각오할 수밖에 없다. 그럴 경우에 확실하게 격려가 되는 구절이 있다. 지두 크리슈나무르티(Jidu Kirshnamurti, 1895~1986)라는 인도의 구루(힌두 문화권의 현자)가 이렇게 말한 적이 있다.

If you do not follow somebody you feel very lonely. Be lonely then. Why are you frightened of being alone?(네가 다른 사람을 따르지 않는다면 너는 외롭다. 그렇다면 외로워 버려라. 왜 외로워지는 것을 겁내는가?)

다른 사람과 어울리는 이유 가운데 하나는 외로움 때문이다. 청춘을 지배하는 문화의 대종인 배회도 결국은 외로움 때문이다. 떼를 지어 몰려다니는 것도, 휴대 전화의 문자를 쉴 새 없이 때려 대는 이유도 역시 외로움 때문이다. 그런데 그런다고 외로움이 극복될 수 있을까?

　인간은 본디 외로운 존재다. 사회적 동물로서 타인과 더불어 살 수밖에 없고, 타인과 얼마나 원만하게 지내느냐에 따라 인생의 승부가 날 수밖에 없다. 타인과의 관계는 그만큼 중요하지만, 국면이 중요할수록 결국은 혼자라는, 혼자 결정하고 혼자 헤쳐 나가야 하고 혼자 책임질 수밖에 없다는 것을 더 절실히 느끼게 된다.

　인간은 외롭지 않을 수 없다. 사람들과 더불어 있을 때 외로움이 잠시 유예될 수도 있지만, 오히려 더불어 있음으로써 외로움이 더 심화될 수도 있다. 그리고 더불어 있던 사람과 헤어졌을 때 외로움은 재깍 되살아난다. 나는 지금 타인과 어울리는 것을 부정하는 것이 아니다. 부정할 수도 없다. 인간은 역시 사회적 동물이다. 타인과 어울릴 수밖에 없다. 나는 단지 외로울 수밖에 없는 인간에 대해 이야기하고 있는 것일 뿐이다. 군중 속의 고독(The Lonely Crowd). 미국의 저명한 사회학자 데이비드 리스먼(David Riesman, 1902~2002)이 1950년에 출간한 저서 제목이기도 한데, 인간은 무리들과 함께 있으면서도 고독할 수밖에 없다. 고독은 인간의 숙명이다. 그러므로 "다른 사람과 함께 있지 않아 외로움을 느끼게 된다면 외로워 버려라. 혼자 있는 것을 왜 두려워하느냐?" 이 문장, 실로 상큼하다.

　그래서 당면하게 될 약간의 외로움에 대한 각오만 실천할 수 있다면 그 열매는 뜻밖으로 알찬 것이 될 수 있다. '법열'이라는 낱말에 눈길을 머물러 본 일이 있으신가. 사전의 뜻풀이는 이렇다.

1) 설법을 듣고 마음속에서 일어나는 큰 기쁨
2) 참된 이치를 깨달았을 때 느끼게 되는 황홀감

한영사전에는 'religious exultation'이나 아예 'ecstasy'라고 표현되어 있는데, 법열을 느끼면 실제로 가슴이 달아오르고 후각에서 박하 향기가 느껴진다. 과장이 아니다. 경험치다. 예술의 장인들이 배 좀 고픔에도 불구하고 자기 일에 만족하는 것은 때로 느끼게 되는 바로 그 법열 때문이다. 세속적인 모든 것을 포기하고 금욕의 길을 걷는 수도자들의 얼굴에 항상 감도는 은은한 평화를 눈여겨본 적이 있으신가? 그 평화는 때로 온몸을 달아오르게 하는 바로 그 법열로부터 비롯된다.

대학이라는 이상 사회에서 학생들이 '해야 할 일'은 진리를 찾아가는 것이다. 진리라 할 때 굳이 철학적인 무엇을 연상할 이유는 없다. 이를테면 새로운 지식 하나하나를 익혀 나가는 것도 진리 하나하나를 익혀 나가는 것과 같다. 알지 못하고 있던 진리 하나하나를 터득해 나갈 때마다 가슴에 법열이 인다. 당신들의 아기 시절에 수없이 되풀이하던 질문. 왜, 왜, 왜? 그리하여 조금씩 넓어져 가는 시야에 당신들은 언제나 환호작약하곤 했다. 겉늙을 이유는 정말 없다. 도통한 척하는 것은 더욱더 우습다. 웬만한 도서관의 장서만도 아예 수백만 권이다. 한 인간이 일생을 다 바쳐 읽을 수 있는 책은 기껏 해 봐야 수만 권이다. 한 인간이 뭘 좀 안다 하기에는 이 세상에서 알아야 할 게 너무나도 많다.

내 자식들이 고등학교 시절에 배운 영어 참고서가 『성문종합영어』다. 부모는 자식들이 보는 책에 관심할 수밖에 없다. 그래서 때로 자식들이 눈치채지 않게 뒤적거려 보게 되는데, 그 책에서 이런 구절이 눈에 띄었다.

The first lesson a youngman should learn is, that he knows nothing; and that the earlier and more throughly this lesson is learned, the better it will be for his peace of mind, and his success in life. (젊은이들이 배워야 할 첫 번째 교훈은, 그 자신이 아무것도 모른다는 것이다. 이 교훈을 더 빨리, 더 철저하게 익힐수록, 그 자신의 심적 평화와 인생에서의 성공을 위해 더 좋다.)

내 자식들이 무슨 시험공부를 위해서가 아니라, 인생의 가르침으로서 이 구절을 눈여겨보아 주었으면 하고 바랐지만, 굳이 이야기하지는 않았다. 좋은 말씀도 아버지의 입을 거치면 '잔소리'가 되어 그 맛과 그 향이 사라질 가능성이 크기 때문이다. 나는 그냥 그 구절을 내 기억에만 남겨 두었다. 소크라테스의 '무지無知의 지知'를 연상시키게도 하는 이 구절, 정말 그럴듯하다고 생각했기 때문이다.

정말 너무 일찍 다 늙은 포즈를 잡을 이유는 없다. 아직 당신들은 왜, 왜, 왜? 를 되풀이해야 한다. 그러다 보면 아기 시절의 환호작약이 되살아날 것이고, 그렇게 되풀이하는 동안 해야 할 일과 하고 싶은 일이 하나가 되는 놀라운 변화를 알아차리게 될 것이다. 그것은 곧 당신들 인생에서 새로운 마당이 이제 막 펼쳐지기 시작한 것을 뜻한다.

선물 하나

다음 꼭지로 넘어가기 전에 여기까지 읽어 준 당신들 수고에 대한 상으로, 멋진 문장 하나 선물하겠다. 여러모로 별난 내 자식들을 이해하기 위한 도구로서 언제나 기억해 두려고 내 책상 앞에 붙여 둔 문장이다

If a man does not keep pace with his companions, perhaps it is because he hears a different drummer. Let him step to the music which he hears, however measured or far away.(만일 어떤 사람이 자기 동료들과 보조를 맞추지 않는다면, 그것은 아마 그 사람이 다른 고수鼓手의 북소리를 듣고 있기 때문일 것이다. 그 사람으로 하여금 자신이 듣고 있는 음악에 맞춰 걸어가도록 내버려 두어라. 그 음률이 어떻든, 또는 얼마나 멀리서 들려오는 것이든.)

소로(Henry David Thoreau, 1817~1862)의 『월든(Walden)』에 나오는 문장이다. 이 세상에는 당신들이 읽었으면 하는, 읽는 이에게 큰 은혜나 축복 같은 책들이 많다. 『월든』도 그런 책 가운데 하나다. 소로는 평생 저술한 스물두 권의 책 중 그의 생전에는 『월든』을 포함하여 두 권밖에 출간되지 않았다. 배가 좀 고팠을 것 같다. 그런데 그의 저술 어디에도 그런 이야기는 나오지 않는다. 그의 글, 그의 사진은 언제나 의연하다.

소로 숭배자들은 썼다. 당신들이 꼭 보았기를 바라는 좋은 영화 「죽은 시인의 사회」에 나오는 괴짜 선생님(로빈 윌리엄스 분)도 소로 숭배자다. 그리고 이 글을 쓰고 있는 나도 역시 같다. 내 자식들에게도 영문본 『월든』을 한 권씩 사 주었다. 설령 읽지 않는다 할지라도 단지 가지고 있는 것만으로도 행복할 것이라 생각하면서.

소로 숭배자들의 모임이 구성되어 있는 나라만 해도 현재 25개국이나 된다. 많은 작가들이 사정없이 독자들의 시야에서 사라져 가는 판에 사후 150년이 지났는데도 이토록 많은 숭배자를 거느리고 있는 작가가 쓴 글이 어떤 것인지 궁금하거든 한번 읽어 보시라. 원문은 해독이 좀 쉽지 않다. 한글본과 영문본을 나란히 펼쳐 놓고 읽어 보는 것도 방법이 되겠다.

그리고 앞에 인용해 둔 소로의 문장을 기억에 그냥 담아 두시기 바란다. 그러면 때때로 어디선가 경쾌한 북소리가 둥둥둥 두둥둥 들려오리니. 그 북소리가 얼마나 상쾌한지, 들어 본 사람은 알 수 있다. 자신의 어떤 선택에 대한 머뭇거림이 있을 때, 또는 번잡한 세상으로부터 격리된 듯한 외로움을 느끼고 있을 때, 위안도 되고 격려도 된다. 둥둥둥 두둥둥. 그리고 또 이 문장의 'Let him step to the music'과 앞에서 인용해 둔 지두 크리슈나무르티의 문장 가운데 있는 'Be lonely then', 이 두 명령문을 한꺼번에 입술에 올려 버무려 보시기 바란다. 다른 맛이 느껴진다.

내가 다시 젊어진다면
아침에 일찍 일어나는 것 외에는 뭐든 하겠다.

To get back my youth I would do anything in the world,

except getting up early in the morning.

— 오스카 와일드(Oscar Wilde,

아일랜드 작가, 1854~1900)

이태백의 나머지 절반

심상정 의원이 이런 말씀을 한 적이 있다. "저는 사는 데 돈 별로 들지 않습니다. 커피는 자판기에서 빼 마시고요, 옷은 '아름다운 가게'에 가서 골라 입습니다." 그리고 그는 최소한 염치도 없이 거짓말을 하지는 않을 듯싶다. 그래서 내가 싫어하지 않는 정치인 명단에 들어 있게 된 그는 이렇게 이야기한다. 서글픈 내용이지만, 이 대목 주제가 함축되어 있는 듯하여 우선 인용한다.

대학에서 강연할 때 "여러분, 희망이 뭡니까?" 하면 거의 100퍼센트 같은 대답이 나옵니다. 아시지요? 예, 취직하는 거지요. 그런 청년들을 만나고 오면 그렇게 마음이 허전할 수가 없어요. 어떨 때는 막 울고 싶어요. 꿈이 거세된 세대구나. 정치인으로서, 또 엄마로서, 우리 청춘들의 열정과 끓는 피와 고뇌하는 기회조차 아예 거세시키고 있는 게 아닌가 싶어서 깊은 절망감이 생겨요. 청춘이라면 자신이 뭘 좋아하는지, 뭘 잘할 수 있는지, 이런 고민을 부여잡고 끝을 봐야 하는데, 요즘 청춘들은 그런 기회조차 박탈된 세대가 아닌가 싶어 걱정이 많이 됩니다. 전부 트렌드로 안내되고 있는 거지요. 부모님에 의해 어렸을 때부터 좋은 대학 가기 위해 관리되고, 우수한 사람은 사법 고시 보거나 삼성 가고, 그게 어려운 친구들은 공무원 시험 보고 임용 고시 보는 거지요. IT 업계 잘나간다더라, 앞으로 중국이 유망하다더라, 이런 트렌드로 마치 물고기가 떼를 지어 가듯이 개인의 개성과 잠재력과는 전혀 무관한 그런 안내를 받게 되는 겁니다. 그래도 거기에 진입하면 그나마 괜찮습니다. 문제는 치열한 경쟁에서 탈락한 사람들이 주변인이 되어 버린다는 거지요.

　　　　　　—『내가 걸은 만큼만 내 인생이다』(한겨레출판, 2011)

우리 입장에서 그려 볼 수 있는 이상, 그런 것으로서, 심상정 멘토의 이야기에도 잠깐 나온 노르웨이 경우를 들어 보자. 여행자였던 심상정 멘토에 견준다면, 10여 년째 그곳에 살고 있는 사람의 증언이기에 더 구체적으로 보아도 좋을 듯하다.

"노르웨이 20대들도 많이 접하실 텐데요, 한국 젊은이들과 다른 부분이 있습니까?"

"국내 독자들한테 시기 같은 감정을 유발할 수 있어서 자제하겠는데요(웃음), 제일 큰 차이는 뭐냐 하면 노르웨이 청년들이 두려워하는 것이 전혀 없다는 것입니다. 취직에 대한 압박 같은 것을 전혀 안 받습니다."

―박노자 · 지승호 공저, 『좌파하라』(꾸리에, 2012)

자소서? 자소서!

앞에서 EBS 프로그램 '우리는 왜 대학에 가는가?'를 두 차례 되풀이하여 본 다음, 내게 남은 인상은 '침묵 강의실'과 '자소서'로 요약될 수 있고, 양쪽 모두에 대한 느낌의 요약은 처절함이었다. 특히 자소서(자기소개서) 이야기, 잠자코 바라보고 있기가 쉽지 않았다. 이런 느낌은 비단 어제오늘의 일은 아니다. 살아남기 위해서는 먹어야 하고, 먹기 위해서는 일자리가 필요한데, 생명으로서 필수 불가결한 바로 그 일자리를 구하지 못한 채 거리를 헤매고 있는 수많은 젊은이들, 상상만으로도 안쓰럽고 속상하다.

20대 태반이 백수라는, 참 민망한 현실이 끝도 없이 이어지고 있다. 이런 현실에 대한 분노는 물론 당연하다. 정치인들이 마치 버릇이라도 되는 것처럼 일자리 창출 공약을 수도 없이 들고 나올 때마다, 실로 역겹다. 이런 현실의 상당 부분은 정책을 쥐락펴락하는 그들 책임이다. 그런데도 그들은 자기네 정치적 이익을 위해 그런 현실을 마치 생색이라도 내듯이 요모조모 이용이나 하고 있는 형편이니 더 역겨울 수밖에 없다. 그러나 일자리는 정치인들의 얄팍한 거짓 공약처럼 하루아침에 만들어질 수 있는 게 아니다. 우선 있는 그대로의 현실에 대응해야 한다.

또 50퍼센트냐 5퍼센트냐 하는 차이는 있을지언정 구직난은 인류 역사가 이어지는 한 영원한 사회적 문제가 될 수밖에 없다. 산업 사회에 들어선 이후 사회적 혼란은 거의 모두 실업 증가로부터 비롯되었다. 나의 청년 시절에는 '취직'과 '벼슬'이 동의어였다. 취직이 그만큼 어려웠다. 그러므로 이런 현실을 탓하고만 있어 봐야 소용없다. 포기 투 냉소는 더더욱 금물이다. 당연히 부정이 아닌 긍정, 비관이 아닌 낙관, 회피가 아닌 도전이 되어야 한다. 앞에서 인용한 EBS 프로그램에도 나왔지만, 어렵사리 면접장까지 나온 젊은이가 심사 위원들 앞에서 무너지는 장면이 있는데, 그것이야말로 적과 제대로 싸워 보지도 않고 무릎을 꿇는 것과 같다.

이태백이라는 표현을 뒤집어 보면, 20대 태반은 일을 하고 있다는 뜻도 된다. 일을 하고 있는 태반, 왜 그쪽에 속하지 못했을까? 적자생존, 세상은 어차피 경쟁 체제가 될 수밖에 없다. 비정하지만 인간 세상의 속성이 그렇다. 정당한 경쟁에서 정당하게 이겨 적자가 되어야 한다. 그러면 이태백의 처량한 노래는 남의 것이 될 수 있다. 내가 살기 위해 남을 짓밟으란 말이냐! 그런 항변이 나올 수 있다. 그런 항변은 어설픈 감상에 지나지 않는다. 선수가 경기에서 이기기 위해 죽을힘마저 다하는 것을 두고 남을 짓밟으란 말이냐! 그렇게 말하지는 않을 것이다. 경기에는 승자와 패자가 있을 수밖에 없고, 규칙을 어기지 않은 한, 승자는 떳떳하게 승리의 감동을 누려도 좋다.

조직은 사람을 필요로 할 수밖에 없다

기업을 포함하여 모든 조직은 사람으로 구성되고, 사람에 의해 운용된다. 그러므로 조직의 성패는 사람에 의해 결정되며, 모든 조직은 당연히 좋은 사람을 뽑아 들이기 위해 온갖 정성을 다한다. 그런데 문제가 있다. 구직자는 언제나 넘쳐 나는데 조직이 꼭 필요로 하는 사람은 쉽지 않다. 우리나라에서 가장 많은 사람을 고용하고 있는 삼성그룹 이건희 회장이 이런 푸념을 한 적도 있다. 대학이 무책임하다. 도대체 쓸 만한 사람을 내보내 주지 않는다. 그래서 대충 골라 다시 교육시켜야 한다. 이런 푸념은 사람을 필요로 하는 모든 조직에서 꼭 마찬가지다. 그러므로 뽑아야 하는 입장에서는 '대충' 고를 수밖에 없다. 믿는 것은 세계 최강이라는 대학 입시 제도에서 살아남은 그 머리와 끈기다. 그 머리, 그 끈기만 되살려 낸다면 기업이 필요로 하는 사람으로 키워 낼 수 있을 것이기 때문이다. 특정 기술직은 다르지만, 관리직 경우에는 전공이니 하는 게 그다지 필요한 것도 아니니 '대충'이 통용될 수 있는 범위는 더 넓어진다. 그러니까 대학에서의 전공이니 하는 게 사실은 의미 없는 경우가 태반이다. 조금 서글프지만, 현실이 그렇다.

두말할 것도 없이 구직자는 언제나 넘친다. 그리고 그들은 대개 고용만 해 주면 무슨 일이든 하겠다며 한껏 저자세가 된다. 면접장에서 눈물을 보이는 구직자도 있다. 얼마나 다급했으면 생판 낯선 사람들 앞에서 눈물까지 흘리게 되었으랴마는, 조직이 필요로 하는 것은 그런 저자세, 그런 굴종이 아니다. 눈물은 더더구나 아니다. 조직은 오히려 얼마만큼은 오만할 정도로 당찬 사람, 자신만만한 사람을 원한다. 면접장에서 면접자가 가장 중요하게 보는 것도 자신감이다. 이건희 회장의 줄기찬 주장 가운데 하나는 "1만 명을 먹여 살릴 수 있는 1인"이다. 그런 인재를 얻기 위해 자기 전용기까지 보낸다는 이야기를 들은 적이 있다. 그런데 '한껏 저자세'라고?

익숙한 면접자는 피면접자의 눈을 본다. 눈은 그야말로 마음의 창으로서 그 사람의 내면을 있는 그대로 드러내 보여 주기 때문이다. 면접 시간은 대개 짧지만 사람을 판단하는 데는 넉넉하다. 바로 눈의 그런 기능 때문이다. 만일 피면접자가 자신을 향한 면접자의 눈길을 거북해할 경우, 더구나 찔끔 오그라드는 빛을 보일 경우, 그 피면접자가 좋은 점수를 받을 가능성은 낮다.

피면접자가 좋은 점수를 받기를 원한다면 굴종이나 애걸 조나 찔끔이 아닌, 뭐 당신이 꼭 나를 뽑아 주지 않아도 상관없다는 정도의 여유 있는 자신감을 보여 주어야 한다. 그렇다면 그렇게 꾸며 보이면 될 것 아닌가? 그렇지 않다. 꾸미는 것은 금방 드러난다. 그것이 뽑는 자와 뽑히려는 자가 대치하고 있는 면접장의 긴장 구조이고, 면접자의 능력이다. 자신감이니 하는 것은 본질적으로 꾸며 보일 수 있는 게 아니다. 우선 속이 든든하게 채워져 있어야 한다. 속이 든든하게 채워져 있으면, 자신을 향한 면접자의 눈길이 아무리 날카로워도 당신한테 애걸하러 온 거 아니오, 그런 마음이 될 수 있다.

참 민망한 장면 하나

나의 직장 생활 마지막 8년간은 어느 기업의 조직 관리 부서에서 일했는데, 그때 내가 하는 일 가운데는 사람 뽑는 일이 포함되어 있었다. 나는 지금 그때의 체험을 고백하고 있다. 그 시절 어느 날, 어느 신문 칼럼에 이런 제목의 글을 발표한 적이 있다. "고용될 준비를 하십시오. 당신들이 원하는 것이 대통령 자리처럼 이 세상에 딱 하나만 있는 그런 게 아니라면, 취업은 그토록 어려운 게 아닙니다. 그러나 준비해야 합니다. 간곡한 마음으로 말씀드립니다. 부디 고용될 준비를 하십시오. 기업은 준비된 당신들을 기다리고 있습니다."

나의 체험은 거의 30년 전 일이다. 지금은 다를까? 그럴 수도 있고, 그래야 하겠지만, 구직난이 변하지 않은 것처럼, 구직자들의 고용될 준비도 별로 변하지 않은 것 같다. 앞에서 예로 든 EBS 프로그램에서도 엿보이지만, 대학 자체나 대학가 풍경이 차츰 더 나빠지고 있다는 여러 증언이나 보고들로 보자면 오히려 더 나빠졌다 할 수도 있을 듯하다.

그러나 좋아졌든 나빠졌든, 고용되기를 원한다면 당연히 고용될 준비를 해야 한다. 모든 일이 그렇듯, 그것도 하루아침에 되지 않는다. 꾸준히 속을 든든하게 채워 두어야 한다. 두말할 것 없이 세상은 준비된 자의 것이다. 세상은 결코 자비롭지 않다. 수십만 명이 참가하여 마지막 한 사람만 살아남는 음악 오디션 같은 그런 것이 아니라 단지 마음에 드는 일자리 정도를 원하는 것이라면 세상 소문처럼 그토록 비장할 이유는 없다.

그러나 준비는 해야 한다. 그러면 기어코 다가오게 될 몇 해 뒤 '바이어스 마켓(Buyer's Market)'에서 괜한 굴욕을 당하는 대신 '셀러스 마켓(Seller's Market)'의 여유를 느긋하게 누리며 세상살이를 시작할 수 있다. 당신들이 꼭 그렇게 되기를 바라고, 그렇게 되리라 믿는다.

이른바 자소서

다시 EBS 프로그램으로 돌아가 보면, 그렇게 8학기 동안의 침묵 강의실 다음에 맞닥뜨리게 되는 절대적 현실은 취업. 그때부터 서둘러 자소서를 쓰기 시작한다. 요즘 청춘들에게 자소서의 비중이 얼마나 되는가를 가늠해 보기 위해 예스24에 들어가 '자소서'를 검색하니 무려 8806권의 책이 떠오른다. 단일 검색어로는 최고가 아닐까? 그리고 이것은 우리 현실의 병적 증세 가운데 하나다. 학교 졸업을 앞두고 자소서를 100번 썼는데 아직 면접장까지 한 번도 나가지 못했다. 그런 푸념, 흔한데, 혹시 당신이 쓴 100번의 자소서, 거기에 문제가 있다고 생각해 본 적은 없는가?

내가 직장 생활을 하던 시절, 미국계 회사였기에 이력서에는 영문 자소서를 첨부하게 했다. 모집 광고를 내면 이력서가 무더기로 몰려오는데, 이것을 어떻게 걸러 내는가? 자소서를 낸 사람들 가운데는 자신의 자소서를 읽기나 하는지 모르겠다는 의문을 간직한 이들이 적지 않은 듯한데, 틀림없이 읽는다고 생각하는 편이 옳다. 그렇다면 그토록 많은 자소서를 어떻게 읽어 내는가?

그다지 어렵지 않다. 그중 대부분이 책을 보고 베껴 낸 것이기 때문이다. 그때는 요즘처럼 자소서가 상업적 출판 대상은 아니었는데, 영문 경우에는 모범 답안 같은 게 돌아다니고 있었고, 대개의 지원자들은 그것을 짜깁기한다. 오랜 경험 덕분이겠지만, 그런 자소서는 최초 다섯 행 이내에서 판단되고, 그렇다 판단될 경우에는 그다음을 읽지 않게 된다. 왜냐하면 기업에서 바라는 조건의 첫째는 창의성이고, 둘째는 근면이기 때문이다. 그러니까 짜깁기는 자신의 나태를 드러내는 방법도 되는 셈이다. 기업에서는 설령 서툴다 할지라도 그 사람 자신의 생각과 글솜씨와 진정성이 담겨 있는 창의적 자소서를 원한다. 자소서의 생명은 창의성과 진정성이다.

전쟁을 일으키는 것은 나이 든 사람들이다.

그러나 싸워야 하고, 죽어야 하는 것은 청춘들이다.

Older men declare war. But it is youth that must fight and die.

——허버트 후버(Herbert Hoover, 미국 대통령, 1874~1964)

둘째 가름

낙타, 속삭이다

역시 관점에 따라 여러 가지 답이 나올 수 있을 듯한데, 요즘 젊은이들에게 결핍되어 있는 것 딱 하나만 이야기하라면, 나는 아마 '지혜'라고 대답해야 할 것 같다. 지혜는 지식과 다르다. 암기 중심의 주입식 교육에 의한 지식의 물리적 양은 그것이 죽은 지식이든 뭐든, 세계 어느 나라 젊은이들 못지않을 텐데 그 지식을 실제 삶에 활용하는 지혜는 조금 또는 많이 달릴 듯하다. 역시 가정과 학교의 합작 과보호로 말미암아 지식을 활용할 수 있는 능동적 능력을 함양할 기회를 갖지 못했기 때문으로 보아야 할 것 같다. 문제는 젊은이들이 자신들의 그런 결핍을 알아차릴 만한 지혜의 결핍으로 목청만 높여 댄다. 그 여파는 젊은이 자신과 사회에 함께 미친다. 공상 영화에 나오는 기계 인간 경우가 극단적인 예가 되겠지만, 지혜가 결핍된 지식은 사람과 세상을 살리는 역할을 할 수 없다. 과거에 젊은이였던 오늘의 어른들이 세상을 망가뜨려 가던 끝에 마침내 '도대체 이게 나라냐!' 하는 지경으로 만들어 버린 것이 그 증거가 되겠다. 이 가름의 주제는 지혜인데, 첫째 가름 주제인 야성이 황야의 폭풍우라면 지혜는 산들바람이고, 야성이 한낮의 도약이라면 지혜는 해거름 넉 뒤뜰의 고즈넉한 명상이다. 앞 가름이 전투였다면 이번 가름은 휴식인데, 전투가 치열했기에 갑작스러운 정적이 몹시 낯설 것 같기도 하다.

여우의 지혜

지혜를 주제로 내세운 이 새 마당에서 우선 언어에 대해 이야기해야겠다. 그 이유는 다음 이야기 중에 저절로 나오게 될 수밖에 없을 텐데, 내가 경험한 예화 하나부터 앞장세워 보겠다.

유순하 님
저희 아버님께 부탁하신 자료 보내 드립니다.

친구 아들이 일하는 기관에서 구할 수 있는 자료가 필요하여 내가 친구에게 부탁했고, 그래서 그 아들이 내게 보내온 이메일 전문이다. 인사도, 결구도, 보낸 사람 이름마저 없이 달랑 이게 모두였다. 호칭에서도 한동안 눈길이 머물렀다. 그 아들은 명문 대학에서 석사 과정까지 끝낸, 당시 20대 후반 젊은이로서, 그의 유년 시절부터 더러 얼굴을 보아 온 사이였다. 이메일을 받고, 어, 이건 아무래도 아닌데, 하는 생각이 들었다면 나의 구투舊套를 매도해야 할지 잘 모르지만, 그런 느낌은 사실이었고, 그때로부터 10여 년의 시간이 흐른 지금까지도 좀 섬뜩하기까지 하던 그 느낌이 그대로 남아 있다. '말 한마디에 천 냥 빚을 갚는다'는 속담이 있다. 말 한마디, 글 한 줄로 그 사람에 대한 평가가 결정될 수도 있다. 내가 만일 평가하는 입장에서 위의 문장을 만나게 되었다면, 이 문장의 주인은 좋은 평점을 기대할 수 없다. 비단 평가, 그런 측면에서만은 아니다. 언어는 인간의 존재 모든 국면에서 절대적 영향을 미친다. 그런데도 언어에 대한 실질적 관심은 과소하다. 지혜가 결핍되어 있는 현상의 일부다.

언어의 무서운 이중성

인간은 사회적 동물이고, 인간이 사회적 동물일 수 있는 대전제는 타인과의 소통이고, 소통의 주된 수단은 두말할 것 없이 언어다. 언어는 때로는 날카로운 칼날이 되어 타인에게 상처를 입혀 소통을 불가능하게 만들기도 하며, 인간관계를 회복이 불가능할 정도로 아예 망가뜨려 버리기도 한다. 이토록 무서운 이중성 때문에 인간 생활에서 언어는 더 중요하다. 언어는 인간의 품격을 형성하고, 인간의 생애는 곧 언어로써 구성된다. 사랑도, 미움도, 갈등도, 화해도, 그리고 성공이니 실패니 하는 것마저 언어로부터 비롯되는 경우가 허다하다. 언어는 사람을 죽이기도 하고 살리기도 한다. 언어는 전능이다.

세상살이에서 인간관계가 중요하다고들 한다. 사실이다. 인간관계는 세상살이 성패를 좌우할 만큼 중요하다. 그토록 중요한 인간관계가 원만하지 않은 사람을 가만히 살펴보면 그 원인의 첫 번째는 상대방에게 상처 주는 언어를 마치 무슨 버릇이라도 되는 것처럼 아무렇지 않게 발사하는 언어 습관 때문이다. '성격 때문'이라는 이야기를 하지만, 원만한 인간관계를 방해하는 그 성격의 상당 부분도 언어를 통해 드러난다. 반면에 인간관계가 원만한 사람의 비결을 가만히 살펴보면 그 첫 번째는 역시 상대방을 포근하게 보듬어 안는다든가 하는 그 사람의 언어 습관 쪽에서 찾을 수 있다. 세상살이 성패 관건인 인간관계의 성패가 곧 언어에 의해 결판나는 셈이다.

소통의 주된 수단인 언어의 이중성은 극과 극, 이토록 뚜렷하여, 언어는 이기利器가 되기도 하고 흉기凶器가 되기도 한다. 인간의 일상에서 언어의 중요성은 아무리 강조해도 지나치지 않을 듯한데, 언어에 대한 고민에는 인간사에 대한 다른 고민보다 훨씬 더 정답을 찾을 수 없다.

공적 관계에서는 오히려 간단하다 할 수 있다. 소통이 제대로 되지 않을 경우에는 그것으로 관계를 종료시키면 그만이기 때문이다. 그러나 사적 관계는 다르다. 소통이 원활하게 진행되지 않았다 하여 관계를 쉽사리 끊어 버릴 수도 없기 때문이다.

그래서 친구나 가족 같은 사적 관계에서 언어는 더 어려워진다. 언어의 속성에 대한 이해가 우선 필요해 보인다.

언어의 속성 - 리콴유의 문장론

한 국가를 구성하는 2대 요소인 생존 조건과 인적 자원, 양편 모두에서 최악, 최저인데도 불구하고 최선, 최고의 국가를, 더구나 한 세대 이내에 보기 좋게 이루어 낸 그들의 현실과, 그 현실을 지배하고 결정하는 그들의 독재에 대한 관심이 컸기에, 서울 주재 싱가포르 대사관에서 자료를 빌려 가며 싱가포르와 리콴유(李光耀, 1923~)를 한동안 연구한 적이 있다. 여기서는 언어에 대한 리콴유의 생각을 소개하겠다.

제가 케임브리지 법대에서 공부하던 시절에, 저는 모든 낱말, 모든 문장에는 세 가지 의미가 있다고 배웠습니다. 말하는 사람이 표현하고자 하는 의미, 듣는 사람이 이해하는 의미 그리고 말하는 사람과 듣는 사람이 공유하게 되는 의미가 그것들입니다.

싱가포르 역사 초기에 싱가포르 정부 공무원들에게 강의한 것인데, 간결하지만 문장 또는 언어에 대해 우리가 꼭 유념해야 할 중요한 명제를 함축하고 있다. 최선은 물론 세 번째 "말하는 사람과 듣는 사람이 공유하게 되는 의미"인데, 그게 쉽지 않다. 그보다는 "말하는 사람이 표현하고자 하는 의미"와 "듣는 사람이 이해하는 의미"가 달라져서, 죽도록 이야기한 것이 기껏 해봐야 오해의 근원이 되기 일쑤다.

　말이 더 어렵게 느껴지는 것은, 말의 뜻이 대화 쌍방의 감정이나 욕망, 이해타산 그리고 심지어는 주변 분위기나 그날의 날씨에 따라서도 달라질 수 있기 때문이다. 이 대목 이야기는 말머리를 조금 바꿔 다른 쪽에서 살펴볼 수도 있다. 이 세상에는 언어에 대한 수많은 이론이 있다. 대개는 불필요하게 난삽하다. 용어부터 괜스레 복잡하고 어렵다. 우리네 일상의 쉬운 언어로 쉽게 생각해 보자.

　언어적 표현에는 안팎이 있다. 그가 언어로 표현한 것, 그것은 그가 생각하고 있는 것 또는 그가 표현하려고 한 것과 다른 경우가 흔하다. 가장 큰 이유는 표현하려고 하는 그대로 표현하는 것이 쉽지 않다는 것이다. 그런데 그보다 더 까다로운 것은, 그가 자신의 생각과 완전히 다른 표현을 하는 경우다. 일부러 하는 거짓말이 그렇고, 거세게 치솟는 감정에서 마구 내뱉는 막말이나, 열등감으로 말미암아 잔뜩 주눅 든 상태에서 허둥지둥 내뱉는 미완의 말이나, 상대방 속을 기어코 뒤집어 놓기 위한 목적의 어깃장이 역시 그렇다. 험상궂은 표정으로 "너 미워!" 하고 외칠 때, 그것이 사실은 지극한 사랑의 표현일 경우가 많다. 언어는 이렇게 여러 겹으로 구성되어 있어 더 복잡하다.

　서로 사이좋을 때는 언어의 그런 복잡성이 별문제가 없다. 문제는 관계가 어긋나면서부터 시작된다. 리콴유가 말한 낱말과 문장의 세 가지 의미가 마구 뒤엉킨다. 그것은 신호등이 고장 난 번화가 네거리의 혼잡과 같다. 그래서 마침내는 언어가 형편 없이 무력해져서, 소통 쪽에서는 와전이나 오해의 원인이 되고 효용 쪽에서는 오히려 역효과를 일으키는 경우가 되기 일쑤다.

이런 경우를 되풀이하여 경험하다 보면 언어 무용론자가 되기 십상이고, 그러다 보면 글말은 없이 약간의 입말만으로도 인간보다 훨씬 더 '인간적'인 세계와 생애를 이룩해 내고 있는 짐승들에 대해 부러움마저 느끼게 되는 비극적 경지에 접어들 수도 있다. 이토록 난감한 장면에서는 어김없이 여우의 속삭임이 들려오게 마련이다.

첫 번째 지혜 – 말은 오해의 근원

『어린 왕자』는 나와 같은 해에 태어났다. 그런데 나는 하염없이 시들어 가고 있지만 이 책은 언제나 처음 모습 그대로 싱싱하게 새로 태어나기를 되풀이한다. 그래서 더 아름다운 이 책에서 여우와 어린 왕자는 이런 대화를 나눈다.

"사람들은 다 만들어 놓은 물건을 가게에서 산단 말이야. 그렇지만 친구를 파는 데가 없으니까, 사람들은 이제 친구가 없게 되었단다. 친구가 필요하거든 나를 길들여."

"어떻게 해야 되는데?"

"아주 참을성이 많아야 해. 처음에는 내게서 좀 떨어져서 그렇게 풀 위에 앉아 있어. 내가 곁눈으로 너를 볼 테니까 너는 아무 말도 하지 마. 말이란 오해의 근원이니까. 그러다가 매일 조금씩 더 가까이 다가앉는 거야."

나는 이 대화 가운데 "말이란 오해의 근원이니까"를 체험적인 입장에서 아주 공감한다. 내 말이 내 뜻대로 남에게 전해진 경우는 드물다. 말은 위험스럽기까지 하다. 국면이 더 심각해질수록 언어는 더 위험한 것이 될 수 있다. 그럴 경우에는 저절로 '입만 열면 화를 부른다(開口卽禍)'와 '말이 간단한 사람이 도에 가깝다(言簡者近道)' 하는, 말에 대한 여러 경계들이 떠오른다.

나는 할 말은 해야 속이 시원해 — 더러는 무슨 큰 자랑이라도 되는 것처럼 이렇게 말하는 사람들이 있다. 그러나 자기 최면이 아니라면 그 말은 사실이 아니다. 할 말을 다한다고 해서 속이 시원해지지 않는다. 무엇보다도 할 말을 다해서는 살아남을 인간관계가 없다. 그러므로 '할 말은 해야 속이 시원해'는 모든 인간관계를 기어코 박살 내고야 말겠다는 악마의 선언과 같다. 그런 언어 습관을 가진 사람은 일차적 조심 대상이다. 할 말은 자꾸 삼켜야 한다. 그리고 마침내는 잊어버리기를 되풀이해야 한다. 왜냐하면 말은 일쑤 오해의 근원 노릇이나 하니까.
대화로 풀어라 — 그런 말을 더러 한다. 대화는 물론 필요하다. 얽힌 매듭을 푸는 열쇠가 되기도 한다. 그러나 대화보다 더 중요한 것은 대화 없는 이해다. 대화의 필요성을 느꼈다는 것은 관계에 이미 금이 가고 있다는 것을 뜻한다. 대화가 필요한 단계까지는 가지 말아야 한다. 특히 가족이나 가까운 친구 등 포기할 수 없는 관계일 경우에 더욱더 그렇다. 조금 답답하더라도 시간의 슬기에 의지하여 기다리면서, 굳이 대화를 하지 않아도 되는 경우를 포기하지 않아야 한다. 왜냐하면 역시 "말이란 오해의 근원"일 수밖에 없기 때문이다. 꼭 기억해 두시면 좋을 것 같다. 갈등으로 말미암은 고통보다는 인내 쪽이 훨씬 더 가볍다는 것을. 그리고 인간관계에서 인내는 틀림없이 보상을 받게 된다는 것도.

"아는 사람은 말하지 않고, 말하는 사람은 알지 못한다(知者不言 言者不知)." 노자의 이 말씀대로라면 말은 뭘 모르는 멍텅구리들의 표현 수단이 된다. 사실 노자는 이 대목에서도 더 나아간다. "진실한 말은 아름답지 않고, 아름다운 말은 진실하지 않다. 훌륭한 사람은 말하지 않고, 말하는 사람은 훌륭하지 않다(信言不美 美言不信 善者不辯 辯者不善)."

아마 40년 전쯤만 되었어도 어느 은둔자의 넋두리처럼 웃어넘겼을, 말에 대한 노자의 여러 경계를, 인생 말년에 접어든 지금 나는 공들여 받들어 모시고 있다. 왜냐하면 나의 뜻대로 전해지지 않는 말로 말미암은 당혹감을 허다하게 되풀이하여 경험했기 때문이다. 나는 또 듣기와 말하기의 비율은 7대 3 정도로 하는 게 좋다는 어느 목사님 충고도 깊이 수긍하고 있다. 언어생활에서 잘 듣는 귀의 중요성에 대해서는 아무리 강조해도 지나치지 않기 때문이다.

언어는 분명 소통의 수단이지만, 동시에 소통을 방해하거나 아예 차단하는 수단이기도 하다. 표정이 험상궂게 일그러지고 목소리가 높아지기 시작하면 언어는 더 이상 소통 수단이 아니다. 이때는 멈춰야 한다. 이를 악물고라도 멈춰, 약간이나마 소통의 여지를 남겨 두어야 한다. 결국 지지 않으려고 목소리를 높여 대는 것이지만, 이런 국면에서 조금이라도 이긴 기분을 누리기 위해서라도, 순리에 의한 대화가 불가능한 국면에 접어들었다 싶을 경우에는 죽을힘마저 다해 뚝, 멈춰야 한다. 좀 더 바란다면, 멈추고 나서 상대방에 대해 안쓰러워하는 마음 한 줄기를 머금어 볼 수 있다면 금상첨화다. 당신들 스스로 자신들의 인간적 크기가 조금씩 넓어져 가고 있다는 것을 느낄 것이다. 험상궂은 표정으로 서로 으르렁대는 장면과 비교해 볼 때 어떤 그림이 더 좋아 보이는가?

좀 더 나아갈 수 있다면, 언어 대신 시간의 지혜에 의지하는 방법도 좋다. 물론 온갖 정성을 바쳐야 한다. 그래도 소통에 실패할 수 있다. 그럴 경우에는 실망하지 않기 바란다. 더구나 낙담은 금물이다. 그렇다고 포기하지는 말기 바란다. 서로 유명幽明을 달리한 뒤에야 비로소 소통할 수도 있는 게 또한 인간사니까 말이다.

두 번째 지혜 – 본질적인 것은 눈에 보이지 않는다

『어린 왕자』에는 이런 대목도 있다.

"잘 가." 여우가 말했다. "내 비밀은 이거야. 아주 간단한 거지. 마음으로 보아야 잘 보인다. 본질적인 것은 눈에 안 보인다."

"본질적인 것은 눈에 안 보인다." 어린 왕자는 잊지 않으려고 따라 했다.

여우가 작별을 몹시 슬퍼하며 어린 왕자에게 준 선물이기에 더 의미심장한 여우의 이 지혜는 언어생활에서도 특별한 효과가 있다.

언어가 기능할 수 없는 공간에선 마음의 눈을 통해 상대방의 진실을 간파할 수 있다. 상대방의 선의와 악의를 가려낼 수 있는 이 간파는 특히 사랑하는 사람과의 관계를 위해 중요하다. 그 사람이 치솟는 심정이나 주눅 든 심리에서 내뱉은 한마디를 곧이곧대로 받아들여 섭섭해하거나, 심지어 멀어지기까지 하는 경우는 드문 일이 아니기 때문이다.

그럴 경우 만일 마음의 밝은 눈이 있어 상대방의 진심을 간파한다면 섭섭해하거나 노여워하는 대신 안쓰러워하게 될 것이다. 그 모습을 떠올리는 것만으로도 목이 멜 만큼 사랑하는 사람을 향해 험상궂은 표정으로 '미워!'라고 외치는 것이 가련한 인간이기 때문이다. 그리고 보면 언어의 불완전성을 보완할 수 있는 마음의 눈은 구원의 눈이 될 수도 있을 것 같다.

살아 있는 전설이 된 사람

우편 비행기 조종사였던 생텍쥐페리는 『어린 왕자』를 쓴 한 해 뒤인 1944년 7월 31일에 혼자 출격했다가 돌아오지 않았다. 그의 비행기가 피격당했다는 소문이 있지만 확인되지는 않았다. 그의 죽음도 확인되지 않은 셈이다. 그래서 그 자신도, 그의 작품도 전설이 되어 사람들의 기억에서 내내 살아 있다. 그의 언어 가운데는 이런 것도 있다. 글을 쓰는 자에게 준엄한 질문이 될 수 있기에 내 기억에 남아 있다.

내게 고민을 안겨 주고 나를 괴롭히는 유일한 문제, 내 용기를 북돋워 주고 나를 도와주고 내게 이익을 줄 수 있는 유일한 문제는, 내 책이 그것을 읽는 사람들에게 무엇이 되느냐 하는 것이다.

나의 이 글이 당신들에게 무엇이 될 수 있을까?
삼가 옷깃, 여민다.

절대로 뒤돌아보지 마십시오.

당신이 그곳으로 돌아가려는 게 아니라면.

Never Look Back Unless You Are Planning To Go That Way.

— 헨리 데이비드 소로(Henry David Thoreau,

『월든』의 작가, 1817~1862)

나의 지혜

여우의 지혜에 이어 이번에는 나의 지혜에 대해 이야기해 보겠다. 우선 다음 세 얼굴과 그 얼굴들에 실려 있는 표정을 눈여겨보시기 바란다. 일란성 쌍둥이처럼 닮은 얼굴인데, 그 얼굴에 대한 느낌은 딴판이다. 왜 그럴까?

첫 번째 지혜 – 선진국 표정과 후진국 표정

표정은 언어의 함축이다. 그런 까닭에 표정 하나로 무한 소통이 가능하다. 무한 함축 언어로서의 표정을 생각하며 조금 더 자세히 들여다보면 표정들이 움직이는 게 눈에 띌 것이다. 일란성 쌍둥이처럼 꼭 닮은 이 세 얼굴의 차이는 입술 모양뿐이지만 그 인상은 전혀 다르다. 아예 본디 생김 자체가 다른 것 같다. 다른 것은 그뿐만이 아니다. 첫 번째 것은 웃음을 머금고 있고, 가운데 것은 얼음을 깨물고 있고, 마지막 것은 벌레를 씹고 있다. 그 입에서 나오는 언어의 빛깔이나 향기도 서로 다르다.

　이제 한번 말을 시켜 보면, 음색도 딴판이다. 첫 번째 것은 꽃이 벙글어 피어나는 것 같은데, 가운데 것은 잇새로 뭔가 겨우 밀어내는 것 같으며, 마지막 것은 벌레를 씹어 삼키는 것 같다. 그리고 더 중요한 것은 전체적 인상이다. 첫 번째 것은 여유만만해 보이고, 가운데 것은 옹색해 보이고, 마지막 것은 완전 우거지 같다. 차이가 나는 것은 단지 입술 모양뿐인데 말이다. 당신이 만일 이 셋 가운데 하나를 친구 삼는다면 누굴 고르겠는가? 대답하지 않아도 된다. 굳이 대답할 필요가 없기 때문이다.

　표정은 그야말로 무한 함축 언어다. 말 한마디가 천 냥 빚을 갚는다는데, 표정 하나로는 사람을 죽일 수도 있고 살릴 수도 있다. 이 문장을 달리 표현해 보면, 표정 하나로 내가 죽을 수도 있고 살 수도 있다, 가 된다. 과장 같은가? 아니다. 이를테면 표정 가운데 최악은 짜증이다. 오랜 세월에 걸쳐 죽도록 애썼는데도 어느 순간의 짜증 하나로 모든 것을 잃을 수 있다. 짜증 내는 버릇 때문에 신세를 망친 사람은 드물지 않다. 왈츠의 황제라는 요한 슈트라우스네처럼, 온 가족이 다투듯 짜증을 부려 대다가 집안이 아예 폭삭 망해 버린 경우도 있다. 짜증은 자신의 옹색함을 드러내는 것 외에는 정말 백해무익하다. 그런데도 빤히 손해 보는 장사인 짜증은 사라지지 않는다. 인간이 그토록 옹색하기 때문이다. 그렇다면 어떻게 해야 할까?

짜증의 천적, 미소

짜증의 천적인 미소에 의지하면 된다. 짜증이 표정의 최악이라면 미소는 표정의 최선이다. 표정과 관련되는 한, 미소는 'almighty', 전능하다. 웃으면서 짜증 내는 사람 본 적이 있는가? 미소를 얼굴에 제도적으로 실행해 두면 짜증은 원천적으로 불가능하다. 그것은 강력한 바이러스 탐색기를 컴퓨터에 실행했을 때 악성 바이러스들의 준동을 원천 봉쇄할 수 있는 것과 같은 이치다. 과장 같은가? 그렇다면 이제 "삼각형 내각의 합은 180도다"라는 명제를 증명하는 수학적 논리로써 당신들에게 과장스럽게 생각될지도 모르는 이 명제를 증명해 보이겠다.

표정으로 말미암아 손해 보는 생애를 살아온 사람 가운데는 나도 있다. 나는 화내지 않았는데, 사람들은 내가 화냈다고 했다. 나는 특히 무표정할 때 화낸 사람 같다. 어조도 부드러운 편이 되지 못한 데다 그나마 생산되는 말의 분량도 많지 않았다. 그러다 보니 오해의 대상이 되기 일쑤였다. 고민이 될 수밖에 없었지만 오래된 버릇인지라 쉽게 고쳐지지 않았다.

그런 나에게 뒤늦게나마 '지혜'가 반짝 빛나게 된 것은 아내와 함께한 외국 여행 중이었다. 문화가 다른 여러 곳을 두루 돌아다니다 보면, 낯선 여행자인 우리를 대하는 그 나라 사람들의 태도에서 뚜렷이 구분되는 면모들이 있었다. 대충 두 부류로 나눠 볼 수 있다. 첫 번째 부류는 무표정하게 있다가도 우리가 길이라도 물으려고 다가가면 마치 반기기라도 하듯 상큼하게 웃는 얼굴, 수용적인 자세가 되어 우리를 맞이하고, 또 이쪽에서 미안스러워할 정도로 친절하게 길을 잘 일러 주었다. 두 번째 부류는 마구 웃고 있다가도 우리가 다가가면 마치 밀어내기라도 하려는 듯 굳은 표정, 배타적인 자세가 되어 우리를 맞이하고, 또 이쪽에서 민망스러워할 만큼 불친절하게 대꾸했다. 그리고 첫 번째 부류는 이른바 선진국에, 두 번째 부류는 이른바 후진국에 많았다.

그런 장면을 되풀이하여 경험한 이후로 우리 부부는, 아하 선진국과 후진국은 이런 면에서도 차이가 나는구나, 그래서 후진국 사람들은 더 슬프구나 하고 생각하게 되었다. 그런데 조금 더 눈여겨보니 그런 차이는 비단 다른 문화권에서만 생기는 게 아니었다. 같은 문화권에서도 이를테면 교양이 있는 사람과 없는 사람, 마음이 너그러운 사람과 그렇지 못한 사람, 마음이 따뜻한 사람과 차가운 사람에게는, 선·후진 문화권 사람들이 평균적으로 보여 주는 그런 차이가 있었다. 우습지만 좀 놀라운 발견을 한 듯한 느낌이었다.

선진국 표정 흉내 내기
그렇게 생각되는 발견을 한 다음부터 나는 선진국 사람이나 마음이 따뜻한 사람 또는 약간이나마 교양 있는 사람 흉내라도 내 보려고, 최소한 누군가에게 말을 건넬 때는 일부러 내 얼굴에 웃음을 밀어 넣으려고 애쓰게 되었다. 그러다 보니 어조도 웃음과 버무려져서 부드러워졌고, 정말 내가 꽤 교양도 있고 마음도 따뜻한 사람이 된 것 같았고, 오해를 받는 경우도 줄어들었으며, 더불어 사람을 대할 때 나의 마음도 편안해졌다. 만나는 사람이 거의 없는 요즘은 집에서 아내를 스치게 될 때마다 좀 익살스레 씽긋 웃는다. 아내도 같은 표정으로 화답한다. 그렇게 우리는 중요한 소통 하나를 유쾌하게 이뤄 낸다. 그것은 가정의 평화로 이어진다.

무한 함축 언어인 이런 익살스러운 표정 하나가 인간관계에서 얼마나 중요한지를 새삼스레 되돌아보게 되는 것은 우리 부부 사이에 갈등이 일었을 때다. 대개는 사소한 갈등인데도, 어쨌거나 뭔가 서로 틀어지게 된 상태에서는 대수롭지도 않은 것일 그 익살이 나오지 않아 어쩔 수 없이 후진국 사람 표정을 짓게 된다. 그러면 우선 마음이 불편하고 몸도 어쩐지 고장이 난 것 같아, 세상이 온통 컴컴해진다. 하여튼 우리 집 날씨를 알아보려면 우리 부부 표정을 잠깐씩만 살펴보면 된다. 그래서 표정에 그냥 웃음 한 줄기를 그려 넣는 그것에 '나의 지혜'라는 이름표를 붙여 두고 어떻게든 그 지혜를 민망하게 만들지 않으려고, 그렇게 할 수 있는 분위기를 만들기 위해 애쓰고 있다.

제안 하나

어느 언론인이 "일본에서는 온 국민이 웃으며 일하고 있는데, 우리는 왜 온 국민이 화를 내며 일할까?" 하고 탄식한 적이 있다. 같은 글에 이런 대목도 있다. "신경질은 어느덧 서울 사람들의 제2의 천성이 된 듯하다. 걷다가 또는 차를 운전하다가 누군가와 부딪쳐도 미안하다는 사과 대신 신경질부터 내고, 잘못 걸려 온 전화는 으레 신경질로 끊어 버리고, 서비스 직종조차 누가 두 번만 질문하면 신경질을 부리고……." 읽는 것만으로도 섬뜩한 느낌이 드는 이 탄식에 나는 꼭 그대로 공감한다.

그런 관점에서 보면 우리나라는 아직 형편없는 후진국이고, 형편없는 후진국 표정을 고수하고 있는 그 이상스러운 습관의 밑바닥에는 그 같은 일상적 신경질이 도사리고 있다. 그러니까 후진국 표정의 근거는 일상적 신경질인 셈이고, 그래서 후진국 표정은 더 무섭다. 정말 왜 그래야 할까?

당신들도 거울 앞에 서서 후진국 표정과 선진국 표정을 되풀이해 보시기 바란다. 다른 것은 그만두고 미소를 머금게 하는 게 우선 예뻐 보이지 않는가? 단지 미소를 머금는 표정만으로도 엔도르핀 생산이 촉진된다는 임상 시험 결과도 있다. 그렇다면 나의 지혜를 당신들의 것으로 만들지 않을 이유가 없어 보인다. 화를 내거나 또는 화를 낸 듯한 사회적 분위기를 극복하기 위해서는 일부러 애써야 한다.

비단 가까운 사람끼리만이 아니다. 조금 아는 사람 또는 전혀 모르는 사람이라 할지라도 길에서 스치거나 할 경우, 눈이 마주 치면 씽긋 또는 생긋, 선진국 표정을 보여 준다. 옹색할 뿐만 아니라 차가워 보이기까지 하는 후진국 표정과 견줘 볼 때 그 효과 면에서 그야말로 천양지차가 난다. 더구나 그래서는 안 될 장면에서까지 후진국 표정을 짓고 있는 것은 이쪽의 그다지 너그럽지 못함을 어쩔 수 없이 드러내게 되는, 참 딱한 자해가 된다. 자해를 무릅쓸 이유는 없다. 표정은 무한 함축 언어다.

두 번째 지혜 – 말이 아니면 갋지를 마라

언어와 관련된 나의 지혜 첫 번째 것은 독창적인 것이지만, 두 번째 것은 나의 어머니로부터 물려받은 것이다. 길이 아니면 가지를 말고 말이 아니면 갋지를 마라. 어머니께서는 이 말씀을 자주 하셨다. 어머니께서 떠나신 지 여러 해 되었지만, 아직도 그 말씀을 수시로 되새기고 있다. 지금 그 말씀을 인용하기 위해 사전에서 '갋다'를 찾아보니 '옛말'이고 표준어의 '가루다'와 뜻이 같으며 '가루다'에는 '맞서서 견주다'라는 뜻풀이가 있다. 어머니께서 뜻하신 것도 '말이 아니면 상대를 하지 말라'였으니까 '상대하지 말라'는 '맞서서 견주지 말라'라는 뜻과 비슷하다 할 수 있다.

그런데 왜 '갋다'가 옛말일까? 다른 곳은 잘 모르겠는데, 경북 지방에서는 아직도 '갋지 못할 인간'처럼 일상어로 쓰이고 있다. '말이 아니면 갋지를 말라'라는, 말에 대한 이 경계는 인간적 품격 유지를 위해 긴요하고, 논쟁에서 승부를 가르는 데도 아주 좋은 전략이 된다. 이 세상에는 허튼소리들이 실로 허다하다. 이 많은 소리들에 대한 온당한 대응의 첫 번째는 과연 그 소리들이 갚을 가치가 있는가 하는 것에 대한 판단이다. 그 판단은 그리 어렵지 않다. 그런데도 갚으려 들게 된다. 대개는 잠자코 듣고 있기에 괜히 껄끄럽다거나 기분이 좀 나쁘다거나 하기 때문이다. 그런데 그렇게 갚는다고 해서 기분이 풀어지거나 하지는 않는다. 그보다는 듣고만 있거나, 듣지 못한 척하거나 하는 편이 훨씬 낫다.

어머니께서 자주 하신 말씀이 또 하나 있다. "참아라. 인지위덕忍之爲德이라 안 하더냐. 어떻게든 참아라! 니 새끼들 얼마나 이쁘노. 그 새끼들 봐서라도 참아라. 꾹꾹 참아라!" 갚을 가치가 없는 말은 설령 속이 뒤집힌다 할지라도 절대로 갚지 않는 게 좋다. 참아야 한다. 갚을 가치가 없는 허튼소리에 대한 대꾸는 결국 허튼소리가 될 수밖에 없다. 침묵해야 한다. 아무리 힘들어도 그래야 한다. 왜냐하면 애써 한 말이 기껏 해 봐야 오해나 왜곡의 근원이 되어 속이 더 뒤집힐 상황을 만들게 되기나 하기 때문이다.

말은 모든 재앙의 근원일 수도 있다.
말은 그만큼 무섭다.

젊은이를 썩게 하는 가장 확실한 방법은,
다르게 생각하는 사람보다 같게 생각하는 사람을
더 존경하도록 가르치는 것이다.

The surest way to corrupt a youth is to instruct him to hold in

higher esteem those who think alike than those

who think differently.

— 프리드리히 니체(Friedrich Nietzsche,

독일 철학자, 1844~1900)

이 세상에서 가장 소중한 언어

언어에 대해 잇달아 무시무시한 이야기를 했으니까 이번에는 조금 다른 쪽에서 언어에 대한 이야기를 좀 더 해 보기로 하겠다. 그런데 가장 소중한 언어라니? 그런 게 정말 있을까? 만일 있다면 그것은 아마 '사랑'이라고들 할 것 같다. 기독교 경전에 "믿음, 소망, 사랑, 이 세 가지는 항상 있을 것인데 그중의 제일은 사랑이라"(「고린도전서」 13장 13절)라는 것도 있다. 그러나 내가 준비해 둔 답은 '사랑'이 아니라 '미안'이다.

'미안해.'

한국 생활을 처음 시작한 서양 사람들이 한국인에 대해 몹시 곤혹스러워하는 이유 가운데 으뜸은 한국인의 거짓말이고, 버금은 틀림없이 '미안합니다'가 나와야 할 장면에서 보여 주는 오히려 성낸 듯한 표정이다. 사실은 같은 한국인인 나도 곤혹스럽기는 마찬가지다. 정말 왜 그래야 할까?

I'm sorry

내가 내 자식들에게 권한 책에는 펄 벅의 『베이징에서 온 편지(Letter from Peking)』도 있는데, 몹시 슬프면서도 한없이 아름다운 그 이야기에는 이런 대목이 있다.

Liz, it's so easy to say "I'm sorry". It costs nothing and it saves a mint of pain. Those two words are the common coin of daily life, but especially between people who love each other. (리즈, "I'm sorry"라고 말하는 것은 매우 쉬워. 그건 전혀 돈이 들지 않고 큰 고통을 덜게 해 줘. 그 두 마디는 일상생활에서 쓰는 동전과 같아, 특히 서로 사랑하는 사람들 사이에는 더 그래.)

리즈(Liz)라는 이름의 어린 딸에게 그 아버지가 일러 준 말씀이다. 리즈는 성년이 된 다음에 이 말씀을 이렇게 기억한다. "It was the slogan of my childhood, taught me in secret by my father(그것은 아버지가 나에게 비밀스레 가르쳐 준, 내 어린 시절의 슬로건이었다.)"

어쩌면 내 자식들이 리즈처럼 이 대목을 기억에 담아 주기를 바라는 마음에서 권했던 것일는지도 모르겠다. 내가 그 대목에다 살짝 형광펜 표시까지 해 두었으니까. 뭘 좀 가르치려 하면

'자식님'들이 쌩, 싫어하시니까 별의별 수를 다 쓰게 된다. 그래 봤자 별 효과도 없는 집착이라는 것을 분명 알고 있으면서도, 거의 모든 현세적 집착이 그런 것처럼 자식들에게 조금이나마 더 가르쳐 보려는 그 집착도 선뜻 포기하게 되지는 못한다.

차츰 더 거칠어져 가는 세태에 유린되어, 자신도 모르게 차츰 더 뻔뻔스러워지고 있는 현실 때문일는지도 모른다. 죽자고 남만 욕해 대는 네 탓 문화의 창궐과 함께 당연히 그래야 하는 장면에서마저 '미안합니다'가 사라지고 있다. "미안해. 내 잘못이야." 이 말 한마디면 말끔히 해결될 수 있는 자리가, 그 말을 인색하게 아낌으로써 쌍방 모두 큰 고통을 짊어지게 되는 경우는 흔하다. 정말 그렇다. 돈 한 푼 들지 않는, 그야말로 아무것도 아닌 그 한마디가 어마어마한 고통을 미연에 방지해 주거나 해결해 줄 수 있다.

사랑해도 그만, 하지 않아도 그만일 대상도 있지만, 주로 가족 관계가 되겠는데, 꼭 사랑해야 할 사람도 있고, 꼭 사랑해야 할 사람은 곧 사랑을 받아야 할 사람이기도 하다. 사랑해야 하고 사랑받아야 할 사람들이기에 사소한 갈등은 일쑤 원혐怨嫌으로 변한다. 관계의 최악일 이런 원혐의 상당 부분은 적어도 바로 이 '미안해'라는 표현의 인색함으로부터 말미암는다. 아주 쉬운 말 '미안해'를 아낀 값은 그만큼 무겁고 무섭다. 관계가 일단 망가진 뒤에는 회복이 결코 쉽지 않다. 이것은 인간관계의 법칙과 같다. 그렇기에 더 무겁고, 더 무섭다.

인내보다는 이해다

사랑에는 인내가 필요하다. 그렇게들 이야기한다. 그러나 인내의 효능은 제한적이다. 폭발 가능성을 차곡차곡 축적해 나가는 것이어서 더욱더 그렇다. 인내보다는 이해다. 이해하려 들면 이해하지 못할 건 많지 않다. 그렇게 뭐든 이해하고 들기로 하면 '미안해'는 그다지 어렵지 않게 나올 수 있다.

"미안해. 내 잘못이야." 자신의 오기 같은 것을 억제하고 이 말을 꺼내는 것은 결코 쉽지 않지만, 자기 마음의 어느 옹색한 매듭 하나만 살짝 넘어서고 보면 뜻밖으로 쉽게 나오고, 그 뒷맛마저 여간 개운하지 않다. 더구나 그 말이 상대방의 수오지심羞惡之心을 살짝 격발시켜, 한껏 날 서 있던 상대방의 얼굴에 부끄러워하는 표정이 문득 떠오르는 장면을 바라보게 되는 맛은 또 어떤가. 행복하다. 그래서 인간관계 하나가 구원된다. 특히 '서로 사랑하는 사이'에서는 더욱더 그렇다. 그 말을 아낌으로써 서로에게 상처로 남을 장면이 오히려 사랑을 더 돈독하게 하는 계기가 될 수 있다는 점까지 감안한다면 이 소중한 언어의 효능은 신묘한 것이라 할 수도 있다.

요즘 젊은이들 사이에는 '100일 기념'이라는 게 있다고 한다. 이런 풍습에 대한 나의 해석은 이렇다. '찢어지기'를 되풀이하는 친구 간의 이합집산이 하도 무쌍하니까 100일을 특별히 기리게 된 것이 아닌가 하는 생각이다. 결혼한 부부들이 깨지는 경우도 차츰 더 흔해지고 있어서 깨질까 봐 두려워 결혼을 주저한다는 이야기도 들린다. 이 모든 경우 가운데 상당 부분은 '서로 사랑하는 사이'인데도 대수롭지도 않은 '미안해'를 아낀 업보 때문이다. 그래 봤자 서푼어치도 되지 않는 알량한 오기 때문에 '미안해'라고 말하는 대신 찢어지고 깨지는 고통을 감수하는 그것이 시대정신이나 시대적 조류, 그런 것이라면 그 정신, 그 조류는 당연히 박살 내야 한다. 그래서는 우선 사람 꼴이 되지 않기 때문이다. 차츰 더 인스턴트화되어 가고 있는 인간관계를 내구적으로 만드는 것, 거기에 개인과 시대의 구원이 있다.

당신들은 조금이나마 덜 어렵게 살아가기를 간절히 바라지만, 인생 한살이는 결코 쉽지 않다. 비단 먹고사는 일 때문만은 아니다. 그보다는 오히려 인간관계에서 훨씬 더 많은 어려움을 겪을 수 있다. 삶이 그렇게 쉽지 않을수록 믿고 의지할 사람은 더 필요하다. 그리고 그런 사람은 하루아침에 만들어지지 않는다. 공을 들여야 하는데, 가장 쉬우면서도 가장 효과적인 공 가운데 하나가 '미안해'라는 언어다. 그런데 그 말이 잘 나오지 않는다. 인간이라는 물건이 그만큼 옹색하기 때문이다.

설령 자신이 특별히 잘못한 경우가 아니라 할지라도 상관없다. 완벽하게 잘한 경우란 없기 때문이다. 문화적 선진국 경우, 우리가 본받아야 마땅할 그들의 제도나 관습은 바로 되풀이하는 'I'm sorry', 이 말에 의해 유지되고 발전된다는 이야기를 들은 적도 있다. 정말 그렇다고 생각한다. 자꾸 연습하여, 당신들 일상에 이 말을 적극적으로 도입해 보시기 바란다. 그러면 당신들 삶은 더 편안하고 더 향기로워지리니.

관계가 망가진 다음에는 회복이 어렵다. 그다음에는 평생 무한량의 고통밖에 없다. 그것이 인간관계의 숙명이다. 그러므로 망가지지 않도록 정말 모든 힘을 다해야 한다. 그중에서 으뜸은 '미안해'다. 흔히 "칼로 베인 상처는 치유될 수 있어도 말로 베인 상처의 치유는 어렵다"고들 한다. 그러나 '미안해'는 상처를 미연에 예방할 수도 있으려니와 치유할 수도 있다. '미안해'는 언어생활에서 전능의 신 같은 역할을 할 수도 있다. 그래서 이 말은 더 소중하다.

인내도, 이해도 기능하지 못하는 공간

인간관계에서 인내나 이해의 가치를 강조하고 있지만, 인내도, 이해도, 전능의 신이라고 잔뜩 떠받든 '미안해'도, 그리고 아예 모든 노력이 아무 기능도 할 수 없는 경우는 분명히 있다. 인간이라는 존재가 결코 간단치 않기 때문이다. 그렇다 할지라도 포기하지 마시기 바란다. 앞에서도 이미 이야기했듯, 서로 유명幽明을 달리한 뒤에야 비로소 소통 또는 손을 잡게 될 수도 있는 것이 인간사의 한 면모이기도 하니 말이다.

청춘의 모방을 비웃지 마라.
그들은 단지 자기 자신의 것을 찾아내기 위해
모방을 되풀이하고 있는 것뿐이다.

Don't laugh at a youth for his affectations; he is only trying on

one face after another to find his own.

— 로건 피어설 스미스(Logan Pearsall Smith,

미국 작가, 1865~1941)

여행에 대하여

청춘들은 배회하며 탕진할 시간이 없다. 상상만으로도 벅찰 만큼 신바람 나는 일들이 많기 때문이다. 그중에서 여행을 제쳐 둘 수 없다. 나의 청춘 시절에는 관광 목적의 해외여행은 하려야 할 수도 없었다. 그래서 어쩌다 직장 일 때문에 가까운 일본에라도 가게 되면 마치 대단한 행운이라도 되는 것처럼 여겼다. 우리나라에서 해외여행이 완전히 자유로워진 것은 1989년, 내 나이 40대 중반을 넘어선 다음이었다. 그런데 그때는 일곱이나 되는 가족 부양 의무에 발목을 잡혀 있는 처지여서 쉽게 움직일 수도 없었다.

우리 부부가 함께 제대로 된 해외여행을 떠나게 된 것은 생활인으로서 우리 의무를 대충 끝낸 다음이 되는 2002년이었다. 그 뒤 비행기 표의 이점 때문에 대개는 석 달 단위로 몇 차례 여행을 하여 지금까지 마흔 나라쯤 둘러보았다. 그런데 이제는 체력이 달려 다시 나갈 엄두를 내기가 쉽지 않다. 그래서 젊은 시절에 여행을 하지 못한 게 더 아쉽다. 여행을 하다가 젊은이들을 만나면, 그렇게 여행할 수 있는 그 젊은이들이 부럽다. "당신들 시절에 우리는 갇혀 있어야 했어." 마치 억울함을 호소하기라도 하듯 그런 이야기를 한 적도 있다.

여행은 다른 무엇보다도 시야를 넓혀 준다. 사고의 지평이 확장된다. 넓어지고 확장된 그 시야, 그 지평은 정신의 분방한 자유를 위해 피가 되고 살이 된다. 그 피와 살은 지혜를 함양해 주는 동기와 자양이 된다. 여행 중 만나게 되는 낯선 세상은 그대로 나를 비춰 주는 전신 거울 역할을 하므로 스스로를 성찰해 보게 될 수밖에 없고, 성찰은 곧 지혜의 씨앗이니까 그렇게 될 수밖에 없다.

그러므로 대학가 주변, 좁은 골목길에서 괜히 배회하는 대신, 여건이 허락되는 대로 여행하시기 바란다. 물론 해외여행만을 뜻하는 건 아니다. 국내에도 보석 같은 여행지들이 많다. 세계 3대 미항이니 하지만, 나폴리나 리우데자네이루보다는 부산 태종대나 변산 채석강 앞바다 풍경이 더 좋았고, 스위스의 자연 경관을 찬탄하지만 내게는 백두대간의 풍경이 훨씬 더 나아 보였다.

개론이냐, 각론이냐
여행을 앞두고 거의 틀림없이 망설이게 되는 게 하나 있다.

한곳에 오래 머물러 깊이 볼 것인가, 같은 시간에 여러 곳을 둘러볼 것인가. 관점에 따라 다르겠지만, 여행을 처음 시작하는 사람이라면 각론에 앞서 개론을 공부하는 것처럼 후자 쪽을 권하고 싶다. 왜냐하면 전체에 대한 이해가 국부에 대한 이해를 도와주기 때문이다.

어디가 좋을까

이제 해외여행을 떠나기로 한다면 첫 여행지로 어디가 좋을까? 요즘 대학생들은 유럽을 선호하는 것 같다. 좋다. 그곳에 가서 육식 문화와 채식 문화, 목축 문화와 농경 문화, 좀 더 구체적으로는 서양 문화와 동양 문화를 비교 체험한다는 면에서 유럽은 확실히 매력적인 여행지가 될 수 있다.

그곳에서 300년 전이나 500년 전의 서양과 동양을 비교해 보고, 그 차이의 이유에까지 사념이 미칠 수 있다면, 당신들의 세계 인식 지평은 확실하게 넓혀질 것이다. 구체적인 예를 하나들어 보면 서울 도심의 경우, 100년 전만 해도 납작한 초가집이 대부분이었다. 그런데 유럽 여러 도시의 구시가지들에서 볼 수 있는 그 건축미, 그 도시미를 찬탄해 마지않는 그 풍경들이 사실은 300년 전이나 500년 전에 이미 만들어진 것이었다. 당신들이 파리에 갔을 때 보게 될 저 유명한 하수도가 1370년에 설계된 것이라는 사실을 알게 되면, 당신들은 저절로 우리나라는 그때 뭐하고 있었지? 그런 의문을 품어 보게 될 것이다.

그런데 어떨까? 만일 나에게 묻는다면 아마 유럽에 견줘 비용이 좀 적게 들어가는 타이, 캄보디아, 베트남, 라오스, 미얀마 같은 동남아의 가난한 나라부터 가 보라고 권할 듯싶다. 또는 인도를 중심으로 한 파키스탄, 네팔, 방글라데시가 한 패키지가 될 수도 있을 듯하다. 양쪽 모두 7주 정도면 대충 둘러볼 수 있다. 비용은 저가 비행을 이용할 경우, 유럽에 견줘 절반 이하가 될 수도 있다.

그 여러 나라에서 비유가 불가능한 그들의 생활 참상을 보고, 그들을 그 지경으로 만든 봉건 왕조와 식민지 지배자와, 그리고 헛된 이념을 앞세운 독재자들이 저지른 무자비한 행패와 그 결과를 체험한다면, 선진국이라 할 수도 없고 후진국이라 하기에도 좀 그런 대한민국에 사는 젊은이로서 좀 더 실질적인 자극 같은 것을 얻게 되지 않을까? 그런 다음 과거 식민 본국으로서 온갖 수탈의 혜택을 누렸던 유럽 여러 나라를 둘러본다면, 다른 나라를 수탈할 만큼 우월했던 그들의 물질문명, 그 문화사적 연원에 대해 조금 더 깊이 보게 되지 않을까?

비용은 '셀프'

어느 곳을 선택하든 비용은 당신들 스스로 마련하시기 바란다. 내 자식들도 그렇게 했다. 비용 때문에 속 태우는 것, 눈에 보이는데도 도와주는 쪽이 되지 않으려 했다. 세계의 평균적인 젊은이들이 대개 그렇게 하고 있고, 또 그것이 옳다고 생각했기 때문이다. 고생할 기회를 일부러라도 마련해 주어야 한다는 생각도 했다. 그러면서도 보낸 다음에는 돌아올 때까지 내내, 밥이나 제대로 먹고 다니는지 모르겠다며 속을 바삭바삭 태워야 했다.

우리 부부의 자식 부양 기준 가운데 하나가 대학에 들어가면서부터는 '가능한 한 자립이다'였다. 다른 나라 젊은이들이 그렇게 하는데 우리라고 못하랴 싶었기 때문이다. 꼭 그렇게 되지는 못했지만, 그 바람에 용돈 고생 좀 했을 것이다. 나의 지난 자취를 되돌아보면 내 자식들에게도 미안한 일투성이인데, 이 경우도 미안한 것들 가운데 하나가 된다. 그러나 다른 나라 젊은이들이 그런 것처럼, 적어도 대학에 들어가는 그 시점쯤부터는 생존 비용은 스스로 해결하는 게 맞다고 생각한다. 이제 우리 부부가 체험을 바탕으로 만들어 본 여행 전략 가운데 몇 가지만 덧붙여 귀띔해 두기로 한다.

혼자 간다

여행자들 대부분은 젊은이들인데, 외국인들은 동성애자를 포함하여 커플이 아닌 한, 동행이 있는 경우가 많지 않았지만, 한국인은 여럿이 함께 움직이는 경우가 많았다. 그러나 부부는 다르다. 설령 다른 것을 희생하게 된다 할지라도 부부는 그야말로 일심동체, 같이 움직이는 게 좋다. 그게 부부 공동체의 속성이다. 10년째 커플로 지내면서, 호찌민에서 우리를 만났을 당시,

17개월째 함께 여행 중이라는 오스트레일리아 커플이 한 예가 될 수 있을 듯한데, 커플은 잠정적 부부, 그런 범주로 보아야 할 것이다. 그러나 그런 경우가 아니라면 해외여행은 혼자 가는 쪽을 권한다. 이점이 많기 때문이다.

첫째 이유는 공간 확장이다. 동행이 있을 경우, 여행 공간이 동행과 동행 사이로 좁혀지면서 대화도 일행끼리 나눌 수 있는 사적 내용이 태반이 될 수밖에 없고, 그러다 보면 다른 여행자와 접촉하는 경우가 줄어드는 것은 불가피하다. 공동 숙소에서 다른 나라 여행자들이 함께 모여 이야기하고 있는데, 한국인 여행자들은 따로 노는 장면도 여러 번 보았다. 반면에 혼자일 경우, 그렇게 하려 들지 않는다 할지라도 공간이 자기를 중심으로 무한 확장된다. 만나 이야기하는 사람도 낯선 타인이 되고, 그만큼 대화나 경험도 새로워진다.

둘째 이유는 영어 학습이다. 해외여행 중 낯선 사람끼리 만나면 마치 당연한 것처럼 영어로 인사부터 나누게 된다. 여행 자체가 그대로 영어 학습장이 되어, '공부'가 아닌 '생활'로서의 영어를 경험하게 된다. 영어에 자신이 없다고? 천만의 말씀이다. 그 이전은 그만두고라도 중·고등학교 6년 동안 가장 많이 시간을 바친 게 영어 공부다. 비록 주입식에 의해 실용성을 잃은 채 사장되어 있기는 하지만, 그 지식의 양은 상당할 수밖에 없다. 여행 중 어쩔 수 없이 실전에 노출되었을 때 사실상 사장된 상태의 그 지식들이 느닷없이 활성화되는 경험을 하게 될 것이다.

이것은 나의 경우가 아니라 여행 중에 만난 젊은이들로부터 들은 이야기다. "정말 자신이 없었는데, 막상 부딪치니까 되더라고요." 중요한 것은 '뻔뻔스러움'이다. 당연히 뻔뻔스러워야 한다. 그렇게 혼자 두어 달쯤 여행할 경우, 이른바 외국인 무섬증이니 영어 울렁증이니 하는 게 대충이나마 극복될 수 있다. 그런데 친구와 함께할 경우, 내내 자기들끼리 한국어만 사용하게 된다. 완전히 밑지는 장사가 될 수밖에 없다.

위의 두 관점에서, 한인 민박도 피할 것을 권한다. 특히 유럽은 대개의 관광지에서 한인 민박이 성업 중인데, 어차피 낯선 것을 찾아 귀한 시간과 비용을 바치는 여행에서, 낯익은 음식이나 편리한 언어에 대한 기대에서 한인 민박에 묵는 것은 권할 만한 게 되지 못한다. 심하게는 어학연수를 왔다는 젊은이들이 조악한 한인 민박에 오글오글 모여 있는 것을 본 적도 있다. 더구나 체재 비용이 세계에서 가장 비싼 축에 드는 런던이었기에 더 딱해 보였다.

한국 젊은이들이 혼자 여행을 피하려 드는 것은 어쩌면 아기주머니를 벗어나는 게 괜히 두려운 캥거루 새끼 증세 때문일는지도 모른다. 그러나 여행지는 그토록 겁먹어야 할 곳이 아니다. 그리고 다니다 보면 여행자끼리 정보와 도움을 주고받는 과정에서 잠정적 동행이 생기게 마련이다. 그러고 보면 혼자 여행은 캥거루 새끼 증후군으로부터 자신을 구원해 내는 기회가 될 수도 있다. 또 사소하지만 이런 이유도 있다. 동행이 있을 때 의견이 갈려, 심지어 여행 중에 '찢어지는' 경우도 있다. 자신의 배낭여행 중 투어 가이드 노릇을 많이 했다는 김어준 씨 증언에 의하면, 함께 떠나온 커플 가운데 70퍼센트는 여행 중간에서 깨진다고 했다. 그러므로 두루, 혼자 여행을 권한다.

아는 만큼 보고, 보는 만큼 느끼고, 느낀 만큼 즐기고, 즐긴 만큼 얻는다

이를테면 백제 패망에 대해 아무것도 모르고 갔다면, 부여 부소산의 낙화암은 그저 여느 바위나 마찬가지여서 아무것도 느낄 수 없다. 경주에서 그다지 멀리 떨어져 있지 않은 곳에 감은사感恩寺 옛터가 있는데, 그 절이 누구에 의해 왜 세워졌고, 어떻게 하여 폐허가 되었으며, 그 앞바다에 있는 대왕 수중릉과는 어떻게 연관되어 있는가를 알지 못하면 애써 찾아간 감은사 길은 헛수고가 될 수밖에 없다.

안데스 여러 나라 예를 들어 보면, 몽골리안의 이주나 스페인 침략 역사에 대해 미리 알고 있지 않다면 그곳에서 만나게 되는 인디오나 메스티소(혼혈)들, 잉카의 유적들 그리고 각 도시마다 즐비한 스페인식 건물들을 이해할 수 없다. 조금 앞에서 이야기한 파리 하수도 역시 그 역사적 연원을 모른다면 입장료까지 내고 들어간 거기에서 지독한 하수도 냄새밖에는 아무것도 느끼지 못할 것이다.

인도 바라나시에서 우리나라의 젊은 여행자 둘을 만났다. 그

들은 아그라를 다녀오는 길이라 했고, 우리는 아그라를 향해 가고 있는 중이었다. 아그라의 타지마할에 대해 이야기하게 되었는데, 그들은 무굴 제국을 모르고 있었다. 뜻밖이었다. 무굴의 황제 샤자한이나 그 아들 아우랑제브 그리고 그들 부자 사이에 얽힌 살벌한 원혐怨嫌을 모른다면 타지마할은 제대로 볼 수 없는데, 그들은 아리안이나 이슬람의 인도 침공 역사는 물론 심지어는 파키스탄과 방글라데시 그리고 인도가 제2차 세계 대전이 끝날 때까지만 해도 같은 나라였다는 것조차 모르고 있었다.

두말할 것 없이 모르는 눈에는 보이는 것도 없다. 최소한, 조금이나마 더 알면 조금이나마 더 볼 수 있고, 더 즐길 수 있다. 꼭 필요한 만큼의 예비지식도 없는 여행은 피곤하기만 할 뿐, 재미가 있을 수 없다. 가기 전에 알아야 할 꼭 그만큼은 알고 가시기 바란다.

짐이 가벼울수록 여행은 더 즐겁다

짐을 쌀 때 우리가 가장 중요하게 여기는 것은 두말할 필요도 없이 무게다. 우리는 심지어 주방용 저울까지 이용하여 무게를 줄인다. 여행지에서 만난 사람들이 우리 짐을 보고 '그것뿐이냐'며 묻기까지 할 때가 있다. 우리 부부 배낭은 평균 여행자의 절반 정도 된다. 그러면서도 된장이나 고추장 그리고 현지에서 배추를 구입할 수 있을 때, 김치를 담가 먹기 위한 새우젓은 빼놓지 않는다. 라면 수프도 좀 가져가는 것으로 한다. 그것은 입맛에 경종이 울릴 때 신묘한 기능을 한다.

많이 걷는다

현지의 대중교통을 경험해 보는 것은 꼭 필요하다. 우리는 될 수 있는 대로 현지 대중교통을 종류별로 모두 경험해 보려 한다. 그러나 차창 밖으로 보이는 풍경은 그림엽서 이상의 가치가 있기 어렵다. 걸어야 한다. 걸으면서 풍경을 보고 사람을 만나야 한다. 파리나 프라하 정도의 도시는 모두 걸어서 해결한 우리 부부는 만보계를 차고 다니는데, 하루 평균 1만 5000걸음, 대략 13킬로미터쯤 된다.

많이 먹는다

여행 중에 우리는 많이, 그리고 열심히 먹는다. 이 표현은 과장이 아니다. 여행은 체력과의 싸움이고, 오장육부가 편안하지 않고는 즐거운 여행이 불가능하다. 그 체력과 편안은 음식으로부터 온다. 될 수 있는 대로, 어떻게든 많이 먹는다. 때로는 약을 먹듯이 음식을 먹어야 할 때도 있다. 어떤 식으로든 배 속을 든든히 해 놓지 않고는 체력을 유지할 수 없다.

출출함을 그대로 두면 곧 피로가 온몸에 번진다. 일단 피로가 번지면 회복까지 시간이 걸린다. 그러므로 서둘러 해결해야 한다. 우리가 낮에 메고 다니는 작은 배낭에는 과일, 빵, 초콜릿, 음료수 등 언제든지 먹을 게 충분히 들어 있어서 조금만 출출해도 서둘러 그 출출함을 해결한다. 아침에 나갈 때 그 배낭은 불룩한데 저녁에 돌아올 때면 홀쭉해진다. 더러는 쉴 새 없이 먹고 있는 듯한 느낌이 들기도 한다. 실제로 집에 있을 때보다 훨씬 더 많이 먹는다. 당연하다. 운동량이 많아지기 때문이다.

그리고 역시 주식이 중요한데, 중국요리를 제쳐 두고 보면 현지 음식이 입에 맞는 경우는 쉽지 않다. 잘사는 나라에서 음식을 모두 사 먹기로 할 경우 그 비용도 만만치 않지만, 그보다 더 중요한 것은 입에 잘 맞지 않는 음식을 먹고 다닐 경우, 체력 유지가 어렵다. 그래서 우리는 현지 음식을 경험할 만큼 경험하는 것으로 하되, 주방만 허용된다면 슈퍼마켓을 통해 구입한 재료를 이용하여 음식을 만들어 먹는 것으로 하고 있다. 그런데 인도를 포함한 아시아 여러 나라들과, 페루와 볼리비아를 포함한 남미 여러 나라에서는 주방을 만나는 게 쉽지 않았다. 그 지방을 여행할 때 주방을 찾을 수 없어 다른 지역에서보다 더 고생해야 했다. 여행 문화가 가장 발달되어 있는 곳이 서유럽일 듯한데, 그쪽을 여행하다 보면 상당히 많은 여행객들이 숙소 주방에서 음식을 해결한다. 바람직하다고 생각한다. 물론 현지 음식에 대한 체험 기회를 소홀히 해서는 안 된다. 더러는 식도락을 즐기기도 해야 한다.

증세에 복종한다

'몸의 슬기(Wisdom of the Body)'에 대한 이야기를 들은 적이 있다. 몸은 자기가 필요로 하는 영양분이 들어 있는 음식을 먹고 싶어 한다. 몸은 자신에게 일어날 이상에 대해 경보를 울린다. 몸은 자신에게 생긴 이상을 스스로 치유하려는 노력을 기울인다…… 이런 것들이다.

우리는 집에서도 그렇지만 특히 여행 중에는 몸의 증세를 존중하여 복종한다. 피로가 느껴진다. 그러면 쉰다. 배가 출출하다. 그러면 뭐든 배 속에 넣는다. 먹고 싶은 게 있다. 그러면 그것을 먹는다. 졸리다. 그러면 잔다. 이런 기준은 몸에 관련된 모든 증세에 어김없이 적용된다. 우선 나이부터, 결코 호의적이지 않은 여러 가지 조건에도 불구하고 우리가 예정된 여행을 그대로 해낼 수 있었던 것은 몸의 증세를 존중하여 복종한다는 이 기준 덕분이었을 것이다.

이익은 순간이고 명예는 영원하다

아침을 제공하는 게스트 하우스의 경우, '먹기만 하고 싸 가지는 마세요'라는 쪽지를 일부러 붙여 두는 곳이 있는데, 그 쪽지를 무시하는 한국의 젊은 여행자를 더러 본다. 여행자들이 많이 오는 어느 뷔페에 '한국인 여행자 출입 금지'라는 안내가 붙어 있다는 이야기를 들은 적도 있다. 물론 비용을 아끼려는 그 마음이야 충분히 이해하지만, 다른 사람이 바라보고 있는데도 불구하고 그렇게 챙기는 것을 보면 몹시 민망하다. 비단 이런 경우만은 아니다. 여행지에서 만나게 되는 한국인은 대개 젊은이들인데, 그들은 평균적인 같은 또래 외국인 여행자들에 견줘, 다른 사람 눈에 거슬리는 행동을 많이 한다. 그들도 자신들의 행동에 대해 마음이 개운하지 않을 것이다. 여행의 주된 목적 하나는 마음의 자유 때문인데, 마음에 켕기는 그런 짓은 그 자유를 망가뜨리게 될 테니까 결국은 자해가 된다. 나라 체면, 그런 것보다는 당신 자신을 위해 부디 그렇게 하지 마시기 바란다.

청춘은 청춘의 가치를 모른다.
멍청한 그들은 자신들이 무엇을 가지고 있는가
알지 못한 채 청춘을 낭비한다.

Youth is wasted on the young. They're brainless, and don't
know what they have; they squander ever opportunity of being
young, on being young.

—조지 버나드 쇼(George Barnard Shaw,
아일랜드 작가, 1856~1950)

세상살이에서 가장 어려운 것

셰익스피어 쪽에서 보면 '사느냐 죽느냐. 그것이 문제로다'가 되고, 에리히 프롬(1900~1980)은 '소유냐 존재냐'가 된다. 앙드레 지드(1869~1951)는 "선택을 해야만 한다는 것이 나에게는 언제나 견디기 어려운 일이었다"는 비명을 질렀고, 장 폴 사르트르(1905~1980)에게는 선택이 가능하도록 인간에게 주어져 있는 자유야말로 인간에 대한 저주였다.

세상에, 자유가 저주라니! 그러나 선택의 고통은 이어진다. 재일 한국인들은 자신의 신분을 감추고 일본인으로 살아갈 것인가, 자신의 한국 이름을 밝힌 다음(本名宣言) 한국인으로서의 차별을 각오할 것인가, 그 선택의 갈림길에서 실로 처절하게 고민한다. 굶주린 배를 부둥켜안고 정처 없이 길을 걷던 소년 석지현은 갈림길에서 머뭇거리다가 그곳에 서 있는 나뭇가지들 가운데 가장 굵은 것이 뻗어 있는 쪽을 선택하여 발걸음을 옮긴다. 그쪽으로 가면 먹을 게 있지 않을까 하는 기대에서였다. 시인이 된 석지현을 처음 만난 자리에서 그 이야기를 들은 서정주는 코가 매워 애를 먹는다. 이찬형은 오판에 대한 고민 끝에 판사 대신 승려의 길을 골라 효봉이라는 새로운 이름으로 대각이 되었고, 소크라테스는 악처를 만나는 바람에 위대한 철학자가 되었다. 엄중한 현실, 그렇게 느껴지는 갈림길에서 여러 달 동안 두 눈 끔벅거리고 있던 유 아무개는 1968년 1월 3일, 다른 하나를 일단 포기하고, 자신에게 가능할 법한 최대한의 현실로서, 이 세상에 태어난 뒤 처음으로 원고지 5000장을 사는 쪽을 선택하여 결국 작가로서의 생애를 살아가던 끝에 지금 이 시간, 이 글을 쓰고 있게 되었다.

한 인간의 생애를 대충 살펴보자면 굵직하게는 어떤 친구를 사귈까, 어느 학교를 갈까, 무엇을 전공으로 할까, 어떤 강의를 들을까, 어떤 사람과 결혼할까, 어느 집을 살까, 어떤 직장에서 자리를 잡을까, 아이는 몇이나 낳을까 하는 것들로부터, 사소하게는 오늘 외출에는 무슨 옷을 입고 어떤 넥타이를 맬까, 무슨 신을 신을까, 누구를 만날까, 점심은 무엇을 먹을까, 무슨 영화를 볼까 하는 것들까지, 선택은 끊임없이, 줄기차게 요구된다.

글쓰기를 업으로 삼고 있는 입장에서 나의 일상도 그렇다. 구상이 진행 중인 수많은 글감 가운데 어느 것을 끌어낼까, 어떤 형식으로 할까, 제목은 무엇이라고 붙일까, 문체는 어떻게 할까 하는 허다한 고민 끝에 집필이 시작되면 장면과 낱말 선택의 줄기찬 싸움이 벌어진다. 선택 대상이 무한하든, 단 두 개 가운데 하나든, 선택의 고통은 마찬가지다. 일단 탈고되면 출고할 것인지 더 두고 볼 것인지 고민하게 되고, 출고하는 쪽으로 기울어질 경우 어느 출판사에 의지할 것인가를 두고 또 한동안 고심해야 한다.

인간의 생애에서 가장 고통스러운 것은 무엇일까? 이런 질문에 대한 답은 여러 가지일 수 있겠지만, 출제자인 내가 이 대목에서 준비해 둔 답은 선택이다. 자신의 의지와는 관계없이 한 생명으로 태어나 어머니의 강보에 싸여 자라던 시절 이후 인간의 생애는 선택의 점철이고, 그 하나하나에서마다 사람들은 고민한다. 그리고 거의 어김없이 자신이 선택하지 않은 그쪽 것에 대해 아쉬움을 느낀다. 그래서 선택은 더 고통스러운 것이 된다.

내게 자식 되는 사람들이 더러 자신들의 선택에 대한 나의 안내를 기다린다. 나는 바라볼 뿐, 되도록이면 거들거나 하려 들지 않는다. 다른 무엇보다도 자신들이 책임져야 할 자기들 인생에 대한 판단과 선택은 역시 자기 자신들이 하는 게 맞다는 신념 때문이지만, 다른 한편으로는 나의 의견 표명이 그들의 선택에 영향을 미치게 되기를 바라지 않기 때문이다. 아버지 되는 사람의 관심이 그 자녀들에게 방해가 될 수도 있기 때문이다. 그리고 또 나는 어설프게나마 작가 노릇을 할 만큼 강한, 그리고 다분히 비현실적인, 따라서 비합리적일 가능성이 큰, 그래서 현실적 설득력이 떨어지는 주장을 하고 있다는 걸 나 자신이 알고 있기 때문이다.

물론 언어의 효용에 대한 주저도 만만치 않다. 더구나 섣불리 입을 열었다가 괜히 혼나기나 할 경우, 쓴 입맛도 각오해야 한다. 그래서 잠자코 바라보는 쪽이 될 수밖에 없는데, 마지막에 그들이 자신들의 결정을 이야기한다. 그러면 그것이 나의 판단과 다른 것이라 할지라도 추인追認 형식으로 동의해 준다. 그들 생애에서 가장 중요한 것일 대학과 전공 선택 과정에서도 나는 그렇게 했다. 나는 단 한 마디도 의견을 보태지 않았다.

단순화 연습

선택 국면에서 신중하게, 머리가 빠개지도록, 최선을 다해 고민해야 할 것들이 물론 있다. 왜냐하면 선택에 따라 현실적 이해, 장래의 향방이 딴판으로 달라질 수 있기 때문이다. 그런데 경험적으로 볼 때, 이것이냐 저것이냐 하는 망설임의 상당 부분은 그토록 심각하게 망설일 이유와 가치가 충분하지 않았던 거였다. 선택 뒤, 버린 하나에 대한 아쉬움도 그랬다. 어느 것 하나는 버려야 하고, 그 버린 하나에 대해서는 아쉬움을 느끼게 마련이다.

그래서 나는 어느 날부터인가 많은 가능성 가운데 지워 가기를 되풀이하다가 마지막 둘이나 셋이 남았을 때는 동전 던지기를 하는 심정으로 그중 하나를 골라잡은 다음, 내가 버린 것들을 아쉬워하지 않고, 내가 고른 그것에 가능한 한 모든 노력을 기울이는 것으로 했다. 그리고 이런 방법이 최소한 불필요한 망설임을 절제하는 이점이 있다는 신념을 갖게 되었다.

아내가 더러 나에게 어떤 것을 선택할까 묻는다. 내 대답은 대개 정해져 있다. 당신이 판단해. 그리고 아내가 어느 쪽을 선택하든 나는 잘했네 하고 어김없이 덧붙인다. 뒤돌아보지 마!

당신들에게도 같은 말을 하게 될 것 같다.

─뒤돌아보지 마! 왜냐하면 아무 소용도 없으니까.

나의 청춘 시절에,

몽상이 나를 키웠고, 피난처를 제공했다.

나는 열두 시간을 잤고,

깨어 있을 때마저 내 마음의 안식처로 도망쳤다.

In my youth, daydreaming nurtured me, provided a safe haven.

I'd sleep for twelve hours and even when awake escape to the safe

place in my mind.

——샌드라 시스네로스(Sandra Cisneros,

미국 작가, 1954~   )

세상살이에서 가장 재미있는 것

세상살이에서 가장 어려운 것을 이야기했으니까, 이번에는 세상살이에서 가장 재미있는 것에 대해 이야기해 보겠다. 그런데 재미없다는 이 세상에서 가장 재미있는 것이 무엇일 수 있을까? 당신들도 한번 생각해 보시기 바란다.

도랑 치고 가재 잡고

역시 여러 가지 대답이 가능할 텐데, 내가 준비한 답은 독서다. 책 읽기. 이렇게 이야기하면 대뜸 쉰내부터 느끼게 되는지도 모르겠다. 흥, 독서? 하고. 우선 쉰내를 지워 내야 한다. 그러기 위해서는 독서의 공리적 효과에 대한 이야기를 해 보는 게 도움이 될 듯하다. '독서의 공리적 효과'란 독서를 통해 얻을 수 있는 현실적 이익, 그런 뜻이 될 텐데, 당신들에게 가장 가까울

예는 이른바 '수능 체질'이다.

내신 시험은 별로인데 수능 모의고사만 보면 성충권을 나는 친구들, 그들이 바로 주인공인데, 그들의 공통점은 잡다한 독서다. 흥미를 느끼는 모든 것을 읽어 치우다 보니 저절로 수능 체질이 된 것이다. 지금까지 그래 왔던 것처럼 앞으로도 입시 제도가 바뀔 수 있겠지만, 통합 교과적 이해 능력 검증이라는 기본 틀은 건드리지 못할 것이다. 왜냐하면 그 이전처럼 암기 능력을 검증하는 제도로는 시대가 요구하는 인재를 키워 낼 수 없기 때문이다. 그러므로 이 대목에서 이야기해 본 독서의 공리적 효과는 내내 유효할 수밖에 없다.

당신들에게 낯익은 멘토인 박경철 '시골의사'는 독서의 공리적 효과를 가장 많이 본 사람 가운데 하나다. 그는 의대 시절 우연히 펼쳐 보게 된 경제학 서적에 홀려 그쪽 책들을 읽게 되었고, 그 바람에 경제학 전공자도 혀를 내두를 만한 전문가가 되어 대중에게 가장 영향력 있는 경제 서적 저술가 가운데 하나가 되었다. 그는 "대한민국에서 가장 바쁜 일정을 보내고 있는 사람 가운데 하나"인데도 불구하고 요즘도 "주로 이동하는 시간을 이용하여" 하루 한 권꼴로 책을 읽는다고 한다. 그의 현재는 독서로 만들어졌다 해도 지나친 표현이 아니다. 독서로 인간이 만들어진 경우에는 이제 고인이 된 작가 이윤기(1947~2010) 선생도 계신데, 그는 중학교 시절에 단지 책을 읽기 위해 학교 도서관에서 사서 역할을 하며, 거기에 있는 책을 모조리 읽어 치웠으며, 베트남 참전 뒤 귀국할 때는 다른 전우들은 전자 제품 같은 것을 사 오는데, 그는 책만 한 보따리 사 가지고 왔다 한다. 그의 책을 읽어 보면, 그의 뇌는 그 자신이 번역한 『장미의 이름』에 나오는 서고 같아 놀랍다.

쾌락으로서의 독서

그런데 독서는 이렇게 공리적인 이유에서만 중요한 게 아니다. 그보다 더 중요한 것은 독서를 통해 얻을 수 있는 즐거움이다. 여기서 우리는 쾌락 또는 쾌락주의에 대해 조금이나마 이야기해 보아야 할 것 같다.

쾌락 또는 쾌락주의라 하면 뭔가 음침한, 음성적인, 반사회적인, 뭐 그런 게 연상될 것 같다. 'Hedonism'이라고 영어로 써 놓고 보면 더욱더 그렇게 보인다. Hedonist는 '난봉꾼'과 동의어다. '19금'이니 '성인용'이니 해서 아이들의 접근 금지를 강요하는 것들이 대개 그렇듯 사실 인간 사회의 쾌락이라는 것은 속성상 다분히 그런 것 같다. 그래서 그런 것들에 대해 이야기하면 저절로 입가에 살짝 겸연쩍어 하는 음침한 웃음이 번들거린다.

그런데 쾌락은 본질적으로 음험한, 더구나 범죄적인, 그런 게 아니다. 문자 그대로 이해하면 '상쾌한(快) 즐거움(樂)'으로, 한 인간으로 이 세상에서 누려 볼 수 있는 즐거움, 그런 것으로서, 마음에 들지 않는 노동을 제쳐 두고 보면 대개의 것들이 쾌락의 범주에 든다 할 수 있다. 내가 앞에서 '김어준'을 '쾌락주의자'

라고 소개했는데, 바로 그런 뜻이다. 그의 간판이 된 '딴지'부터 청중들을 기어코 웃기고야 마는 언어 습관까지, 그의 발상은 쾌락적이다.

이를테면 마약 같은 것도 쾌락의 범주에 들 수 있다면, 나는 그런 것을 포함하여 범죄적, 비인간적, 반인륜적인 것들을 경험해 보지 못했지만, 그 밖에 평균적인 사람들이 경험해 봄 직한 쾌락들은 꽤 광범위하게 대충 경험해 보았다. 작가에게 경험은 광부의 광맥과 같기 때문에 광부가 광맥을 찾듯, 해외여행 중 포르노 극장을 일부러 찾아간 것 등 나는 여러 가지 방법으로 새로운 것을 경험해 보려 들기도 했다. 그런데 그 모든 쾌락 가운데 으뜸은 집필과 독서였다. 계몽적 과장이 아니라 사실이다. 수학적 증명을 위해 예를 들어 보여 주겠다.

나는 직장 생활을 하던 시절, 포커나 화투 같은 도박을 좋아해 직장 동료들과 더러 밤을 지새우는 경우도 있었다. 재미있었으니까 그렇게 버틴 거였겠지만, 그것만으로 아예 지쳐, 그다음 며칠 동안은 회복하기 위해 공을 들여야 했다. 그런데 집필과 독서를 위한 몰두는 아예 몇 날 몇 주씩 이어진다. 재미있지 않고는 불가능하다. 그리고 그렇게 몰두했는데도 느껴지는 것은 피로감보다는 쇄락감이다. 아주 상쾌하다. 피로감이 더 지극할수록 쇄락감은 더 드높다. 지금 독서에 대해 이야기하고 있으니까 집필은 제쳐 두고 독서에 국한하여 이야기해 보면, 독서를 통해 이 세상에 존재하는 모든 쾌락을 다 경험해 볼 수 있다.

내가 독서를 시작하던 열두어 살 무렵은 한국 전쟁 바로 뒤여서, 거의 모든 사람들이 언제나 끼니 걱정을 하고 있어야 할 만큼 가난했다. 나도 먹을 게 없어 자주 배가 고파야 했는데, 독서는 지독한 배고픔마저 잊게 해 주었다. 빵 한 개를 살 돈이 생기면 빵 한 개를 사서 주린 배를 채우기보다는 그 돈으로 대본점에서 책 한 권을 빌려, 맛있는 것을 아껴 먹듯 재미있는 그 책 한 권을 아껴 가며 읽었다. 책 빌릴 돈이 없었으니 한 번 빌린 책을 거푸 읽었다. 그 시절, 그리고 그 뒤 내내, 영화 보기와 함께 독서는 나를 버티게 해 준 두 개의 튼튼한 기둥이었다. 그러다가 마침내는 나 스스로 남들이 읽을 수 있는 책을 지어 펴내는 일을 직업 삼게 되었다.

나의 윗세대쯤으로 올라가 보면 독서의 첫째 목적은 수신修身, 곧 인성 교육이나 인격 함양 같은 것이었고, 또 독서의 목적에서 수신을 제쳐 둘 수 없겠지만, 굳이 그런 목적에 얽매이지 않고 단지 재미를 좇아 읽기를 되풀이하다 보면 지식과 통찰력 획득 이외에 수신은 저절로 이루어진다. 왜냐하면 읽는 동안 비판 기능이 저절로 줄기차게 작동하기 때문이다. 독서는 한 인간의 형성에도 전능의 기능을 할 수 있다. 독서로써 이루지 못할 것은 아무것도 없다. 그러니까 독서는 쾌락의 범주에서 음침한, 음성적인, 반사회적인, 그런 분위기를 풍기는 게 아닌, 밝은 낮, 모든 사람들과 더불어 맑게 웃는 얼굴로 즐겨 볼 수 있는 거의 유일한 쾌락이 되겠다.

그렇다면 어떻게 읽을 것인가?

이야기가 이미 나와 버렸지만, 일단은 재미있는 것부터 골라 읽는다. 앞에서 예로 든 박경철 시골의사가 자기 전공과 관계도 없는 경제학 쪽 독서를 하게 된 것은 친구 집에서 우연히 펼쳐 본 경제학 책 한 권이 재미있어서였다. 이 세상에는 재미있는 책만도 쌨으니까 재미없는 책을 붙들고 있을 이유가 없다. 물론 재미에는 종류가 있고 격과 급이 있다. 그러나 많은 책을 읽다 보면 책에 대한 비판 의식, 곧 안목이 생겨, 격과 급을 저절로 알게 된다. 그러면 그 안목에 의해 고른 책들을 읽는다. 굳이 비판하려고 애쓸 필요도 없다. 입을 통해 들어온 음식물을 위장이 잘 소화하여 필요한 곳에 영양분을 보내듯이, 당신들 정신의 어떤 기능이 당신들이 읽은 책을 통해 당신들 생체 안에 들어온 지식이나 향기나 울림을 잘 분류하여 저장한 다음, 필요한 경우에 되살려 주기 때문이다.

독후감을 써 보는 것은 물론 좋은 독서 습관이지만 꼭 그렇게 하지 않아도 좋다. 내 셋째 아이가 초등학교 고학년 시절이었다. 독후감을 써 보면 어떨까? 하고 제안했다. 독후감을 써 오면 상을 주겠다. 뭐 그런 제안도 한 듯하다. 그때 셋째의 단정적인 대답은, 그렇게 하라 하시면 아마 책을 덜 읽게 될 거예요. 그 소리를 듣고 내심 찔끔했다. 아, 정말 그렇다. 모든 의무가 그렇듯, 어떤 형태의 것이든 의무가 주어지면 책 읽기가 재미없어진다. 그러니까 마음 내키는 대로, 얼마만큼의 남독을 각오해도 상관없다. 그냥 읽는다. 미친 듯이 읽는다. 그러면 당신들이 이 세상에서 경험해 볼 수 있는 신바람 나는 것들 모두 당신 자신의 것으로 만들 수 있다.

즐김의 수단으로서 영어

독서에 대한 이야기를 하면서, 영어에 대한 이야기를 제쳐 둘 수 없을 것 같다. 무슨 시험공부를 위해서가 아니다. 영어는 세상살이를 즐기는 데 꼭 필요한 수단이다. 해외에 나가면, 국적에 관계없이 우선 영어로 말을 걸어온다. 영어를 모르고는 소통이 되지 않는다. 특히 인터넷을 통해 세상에 유통되는 정보량의 대부분은 영어다. 90퍼센트 이상이라는 통계도 있다. 비단 정보, 그런 쪽만이 아니다. 영어를 필요한 만큼만 익히면 즐길 수 있는 읽을거리가 폭발적으로 늘어난다.

저작권자의 사후 50년째부터는 거의 모든 작품들이 '공유 저작물(Public Domain)'에 나와 있게 되는데 문학 분야뿐만 아니라 철학이나 사회 과학, 자연 과학 분야까지, 읽을 가치가 있다 싶은 글들과 영어권 작품들뿐만 아니라 라틴어를 포함한 다른 언어권의 작품들도 영역되어 있는 것들은 여기에 포함된다. 굳이 돈 주고 살 필요가 없는 읽을거리가 아예 지천이다.

읽을거리가 귀하던 나의 어린 시절을 생각하면 읽을거리가 지천인 요즘은 그대로 천국 같다. 내 어린 시절 소망 가운데 첫 번째는 배불리 먹기였고, 두 번째는 방 가득 책을 쌓아 놓고 허구한 날 책이나 읽고 있기였는데, 그 두 소망이 모두 이루어졌다. '장서藏書'라는 표현. 이제는 사실상 의미가 없어졌다. 신청만 하면 집까지 배달해 주는 공공 도서관의 보유 도서가 수백만 권이고, 인터넷으로 이어질 수 있는 책만 해도 수십만 권이기 때문이다.

"번역은 반역이다" 그런 말이 있고, 영어에도 그 음운 조직마저 비슷하게 'Translation is treason'이라는 표현이 있는데, 번역은 숙명적으로 반역일 수밖에 없다. 하나의 언어를 그 맛, 그 향, 그 뜻 그대로 다른 언어로 옮긴다는 것은 사실상 불가능하기 때문이다. 그러므로 가장 좋은 번역이라 할지라도 외국 작품일 경우, 원문으로 읽는 게 좋다. 언어의 미묘한 의미나 향기를 저자의 뜻 그대로 즐기기 위해서다. 영어권 작품이 아니라 할지라도 서구 언어권의 작품은 영역된 것이 한역된 것보다 평균적인 면에서 낫다. 번역 문화가 우리보다 윗길인 것도 하나의 이유가 되겠지만, 비슷한 언어권, 비슷한 문화권이라는 것도 번역의 이점이 될 수 있다. 영어본을 좀 읽다 보면 한역본은 좀처럼 읽게 되지 않는다.

영어를 익혀야 하는 또 하나의 이유가 있다. 두 가지 이상의 언어를 사용할 경우, 사고 능력이 현저히 높아진다. 사고 능력은 언어 능력과 비례한다. 언어가 풍부하면 사고도 풍부해진다. 그것은 곧 창의력과 연관된다. 영어를 익히는 게 좋은 이유는 또 있다. 당신이 만일 언어 또는 문장의 묘미를 즐기는 편이라면, 관용구까지 포함할 때 적어도 열 곱절은 되는 어휘 수부터 무한으로 다양해질 수 있는 문장 구성까지, 한글에 견줘 영어는 즐길 만한 게 훨씬 더 많다.

문제는 영어를 읽어 내는 능력이 되겠는데, 외국어로서 영어에 지레 겁을 집어먹는 경우가 많다. 영어 울렁증이라고 하던가. 그러나 고등학교 영어 교재 정도를 대충이나마 소화해 낼 정도면 대개의 영어 작품은 읽어 낼 수 있다. 그리고 영어 공부 때문에 고통받는 사람이 많은데, 영어 공부는 소문처럼 어려운 게 아니다. 단, 필요한 만큼 수고를 바쳐야 한다. 세상에 공짜는 없다. 합당한 수고를 바쳐야 한다. 물론 그 수고를 바칠 만하다. 제목을 바꿔 체험적 소견을 조금 적어 두어 보겠다.

오, 청춘이여. 너는 너의 길을 거침없이 가는구나.
마치 세상의 모든 보물을 간직하고 있기라도 한 것처럼.
O youth! youth! you go your way heedless, uncaring
as if you owned all the treasures of the world.

──이반 투르게네프(Ivan Turgenev,
러시아 작가, 1818~1883)

영어 공부, 목매달 이유 없다

세계에서 학습량이 가장 많다는 우리 젊은이들 학습 총량의 절반 정도를 영어에 바치는 것 같다면 과장일까? 그러나 영어 유치원의 번성부터, 도처에서 영어, 영어, 비명이 울리고 있는 것은 사실로 보인다. 그러나 단지 일상 대화나 읽고 싶은 책을 읽는 정도의 영어를 위해 그토록 목을 매달고 있는 것은 결국은 영어를 생업 삼고 있는 사람들의 장삿속에 휘둘린, 지극히 한국적 현상 같다.

다른 비영어권 국가의 영어

지금까지도 그래 왔고, 현재도 그렇고, 앞으로도 마찬가지일 수밖에 없을 듯싶은데, 영어로부터 벗어날 수 없을 것 같다. 사실 일을 위해서든 즐기기 위해서든, 영어를 쓸 수밖에 없는 현실로 보아 영어가 넘어야 할 산인 것은 분명하다. 비단 우리나라만이 아니다. 이를테면 유럽의 경우, 프랑스나 스페인이나 독일처럼 큰 나라가 아닌 핀란드, 네덜란드, 벨기에, 룩셈부르크 등 작은 나라 사람들에게 영어는 으레 해야 하는 것으로 되어 있다. 먹고살기 위해서는 어쩔 수 없다는 게 우선적 이유였다.

  핀란드 헬싱키에서 머문 게스트 하우스 아카데미카 가까이에는 우리 부부가 여행 중에 일부러 찾아가 본 세계의 모든 묘지 가운데 가장 아름다운 묘지가 있다. 그 묘지에서 만난 40대 후반으로 보이는 허름한 차림의 여자는 핀란드의 장례 풍습과 묘제墓制를 설명할 만큼 영어에 능했다. 같은 도시에 있는 마켓 스퀘어에서 허드레 물건을 파는 사람들도 영어가 능했다. 언젠가 우리 텔레비전에서 비영어권 다른 나라의 영어 교육에 대한 프로그램을 방영하는데 바로 그 헬싱키의 마켓 스퀘어 사람들 경우가 포함되어 있었다. 우리 영문학 교수 하나가 그들의 영어를 들어 본 다음, "2000낱말 정도, 매우 제한된 어휘를 구사하고 있는 것 같다"라는 진단을 내렸다. 그러니까 '2000낱말'은 아주 낮은 수준을 뜻하는 것 같은데, 일상생활에 지장이 없다면 훌륭한 게 아닌가, 그런 생각이 들었다.

  베트남 북부 고산족 마을인 사파에는 학교를 다니지 않았는데도 영어를 잘하는 사람이 많았다. 관광객 때문이었다. 그들은 관광객에게 무엇인가를 팔기 위해 줄기차게 쫓아다니며 "Where are you from?"이나 "What's your name?" 등 실로 집요하게 묻는다. 우리는 그 마을에 나흘을 머물렀는데, 그 나흘 동안 만난 동네 어린이들의 인사가 그 두 마디였다. 영어권에서 온 사람조차 감탄할 만한 그들의 영어 소통 능력은 그런 과정을 거쳐 얻게 된 것이었다. 우리를 안내한 열아홉 살의 임신부는 영어가 아주 유려했는데 학교 교육은 초등학교 졸업이 전부였다.

비영어권 나라 사람들이 영어를 익히는 데는 생존 수단 이외의 다른 이유도 있었다. 벨기에 브루게에서 들른 구멍가게의 20대 후반으로 보이는 리투아니아 출신 청년은 네덜란드어, 독일어, 프랑스어, 영어, 리투아니아어, 이렇게 5개 국어를 했다. 그 사람이 모국어 외의 언어를 익힌 이유는 텔레비전이었다. 벨기에 텔레비전 프로그램보다는 독일, 프랑스, 네덜란드 그리고 영국 텔레비전 프로그램이 더 재미있어 그쪽 언어를 익힐 수밖에 없었다. 지금까지 예로 든 경우는 모두 입말이다. 입말에 능한 사람들 가운데도 문맹에 가까울 만큼 글말에 어두운 사람이 많지만, 일상생활에 지장이 없을 정도로 영어를 쓰는 그들의 경우는, 특히 우리가 입말에 서툴기에 남다르게 보였다.

그렇다면 글말은 어떻게 익히면 좋을까? 나는 순전히 소설을 읽기 위해 영어를 익혔는데, 매우 기초적인 접근법이지만 그래도 소수에게나마 도움이 될 수 있으리라 믿는다. 영어는 으레 하는 것이 된 당신들 세대와는 달리, 영어를 조금이나마 하면 그게 예외적으로 보이던 나의 세대 정도에게는 꽤 괜찮아 보이고, 그동안 임상 시험을 통해 그 효과를 확인한 바도 있다. 그러나 재미나 대의 파악 위주로 읽다 보니, 독해 문제를 제쳐 두고 보면, 시험에서 고득점하기 위한 정교한 공부 방법은 되지 못하여, 이 책에서 인용하는 간단한 영어 문장의 한글 버전을 만드는 데도 쩔쩔매기 일쑤인 나처럼 반거충이 꼴이 될 수도 있다. 그러나 의사소통이나 정보 획득이라는 언어의 기본적인 목적을 염두에 두고 보면, 나의 방법은 시도해 볼 만한 가치가 있다. 우선 몇 개의 웹사이트부터 적어보겠다.

http://www.gutenberg.org

저작권 시효가 끝난 거의 모든 작품들이 있다. 비단 영어권만이 아니라 다른 언어권의 작품도 영역 또는 본디 언어본이 여기 있다. 이 사이트를 이용하면 당신은 단박에 최소 수만 권에서 최대 수십만 권의 장서를 보유하는 셈이 되는데, 이 사이트에서 당신 마음에 드는 것을 다운받아 한글로 재편집, 자기 파일로 저장하여 시간 날 때마다 불러내 읽는다. 물론 이 사이트만은 아니지만, 이 사이트가 가장 많이 보유하고 있기 때문에 하나만 적어 둔다. 영어 공부를 하는 입장에서 온라인 텍스트가 유리한 점은, 커서만 올려놓으면 뜻풀이가 나오는 온라인 사전 덕분에 사전 찾는 수고를 따로 할 필요가 없기 때문이다.

http://www.sparknotes.com
http://www.gradesaver.com

http://thebestnotes.com

이들 사이트에는 각 작품들에 대한 Context나 Plot Overview 부터 Analysis of Major Characters, Themes, Motifs & Symbols 그리고 Summary와 Analysis까지 아주 자상하게 되어 있고, 우리 문학 평론 하는 분들이 좀 보았으면 싶을 만큼 그 수준이 매우 높다. 작품 사이트와는 달리 셋이나 적어 두는 것은 각 사이트마다 분석 방법이 다르고, 그것이 작품 이해와 재미에 보탬이 되기 때문이다. 작품을 읽기 전에 이 요약과 분석을 먼저 훑어보면 작품을 읽는 데 도움이 되고, 작품을 읽고 난 뒤에는 자신의 느낌을 비춰 보는 거울로서 아주 유용하다. 그리고 이들 사이트에 저장되어 있는 것은 저작권 시효가 끝난 옛날 것만은 아니다. 이를테면『다빈치 코드(The Da Vinci Code)』나『연금술사(The Alchemist)』를 포함한 최근 작품들도 있다. 장담해도 좋을 듯싶은데, 당신이 상상해 볼 수 있는 어떤 교수보다 더 훌륭한 도움을 기대할 수 있다. 당신이 만일 이들 사이트를 처음 보는 거라면, 세상에 이런 곳이 있었다니 하고 감탄하게 될 수도 있다.

http://www.dailyscript.com/movie.html

http://www.imsdb.com/scripts

이 두 사이트는 영문 시나리오가 저장되어 있다. 영문 시나리오는 책 읽는 지겨움 같은 걸 거의 느끼지 않고 즐기면서 구어 영어를 익힐 수 있는 좋은 방법이다. 역시 여기서 자기 마음에

드는 것을 다운받아, 읽기 좋은 글자체와 크기의 한글로 재편집
하여 자기 파일로 저장한 뒤 시간 날 때마다 찾아 읽는다. 시나
리오를 읽고 나서 영화를 보면 조금 더 잘 들린다.

어떻게 공부할까?

외국에서 공부하지 않은 토종 한국인으로서 처음으로 미국에
서 영문 소설을 출판한, 적어도 영어 공부에는 '도사'라 생각되
는 안정효 선생은 『안정효의 영어 길들이기』(현암사, 1997)에서
100권의 책을 추천한 다음 15권으로 줄였다가, 마지막으로 인심
쓰듯 펄벅의 『대지(The Good Earth)』, 헤밍웨이의 『노인과 바다
(The Old man and the Sea)』 그리고 존 스타인벡의 『진주(The Pearl)』,
이렇게 세 권을 남겨 두고는, "만일 이 세 권마저 읽지 못하겠
다면" 영어 공부를 아예 때려치우라며, 읽는 사람 기를 팍 죽여
놓았다. 내 소견으로는 새로 시작하는 사람에게는 이들 작품의
문장이 쉽지 않은 편이기도 하지만, 책을 읽게 하는 동력인 재미,
그런 쪽에서 좀 부족하기 때문에 그보다는 추리 소설 쪽을 제안
하겠다.

메리 히긴스 클라크(Mary Higgins Clark), 존 그리샴(John
Grisham), 댄 브라운(Dan Brown), 시드니 셸던(Sidney Sheldon),
로빈 쿡(Robin Cook) 등의 추리 소설을 우선 제안한다. 존 그리
샴의 소설은 법정 스릴러여서 전문 용어들이 나오는데도 일단
읽기 시작하면 거침없이 빨려 들어간다. 이런 책을 읽을 때 중

요한 것은, 안정효 선생도 그런 말씀을 하고 계시지만, 설령 문맥을 이어 나갈 수 없는 경우에도 사전을 찾아보려 들지 않고 계속 읽어 나가는 게 좋다. 그러다 보면 같은 필자는 같은 낱말을 쓰는 경우가 많으니까 같은 낱말이 되풀이될 경우, 저절로 뜻을 짐작해 보게 되고, 그것은 실생활에서 언어를 익히는 좋은 방법이 되기 때문이다. 마치 어린아이들이 자신들이 잘 알지 못하는 어른들 대화에 귀를 기울이고 있는 동안 물리를 터득해 가는 것과 같다.

추리 소설 다음에는 당연히 순수 문학 쪽으로 발전하게 될 텐데, 이럴 경우 안정효 선생이 추천한 100권의 텍스트가 참고될 수 있겠지만 꼭 기억해 주기를 바라는 것은 쉬운 책이다. 책의 재미와 난이의 정도 또는 당신의 독서 취향에 맞는 것인가 하는 것은 맨 처음 서너 쪽쯤에서 알아차릴 수 있다. 어려운 책이나 당신이 싫어하는 분야에 매달리면 쉽게 싫증을 느낀다. 그러므로 첫 부분을 조금 읽어 보아 버겁다 싶으면 다른 책을 펼친다. 구텐베르크 사이트 하나만으로도 당신 자신의 장서만 수십만 권일 만큼 책은 지천이니까 읽을거리가 모자랄 경우는 없다. 이름난 작품, 많이 읽힌 작품의 영어는 대체적으로 쉽고 재미있고 감동적이다. 최근의 예로 보자면 문장, 구성, 재미가 모두 최하인 『그레이의 50가지 그림자(Fifty shades of Grey)』 같은 예가 없는 것은 아니지만, 이를테면 『미 비포 유(Me before You)』나 『창문 넘어 도망친 100세 노인(The Hundred year-old man who climbed out the window and disappeared)』이 그랬다. 그래서 500쪽 가까운, 그러니까 꽤 부피 있는 책이 단숨에 읽혔다.

경험적으로 볼 때, 다른 언어의 영역본은 대개 읽기 쉬운 쪽에 속한다. 작가마다 특유의 수사법이 있고, 그것이 문장을 괜히 난삽하게 하는데, 번역 과정에서 그런 수사법이 순화되기 때문으로 짐작된다.

영어 울렁증 극복

이런 과정을 통해 50권쯤만 읽어 치운다면, 아마 당신은 어색한 번역 투에다 원본 대조를 하지 않아도 오역을 알아차릴 수밖에 없는 경우가 흔한 한역본을 읽는 데 불편을 느끼기 시작할 것이다. 그 단계에 이른다면 영어는 더 이상 울렁증 대상이 될 수 없다. 한번 해 볼 만하다고 생각하지 않으시는가? 도전 없이 얻을 수 있는 것은 아무것도 없다. 허구한 날 그 잘난 영어 앞에서 오그라들어 있을 이유는 없지 않은가. 핀란드 아줌마나, 조혼 풍속이 있는 베트남 고산족의 열아홉 살짜리 임신부나, 벨기에의 구멍가게 청년이 해낼 수 있는 것, 당신이라고 못할 것은 없지 않은가.

청춘이 무식하지 않고 소심하지 않았다면,
문명은 불가능했을 것이다.

If youth were not ignorant and timid,

civilization would be impossible.

— 오노레 드 발자크(Honoré de Balzac,

프랑스 소설가, 1799~1850)

기성 세상에 대한 의문

아프지 않아야 할 청춘들을 아프게 하고 있는 현실에서 이른바 기성세대에 대한 당신들의 절망감을 제쳐 둘 수 없다. 그들이 이룬 가시적 결과가 그렇고, 그들이 날마다 보여 주고 있는 소리 하나, 행동 하나가 모두 그렇다. 동의는 고사하고 도무지 이해할 수조차 없다. 욕지기나 분노를 느껴야 할 경우마저 흔하다.

기성세대의 멘탈리티 또는 그 의식 수준

문제가 되는 것은 이른바 기성세대의 정신 상태다. 어떤 눈으로 본다 해도 이해할 수 없는 그들의 면모는 아예 지천이다. 2014년 8월, 이 대목 이야기를 해 보기에 아주 알맞은(?) 사건 하나가 터졌다. 현직 제주 지검장이라는 사람이 자정 가까운 심야에 거리에서 자기 성기를 꺼내 들고 음란 행위를 하다가, 놀란 여고생의 신고를 받고 출동한 경찰에 연행되었다. 그 뒤 이 사람은 자청하여 기자 회견을 하면서까지 자신의 결백을 극구 주장했다. 결코 결백하지 않다는 증거들이 나타나고 있는데도 그랬다. 범죄자를 조사하고 처벌하는 것을 직업 삼고 있는 명색이 검사가 말이다. 기상천외한 이 엽기적 사건은 그 뒤 여러 날 동안 언론의 머리기사가 되었고, 인터넷 포털에 걸리는 관련 기사에는 수천 개씩의 댓글이 달렸다. 그래서 김 아무개라는 그 사람은 단번에 전국적 저명인사가 되었다. 그리고 불과 열흘도 지나지 않아, 국립과학수사연구소의 검증 결과가 나오자 그는 사실을 인정하고 사과했다. 본인도, 그리고 세상도 그의 성도착 증세 정도로 이 사건을 축소 정의하려 하지만, 이것은 멘탈리티의 총체적 분열이나 붕괴로 보아야 한다. 성도착 증세 자체가 사회 병리적 현상이다. 대한민국 최고의 재사才士급에 속하는 검찰의 중견 간부에 나이도 원숙해야 마땅할 50대인데, 흡사 정신 질환자 같은 이런 멘탈리티가 현실에서 과연 가능하다고 생각하는가? 며칠 뒤였다. 국회 의장을 지낸 박 아무개가 골프장 캐디를 성추행한 사건이 일어났다. 박 아무개는 "손녀 같아서 그냥 가슴을 한 번 쿡 건드린 것뿐이다" 했다. 온 나라에서 비웃음이 홍수처럼 터졌다.

  비단 그 사람들만이 아니다. '개차반'이라는 표현을 들어 본 적이 있는가? 기성세대의 상당수는, 그 이면을 보자면 개차반 수준이다. 중증 정신 질환 상태라 해도 지나친 표현이 될 수 없다. 내가 그들의 상당 부분에 대해 동의하지 않고 있는 이유다. 우리가 탄식하고 있는 현실은 결코 우연이 아니다. 바로 그 흡사 중증 정신 질환을 심하게 앓고 있는 상태로 보이는 개차반 수준의 기성세대에 의해 현실은 속속들이 망가질 수밖에 없다. 그것을 부정해서는 안 된다. 현실 그 자체이기 때문이다. 현실을 부정하면서 어찌 미래를 꿈이나마 꿔 볼 수 있겠는가? 우선 우리 자신, 우리 현실을 있는 그대로 수긍해야 한다. 그것이 바로 지금과는 다른 미래를 향한 우리의 합당한 출발점이 되기 때문이다.

그런데 꼭 그런 경우가 아니라 할지라도, 또 이 시대만도 아니고 우리나라에서만도 아니지만, 현실은 젊은이들에게만 아니라 비판적 사고를 포기하지 않고 있는 모든 사람들 입맛에 맞기가 어렵다. 그보다는 절망적이기가 일쑤다. 정치, 경제, 사회, 교육, 종교 등 모든 제도와 그 움직임부터, 그 움직임의 주역인 사회적 저명인사들의 개차반 행태까지 온통 의문투성이다. 세상을 아무리 둘러보아도 제대로 된 구석은 없어 보이고 그 세상을 지배하고 있는 이른바 기성세대, 곧 어른들은 대충 파렴치해 보이기나 한다.

그래서 젊은이들 가슴에는 언제나 모반 충동이 준동한다. 그래 봤자 이미 이루어져 있는 세상은 하도 견고하여 부딪쳐 볼 틈이 별로 없다. 젊은이들은 지레 무력감에 빠져 쉽사리 방관이나 아예 포기하는 쪽을 선택하고, 그 선택은 일쑤 자포자기 상태에서 배회나 일삼는 좋은 구실이 된다. 그러나 그것은 합당한 책임을 거부하는, 온당하지 않은 도피다. 어떤 형태로든 관심해야 하고, 참여해야 하고, 필요한 만큼은 저항하면서 조만간 다가올 수밖에 없을 당신들 시대의 합당한 지배자가 될 준비를 해야한다.

배타적 3대 의지

세상은 인간에 의해 구성되고, 인간에 의해 운용되므로, 세상의 꼴과 질과 향도 인간에 의해 결정된다. 결국 인간이 문제인데, 인간의 행동을 규정하는 가장 강력한 힘 또는 행동의 주된 동기는 무엇인가. 이 명제를 두고 여러 가지 학설이 제시된다. 생존 의지(Will to Live, 쇼펜하우어), 권력 의지(Will to Power, 니체), 쾌락 의지(Will to Pleasure, 프로이트) 등인데, 각 학설마다 부정하기 쉽지 않은 진실이 있다. 그런데 이들 학설의 공통점에 주목할 필요가 있다.

의지(will)는 배타적이다. 배타적이 아닌 것은 의지가 아니다. 그러므로 하나의 의지가 실천될 경우, 다른 의지와 갈등을 일으킬 수밖에 없다. 갈등은 곧 승부를 가르는 투쟁이 된다. 승부욕이 엄정하게 전제되는 이들 투쟁에는 이성이 작동할 여지가 별로 없다. 패배하지 않기 위해, 승리를 위해 수단과 방법을 가리지 않을 수밖에 없기 때문이다.

권력 의지를 풀어서 보면 권력 의지란 무슨 정치권력을 잡기 위한, 그런 것만은 아니다. 우리 사회에서 흔한 가족 갈등도 상대방에게 지기 싫다는 권력 의지의 갈등, 곧 권력 투쟁이다. 학우들 사이에 서로 지기 싫어하는 것도 역시 마찬가지다. 상인과 고객 사이의 갈등도 서로 유리한 조건을 차지하기 위한 것으로 역시 마찬가지다. 이렇게 권력 의지는 우리 사회 모든 국면에서 실천된다. 이런 국면에서 이성이 기를 펴 보기는 쉽지 않다. 왜냐하면 현실적 목적 획득을 위한 싸움판에서는 본능적으로 가능한 모든 수단과 방법을 다하기 때문이다. 평화는 원천적으로 불가능하다. 그래서 만인이 만인을 상대로 싸우는 원시적 난장판은 기어코 이룩된다. 젊은이들이 넌덜머리 내고 있는 세상의 부정적 면모는 그 난장판의 당연한 결과물이다.

  고매한 인품, 이런 표현은 물론 있다. 그런데 앞에서 사회적 저명인사들의 과포장에 대해 이야기한 바 있지만, 현실에서 흠 없는 인품을 찾아보기는 쉽지 않다. 요즘 우리 사회에서 냉소적인 화제의 대상이 되고 있는 것은 총리나 장관을 하려는 사람이 없다는 것이다. 국회 청문회를 통과할 자신이 없기 때문이다. 괜히 잘못 나갔다가 창피만 당할 것, 아예 나가지 않겠다는 것이다. 그래서 고르고 골라 청문회에 세운 사람들 가운데 비참하게 깨지지 않는 사람은 드물다. 그래서 여당에서는 수로 밀어붙여 청문회를 무력화시키기를 되풀이하다가, 마침내는 청문회라는 제도 자체에 시비를 걸고 나섰다. 그들이 야당이던 시절에 그들 자신이 두 눈 부릅뜨고 고집하여 만든 제도인데 말이다. 그들은 언제나 이렇다.

인품의 정화가 되어야 할 학계나 종교계를 포함하여, 사회적으로 이른바 잘나간다는 사람일수록 그 인품이 과포장되어 있을 가능성은 크다. 왜냐하면 사악하고 간교한 사람이 득세할 수밖에 없는 막장 현실에서, 더구나 잘나간다는 것은 그만큼 더 사악하고, 그만큼 더 간교하다는 것을 뜻한다. 그래서 "우리 사회에는 천덕꾸러기 퇴물은 있어도 존경받는 원로는 없다"는 비극적 현실을 부정할 수 없게 된다.

물론 인문이 더 발달할수록 이성의 권능도가 더 높아져서 탐욕의 행동태行動態일 사악과 간교가 야료를 부릴 공간이 좁아진다. 그러나 한국 사회는 아직이다. 당신들 시대에도 크게 달라지지 않을 것이다. 문화란 그렇게 재빨리 변모할 수 있는 게 아니기 때문이다.

그럼에도 불구하고 가능한 긍정적 전망

우리도 10년 전이나 아예 50년 전에 견준다면 많은 발전이 있었다. 50년 전쯤이라면 '눈 감으면 코 베어 갈 세상'이라고들 했는데, 이제 그 정도는 아닌 것만 봐도 그렇다. 현재의 한국은 여행자에게 세계에서 가장 안전한 나라 가운데 하나다. 여행하면서 경험한 것인데, 한국처럼 밤거리를 편안하게 나다닐 수 있는 여행지는 많지 않았다.

25년 전쯤만 해도 내 소설에 노란 깃발이 펄럭거렸다는 것만으로도 무시무시한 곳에 거푸 불려 가야 했다. 노란 깃발이 그 당시 이른바 민주화의 상징이었기 때문이다. 그런데 이제는 현직 대통령에 대한 혹독한 비판을 마음 놓고 표명할 수 있다. 막걸리를 마시며 대통령 이야기만 해도 잡혀가던 '막걸리 보안법' 시대도 있었지만, 지금은 적어도 그 정도는 아니다.

관리나 정치인들이 옛날에는 아예 드러내 놓고 도둑질을 해 먹고도 멀쩡했지만 이제는 적어도 도둑질해 먹는 것을 떳떳지 못하다, 그렇게 생각하게는 되었고 일단 걸리면 법적 처벌을 받게는 되었다. 대학 입시 경우, 부정이 아예 연례적이던 옛날에 견줘 이제는 부분적인 현상이 된 것도 조금이나마 나은 방향으로 변화해 가고 있는 것으로 볼 수 있을 듯하다. 우리 눈에 괜찮아 보이는 서부 유럽의 사회도 하루아침에 이루어지지는 않았다. 실로 오랜 세월에 걸쳐 많은 희생이 있었고, 그 희생을 토대로 오늘의 그 사회가 이룩되었다. 그들의 경우는 우리에게 이정표가 될 수 있다.

유구한 5000년 역사니 하지만, 우리나라에 시민 사회가 싹트기 시작한 것은 1945년 해방 뒤부터다. 더구나 모든 것을 알뜰하게, 정말 알뜰하게 파괴해 버린 한국 전쟁을 치렀으면서도 그 사이에 이만큼이라도 발전한 것은 자부심을 느껴도 좋을 만한 가능성이다.

물론 국수주의는 경계해야 한다. 그것은 스스로를 우물 안에 가두는 어리석은 짓이기 때문이다. 가장 비참한 역사적 교훈은 흥선 대원군에 의해 감행된 쇄국 정책이다. 꼭 같은 시기에 일본은 탈아입구脫亞入歐, 곧 미개한 아세아를 벗어나 문명이 발달된 유럽을 배우자는 기치를 내걸고 과감하게 개국 정책을 폈다. 흥선 대원군이 냅다 척화비斥和碑를 세우며 나라의 빗장을 닫아 버리던 1871년 바로 그해, 일본이 이토 히로부미(伊藤博文)가 포함된 대규모 구미 사절단을 보낸 것은 그냥 넘어갈 수 없는 역사의 아이러니다. 그 쇄국과 그 개국의 결과가 오늘 한국과 일본의 차이를 만든 주요 이유 가운데 하나다.

그런데 국수주의 못지않게 경계해야 할 것이 있다. 바로 자기 비하다. 그거야말로 자신들을 노예 수준으로 전락시키는 못난 짓이기 때문이다. 문제 풀이의 열쇠는 사실 직시와 불패 의지다. 적어도 당신들 자녀 시대쯤 되면 우리 사회는 훨씬 더 좋아져 있을 것이다. 그러나 그 시대가 된다 할지라도 젊은이들은 또 다른 형태의 절망을 느끼게 될 것이다. 왜냐하면 그것이 바로 젊은이들의 생리적 속성이기 때문이다. 두말할 것 없이 그 절망은 한 국가, 한 사회, 한 가정의 발전과 퇴보, 양편 모두의 동력이 될 수 있다.

그런데 말이다

지금 당신들이 자못 의심쩍어 하는 어른들 또는 기성세대들, 그들의 당신들 시절에는 그 당시의 어른들 또는 기성세대들을 향해 누구보다도 더 분노한 얼굴로, 누구보다도 더 거세게 돌팔매질을 하던 바로 그 사람들이다. 바로 그들이 자신들이 경멸해 마지않던 그 사람들보다 더 타락하고, 더 추해진 모습으로 이 시대의 젊은이들에게 좌절감이라는 부당한 상처를 안겨 주고 있다. 이 시대 유일한 스승이라 일컬어지는 채현국(1935~) 선생의 이런 말씀이 있다.

"젊은 친구들한테 한 말씀 해 달라. 노인 세대를 어떻게 봐 달라고……."
"봐주지 마라. 노인들이 저 모양이라는 걸 잘 봐 두어라. 너희들이 저렇게 되지 않기 위해서. 까딱하면 모두 저 꼴 되니 봐주면 안 된다."   —한겨레신문, 2014년 1월 3일

어떤가? 무서운 말씀이 아닌가? 어느덧 노년에 접어든 나 자신이 '저 모양'이 아닐까. 진실로 두렵다. 내가 쓴 글인데도, 이 대목에서는 소름이 돋는다. 더 못 쓰겠다. 속이 부대끼고, 등에 진땀이 내배기 때문이다. 그러나 더 쓰지 않아도 된다. 왜냐하면 내가 무슨 이야기를 하려는 것인지, 당신들은 이미 알아차리고 있을 것이기 때문이다. 그래, 그렇다. 당신들이 이 세상 주인이 되었을 때, 당신들은 오늘의 어른들을 결코 닮지 않는다. 꼭 그렇게 해야 한다. 왜냐하면 그거야말로 실로 한심한 악순환이기 때문이다.

나는 여섯 살 때는 요리사가 되려 했고,
일곱 살 때는 나폴레옹이 되기를 바랐다.
나의 야망은 그 뒤에도 꾸준히 자랐다.

At the age of six I wanted to be a cook.

At seven I wanted to be Napoleon.

And my ambition has been growing steadily ever since.

── 살바도르 달리(Salvador Dali,

스페인 화가, 1904~1989)

Freedom of the Freedom

나는 내 손녀에게 평화, 내 손자에게 자유라는 아호를 주었다. 평화롭고 자유로운 삶을 누리기를 바라는 나의 기도였다. 인간은 누구나 행복을 원하는데, 평화와 자유 없이 행복은 불가능하다. 그런데 다른 모든 것과 마찬가지로 평화와 자유도 공짜로 얻어지는 것은 아니다. 그에 합당한 지혜와 수고를 바쳐야 한다. 이 꼭지의 주제는 자유니까 자유에 대해서만, 자유 그 자체가 아니라 그것을 누릴 수 있는 조건에 대해서만 조금 적어 보겠다.

자유에 대해 이야기해 보려 할 때 성큼 다가오는 귀에 익은 두 문장이 있다. "자유가 아니면 죽음을 달라."(토머스 페인) "인간은 자유롭게 태어났다. 그런데 도처에서 속박당하고 있다."(장 자크 루소) 유명한 이 두 문장에서의 자유는 정치적 억

압으로부터의 자유를 뜻한다. 그런데 서머싯 몸은 경제적 생산, 곧 밥벌이를 위해 글을 썼다고 공언한 사람답게 자유에 대해 이런 말을 남겼다. "참으로 중대한 자유는 단 하나다. 그것은 경제적 자유다."

나는 서머싯 몸의 이런 관점에 동감한다. 왜냐하면 설령 정치적 억압 아래 있는 나라에서 태어났다 할지라도 경제적 자유만 확보한다면, 적어도 돈에는 국경이 없게 된 현실에서 정치적 자유가 가능한 나라는 얼마든지 선택할 수 있기 때문이다. 그러므로 경제적 자유는 freedom of the freedom, 곧 모든 자유의 근원이나 전제다.

먹고사니즘의 치명적 중요성

'먹고사니즘'이라는 속어가 있는데, 인간의 모든 이념(ism)은 결국은 먹고사니즘으로 귀결되고, 대개의 사람들에게 먹고사니즘, 곧 생존 투쟁은 비장하다. 목구멍은 포도청일 수밖에 없고, 금강산도 식후경일 수밖에 없고, 수염이 석 자라도 먹어야 양반일 수밖에 없고, 사흘 굶어 남의 집 담장 뛰어넘지 않기가 쉽지 않다. 모든 것이 충족된 다음에야 예절을 실천하게 될 수밖에 없고(衣食足而知禮節), 먹고살 만한 재산이 있어야만 곧은 마음도 지닐 수 있다(有恒産有恒心).

매슬로의 욕구 이론(Maslow's Hierarchy of Needs)에 의하면, 모든 욕구의 기본은 생리적인 것이고, 그것이 충족되어야만 안전이나 사랑이나 자존심이나 자기실현 같은 것에 대해 생각해 볼 수 있게 된다. 생리적 욕구의 중심은 곧 먹고사니즘이다.

인간의 일차적 행동 동기는 먹고사니즘이고, 범죄의 일차적 행동 동기도 역시 그렇다. 먹고사니즘에서 자유로울 수 있는 인간은 이미 인간이 아니다. 배가 고파 훔친 빵 한 개로 말미암아 19년이나 징역살이를 하게 된 장 발장 이야기가 배고픔 같은 것을 경험해 보지 않은 당신들 세대에게 얼마나 공감될까 알 수 없지만, 배고픔을 해결할 수 있는 것이라면 비럭질이나 도둑질보다 더 치사한 짓이라 할지라도 마다하지 않게 될 만큼 절실하다.

이를테면 어느 국가가 참 자유를 원한다면 경제적 독립부터 획득해야 한다. 경제적 원조를 받을 경우, 주는 쪽에 종속될 수밖에 없다. 기세등등하게 '주체사상'을 내세우는 북한이 사사건건 물어뜯어 대는 남한에 쌀과 비료의 '지원'을 애걸하는 모습은 아예 애처롭다. 우리 부부가 함께 여행한 어려운 나라 사람들은 외국에서 온 관광객들로부터 많지도 않은 돈을 벌기 위해 다분히 굴욕적인 봉사를 한다. 경제적으로 자립하지 못하면 그렇게 될 수밖에 없다.

개인도 꼭 마찬가지다. 물질 세상이니 하는 탄식을 해 봐야 소용없다. 인류 역사가 열린 이래 물질 세상 아니었던 적은 없다. 가질 만큼 가지지 못하면 얕보일 수밖에 없다. 가까운 사이끼리도 마찬가지다. 우리 옛말에 '가난한 친척 바라보듯 한다'는 표현이 있다. 그 눈길이 별로 호의적이 아니어서 이런 표현이

나왔겠지만, 만일 가난한 그 친척이 좀 의지하려 들기라도 할 경우, 그 눈길은 조금이나마 더 식어 내리게 될 것이다. 그 눈길을 탓해서는 안 된다. 인간이란 결코 거룩한 존재가 아니기 때문이다. 아무리 가까운 사이라 할지라도, 어느 누구에게든 경제적으로 의지해야 한다면 이미 인간적 지체나 품위와 더불어 자유를 포기한 게 된다. 자유를 확실하게 확보하지 않고는 인간적 독립도 불가능하다. 누구에게든 빌붙어야 하기 때문이다. 상대가 누구든 빌붙어야 한다는 것은 비극이다. 이런 비극을 감수할 수밖에 없는 삶을 살아가는 사람은 뜻밖으로 많다. 여러 면모에서 경제적 독립, 경제적 자유는 행복의 절대적 전제 조건이 된다.

당신들이 어떤 길을 골라 어떤 생애를 살아가든, 경제적 입지 하나는 틀림없이 확보하여, 괜히 거북한 눈길을 경험하는 경우가 없기를 바란다. 그러기 위해 다른 무엇보다도 생존 무기 하나는 있어야 하고, 설령 '킬러 본능', 그런 게 아니라 할지라도, 기회가 왔을 때는 필사의 각오로 목적물을 획득해야 한다.

텔레비전 프로그램 가운데 '동물의 세계'에서 언제나 나의 눈길을 사로잡는 것은 탄자니아 국립 공원 세렝게티 초원에서 치타가 톰슨가젤이나 누를 사냥하는 장면이다. 신중하게 표적을 찾고, 표적을 정한 다음 몸을 낮춰 은밀하게 접근하는 모습, 마침내 공격을 시작한 다음의 저돌적인 모습 그리고 표적을 쓰러뜨리고 나서 그 목에 이빨을 확실하게 박아 사냥을 마무리하는 모습까지, 실로 치열하고 정교하다.

이제 '동물의 세계'가 아닌 '인간의 세계'로 눈길을 돌려, 당신들 주변의 생활인들을 하나하나 눈여겨 살펴보시기 바란다. 그들은 일감에 관계없이 저마다 자기가 표적한 것을 획득하기 위해 더할 수 없으리만큼 치열하고 정교하게 목숨을 건다. 실로 비장하다. 아내가 어느 날 문득 이런 이야기를 했다. "텔레비전 개그 프로그램 보면 재미있기보다는 그 사람들이 참 안돼 보여."

내 소감도 꼭 같다. 그들은 평균 5분쯤 주어지는 시간에 어떻게든 관객을 웃기기 위해 그야말로 필사적이다. 웃겨야 산다! 이것이 그들의 구호다. 그러니까 웃기지 못하면 죽는다. 사실 그들은 줄기차게 도태된다. 수백 대 1의 경쟁을 뚫고 개그맨이 된 사람들 가운데 3년 차 정도까지 살아남는 사람은 열에 하나 되기 어렵다고 한다. 그 하나가 되기 위해 죽을힘마저 다하는 그들의 눈물겨운 모습을 보면 재미있어 하게 되지 않는다.

그런데 인간의 생존 모든 국면에서 형편은 비슷하다. 그렇지 않은 분야가 어디 있는가. 스포츠나 문학 쪽으로 눈길을 돌려 보면 많은 사람들이 그 분야에서 성공한 사람들을 선망하지만, 그 분야에서 성공을 열망하는 실로 허다한 사람들 가운데 성공은 고사하고 단지 밥 문제라도 해결할 수 있는 사람은 극소수에 지나지 않는다. 내가 밥벌이를 해 온 문필 세계도 마찬가지다. 쉴 새 없이 도태가 이루어지고 있고, 그나마 아직 살아남아 있는 경우에도 문필만으로 밥을 해결하는 경우는 극히 적다.

세상은 무섭도록 공정하다

우리 사회의 불공정에 대한 불평은 어제오늘의 일이 아니다. 학연, 지연, 혈연 등 연줄에 얽매여 있다는 불평도 그 연조가 깊다. 그 모든 불평은 사실이기도 하다. 그러나 나는 단언한다. 어떤 면모에서 이 세상은 실로 소름 끼치도록 공정하다.

나 자신이 좋은 증거다. 나는 그야말로 이 세상의 모든 인연으로부터 완벽하게 '독립'되어 있는 외톨이다. '소도 언덕이 있어야 비빈다'는 속담이 있는데, 그것은 맞는 말일 수도 있고 틀린 말일 수도 있다. 나에게는 아예 어린 시절부터 버거운 의무 밖에는, '언덕'이라 할 만한 게 하나도 없었다. 정말 단 하나도. 인연이든 뭐든 기대 보고 싶어도 기대 볼 게 아무것도 없었다. 변변한 무기도 없이 사냥터에 나선 꼴이었다. 그러나 나는 수고를 바친 꼭 그만큼 세상 빛을 보았다. 나는 나에 대한 세상의 평가와 대접에 대하여 황공한 마음으로 승복했다. 세상은 실로 준엄할 만큼 질서 정연하다. 그래서 모든 종류의 불평은 나태한 사람의 구차한 변명 같은 것일 수 있다.

적자생존適者生存. 영어로 적어 보면 더 실감 나는 것 같다. The survival of the fittest. 당신들 시야의 어느 분야든 유심한 눈길로 살펴보면 그 분야에서 살아남은 사람들은 그럴 만한 사람들이다. 앞에서 이야기한 '이태백의 나머지 절반', 한 번 더 생각해 보시기 바란다. 어느 분야든 경쟁은 실로 무시무시하지만, 살아남을 만한 사람은 틀림없이 살아남는다. 적자생존, 그것은 공정성이 준엄하게 전제된 무서운 법칙이다. 그래서 생존 투쟁은 더 비장해진다.

정말 중요한 것은

굳이 마르크스 이론을 빌리지 않는다 할지라도 이상치로 말하자면 노동은 자기실현을 하는 것이어야 하지만, 인간 세상에 그런 노동은 쉽지 않다. 자기실현이니 하는 이상치만 찾고 있다가는 누군가에게 빌붙어 살아가게 되거나 아니면 주린 배를 움켜쥔 채 비참한 심정에 잠겨 있을 수밖에 없다. 정말 중요한 것은 현실이다. 어물어물하다가 이도 저도 아닌 반거충이 신세가 되어, 꼭 비극적인 것은 아니라 할지라도, 그다지 신바람 나지 않은 생애를 살아갈 수밖에 없다. 기회가 왔을 때 놓치지 말고, 인간적 독립과 경제적 자유를 위해 필요한, 더도 말고 꼭 그만큼만 무장하여, 최소한 남에게 꿀리지 않는 생애를 살아가시기 바란다. 꿀리면 사는 재미가 줄어들게 마련이니까 말이다.

청춘을 즐겨라.

바로 지금 이 순간보다 더 젊은 시절은 없으리니.

Enjoy your youth.

You'll never be younger than you are at this very moment.

─채드 서그(Chad Sugg, 미국 싱어송라이터, 1986~)

행복 공식

    자유에 대해 관심하는 것은 결국 행복 때문이다. 자유롭지 않고는 행복할 수 없으니까. 그런데 인간은 과연 행복할 수 있을까? 되풀이되는 이 질문에 대한 대답은 대개 부정적이다.

    "생명의 경계선을 넘어서서 고통으로부터 해방될 때까지는 누구도 행복할 수 없다." 소포클레스의 비극 「오이디푸스」의 마지막 구절을 이해하기 쉽도록 의역하면 대충 이런 내용이 될 것 같다. "죽음만이 욕망을 충족시킬 수 있다"라는 프로이트의 단언을 연상하게 한다. "동물이란 건강하고 먹을 것이 넉넉하기만 하면 행복하다. 인간은 누구나 행복을 갈망하지만 대다수는 행복하지 못하다."(버트런드 러셀) 장 자크 루소는 역시 루소답게 훨씬 더 치밀하다.

루소의 세계

루소는 행복과 불행을 욕망과 능력의 차이로 규정하고 있다. 능력이 욕망보다 앞서면 행복하고, 욕망이 능력보다 더 크면 불행하다. 문제는 욕망이다. 욕망이란 무엇인가? '바다는 메워도 사람 욕심은 못 채운다.' '말 타면 경마 잡히고 싶어진다.' '물에 빠진 사람 건져 주니 망건 값 물어내라 한다.' 우리가 흔히 쓰는 이런 속담들은 인간의 욕망 구조를 잘 표상하고 있다. 욕망은 줄기차게 자란다. 욕망은 한이 없다. 제아무리 뛰어난 능력도 욕망을 앞설 수는 없다. 그래서 인간은 이를테면 시시포스가 정상에 이르러 땀을 막 훔치는 식의, 어느 한순간의 환각 같은 것이 아니라면 행복의 체감은 불가능하다. 이것은 카뮈의 세계다.

그런데 인간의 체감 불행, 그 연원은 그뿐만이 아니다. 인간은 세상을 살아가면서 하도 험한 일을 많이 당하다 보니까 일종의 피해 의식에 사로잡혀 자꾸만 과도하게 방어적이 된다. 그래서 현대인의 피해 의식 가운데 95퍼센트는 괜한 망상에 지나지 않는다고 할 만큼 사람들은 피해망상에 사로잡혀 있다. 피해망상은 필연적으로 과도한 방어 의식을 유발하고, 과도한 방어 의식은 또 필연적으로 과도한 공격 욕구를 충동질하게 된다. 그리하여 제로섬 게임은 더 각박해지고 치열해지게 될 수밖에 없다. 이런 판에서 인간의 행복이라는 것은 절대적으로 불가능하다. 지금 이 땅에서 살아가고 있는, 이쯤 금을 긋고 볼 경우, 이 문단에 묘사해 둔 범주에서 자유스러운 사람은 그다지 많지 않다. 그랬기에 기독교도, 불교도, 이슬람도, 힌두교도, 현세의 고통을 견뎌 내야만 내세에 비로소 행복을 누릴 수 있다고 가르칠 수밖에 없다. 과연 그럴까? 부정도 긍정도 쉽지 않다. 그러나 나는 결국에는 부정하는 쪽이 된다. 나의 문필 생애를 끝내기 전에 꼭 써 볼 마음을 먹고 있는 나의 행복론은 이 부정으로부터 시작된다.

나의 행복론

인류 역사상 가장 많이 쓰인 글은 어쩌면 행복론일지도 모른다. 경구警句도 행복에 관한 것이 가장 많다. 그런데 그 모든 것들이 나에게는 모호하기만 하고, 아무리 읽어 봐도 아하, 요거다 하는 대목은 없다. 그래서 나 나름의 독창적 행복론을 써 보기로 마음먹고 있다. 나의 행복론이 세상 사람들을 행복하게 해 줄 수 있으리라 확신한다. 이런 확신 상태에서 구상하고 있는 나의 행복론에는 행복 공식이라는 게 있다.

$$행복\ 지수 = 욕망/현실$$

현실이 욕망보다 크거나 최소한 같아야 인간은 비로소 행복을 느낄 수 있다. 그런데 그런 경우란 어느 순간이 아니라면 있기 어렵다. 앞에서 이야기했듯이, 인간의 욕망이 줄기차게 상승하기 때문이다.

사글셋방살이를 하는 사람은 전셋방살이라도 하여 다달이 방세 걱정이나 하지 않았으면 하고 욕망한다. 그러다가 마침내 전세살이 꿈이 이루어지면 모든 근심 걱정이 사라진다. 그러나 그것도 잠시뿐. 곧 열 평짜리라도 내 집을 가졌으면 하고 욕망하게 된다. 그러다가 마침내 열 평짜리 내 집을 마련하면 또 모든 근심 걱정이 사라진다. 그러나 그것도 잠시뿐. 곧 열 평은 너무 좁으니 하다못해 열다섯 평짜리라도 가질 수 있었으면 하고 욕망하게 된다…….

　욕망은 이렇듯 줄기차게 상승한다. 인간은 결국 욕망 덩어리다. 갖가지 욕망에 의해 움직일 수밖에 없고, 욕망을 좇아 달뜰 수밖에 없다. 인간의 현세적 존재는 욕망에 의해 움직이고, 욕망을 좇아 달뜰 수밖에 없는 그 숨 가쁜 도정을 뜻한다. 인간은 욕망의 표적을 향해 있는 힘껏 달려간다. 그러나 욕망의 표적에 겨우 손이 닿았다 싶은 순간, 그 표적은 어느덧 또 멀어져 간다. 욕망의 끝없는 상승. 인간은 욕망과 쉼 없이 경주한다. 그리고 욕망은 언제나 이긴다. 이 명제를 부정할 수 없다면 현세에서는 행복이 불가능하다는 주장을 부정할 수 없다. 문제는 결국, 또 욕망이다. 어떻게든 욕망을 줄여야 한다. 과연 어떻게? 우선 유쾌한 중국인 린위탕(林語堂, 1895~1976)의 익살스러운 야유부터 읽어 보시기 바란다.

　오 현명한 인류여, 무서우리만큼 현명한 인류여! 기가 차누나.

머리에 희끗희끗 흰머리가 섞일 때까지 조금도 쉴 새 없이 꾸준히 먹기 위해 죽도록 일만 하고, 끝내 논다는 것을 잊어버리고 마는 이 문명이야말로 참으로 그 정체를 알 수 없는 것이 아닌가!

읽기만 해도 어쩐지 겸연쩍은, 굳이 이런 야유가 아니라 할지라도, 몸을 상하면서까지, 더구나 양심을 팔면서까지 죽도록 일만 할 이유는 없다. "나는 일이 취미야" 하고 마치 자랑이라도 되는 것처럼 이야기하는 사람이 있는데, 그것은 인생의 다양성을 즐길 능력이 없다는 고백과 같다. 결코 자랑이 될 수 없다. 요컨대 워커홀릭(workaholic)은 알코홀릭(alcoholic)과 마찬가지로 질병이다. 그러므로 '더 많은 소유'가 아니라 '적당한 소유'가 목표가 되어야 한다. '적당한 소유'란 경제적 독립, 경제적 자유를 누릴 만한 수준 정도가 되겠다. 그것만으로도 감사함을 느낄 준비가 되어 있을 때 비로소 행복 공식의 행복 지수는 1 이상이 되어 행복을 누릴 자격을 갖출 수 있게 된다.

그야말로 '일체유심조一切唯心造'다. 『화엄경』의 핵심 사상을 이루는 이 말씀대로 모든 것은 마음먹기 나름이다. 욕망을 어떻게 줄일 것인가? 실로 오르지 못할 장벽 같아 보이는 이 난제도 마음먹기에 따라 그다지 어렵지 않은 것이 될 수도 있다.

유명한 비유에 '반병밖에'와 '반병이나'가 있다. 같은 것인데도 관점에 따라, 그러니까 마음먹기 나름으로는 이렇게 행과 불행이 나뉜다. 비유 하나 더 적어 보면 '셈 치고'가 있다. 사람에 따라서는 아무것도 아닐 수도 있을 이 낱말 하나는 나의 생애를 지배해 온, 적어도 나에게는 위대한 명제다. 일상의 여러 면모에서 숨 막혀 곧 죽기라도 할 듯한 순간마저 그럭저럭하게나마 이겨 내고, '그래도 나는 행복하다'라는 주문을 욀 수 있었던 것은 바로 이 '셈 치고' 덕분이다.

내가 프랜시스 버넷(Frances Burnett)의 『소공녀』를 읽어 본 것은 열두 살 이후, '카비리아 서점'이라는 대본점을 단골로 출입하게 된 다음이었을 것이다. 나로 하여금 몇 차례나 되풀이하여 읽게 만들었던 그 소설에 이런 장면이 있다. 열한 살짜리 세라가 길에서 주운 동전 하나로 산 빵 여섯 개 가운데 다섯 개를 '동전을 줍지 않은 셈 치고' 자기보다 더 배고파 보이는 거지에게 준다.

셈 치고

그 책에는 '셈 치고' 보는 그런 대목이 여러 번 나오는데, 나는 그 뒤로 어떤 일에 부딪치게 되면 그보다 더 나빴던 '셈 치고' 보는 버릇이 생겼다. 내가 어떤 좌절감에서 시무룩해하고 있으면 누군가가 어깨를 툭툭 치며, "셈 쳐, 더 나빴던 셈 치라고. 그러면 돼" 하고 격려한다. 그 격려는 거의 예외 없이 효과가 있다. 나의 상투적 회피 심리나 나태 심리와 영합한 결과일는지도 모르지만 그 효과만은 사실이고, 그 효과 덕분에 나는 그럭저럭하게나마 '행복'하게 생애를 살아 낼 수 있었다. 행복 공식 쪽에서 볼 때 뭐든 그렇게 더 나빴던 '셈 치고' 보면, 행복 공식의 분모인 '욕망'이 줄어들면서 행복 지수를 높이는 게 된다. 그러니까 나는 행복 공식을 고안하기 전부터 행복 공식을 실천해 온 셈이다.

'셈 치고'는 결국 '어쨌든 낙관'의 심정적 근거가 되는 셈이다. 낙관은 발전이 아닌 정체의 좋은 이유가 될 수 있고, 무섭게 발전해 가는 현실에서 정체는 곧 퇴보나 퇴행을 의미하는 것일 수 있다. 더구나 이른바 '킬러 본능'이나 무한 공격성이 상찬 대상이 되는 현실에서 '셈 치고'는 자칫 패배주의, 그런 것으로 이해될 수도 있다. 그러나 킬러 본능이나 무한 공격성은 결국 무한 욕망과 달리기 내기를 하는 것으로, 어떻게 해도 행복에 이르는 길이 될 수 없는 게 아닐까? 사사건건 비관하는, 그래서 자기를 죽어라 채찍질하는 그것이 역시 행복을 이룩해 내는 길이라 할 수는 없다.

앞에서 인용한 린위탕은 "현자는 바삐 서두르지 않고, 바삐 서두르는 인간은 현자의 자격이 없다. 그러므로 가장 지혜로운 사람이란 가장 우아하게 한적한 생활을 즐길 수 있는 사람을 뜻한다"라고 중국인 특유의 한가애론閑暇愛論을 펼쳤는데, 정신없이 바쁜 것이 최상의 미덕처럼 되어 있는 현실에서는 다소나마 생뚱맞아 보이기는 하지만, 인간으로서의 행복, 그런 쪽에서 보면 선뜻 버리게 되지는 않는다.

이렇게 적어 놓고 보니 덜컥 겁이 난다. 당신들이 나의 글 때문에 큰 부자가 될 기회를 포기하면 어떻게 하나. 그러나 양심을 지나치게 팔지 않고 부자가 될 수 있으면 꼭 부자가 되시기 바란다. 단, 큰 부자가 아니라 약간이나마 부자가 된다 할지라도 일 이외에 남과 나누는 취미 하나를 더 간직하기 바란다. 한국의 부자들이 일쑤 경원의 대상이 되는 것은 그들의 치부 과정에 대한 강한 의구심 외에 제 입, 제 자식들만 생각하는, 그러면서도 "내 돈 가지고 내가 쓰는데 왜?" 하고 턱을 치켜드는 그들의 이기적 폐쇄성 때문이다. 적어도 문화적 선진국의 부자들에게는 그런 성향이 약한 것 같다.

청춘은 특권이다.

실패는 경험이 되고 기회는 늘 손에 닿는 거리에 있다.

하지만 바로 그렇기 때문에 청년의 도전은 미숙하기 쉽다.

'실패를 두려워하지 말라'는 말은

어떤 좌충우돌도 용인된다는 말이 아니다.

치열하게 뜻을 세우고 뜨거운 열정으로 내달리다가

자신의 노력이 자신을 감동시키는 순간,

일거에 함성을 지르며 벼락처럼 쪼개는 것이 청년의 도전이다.

행운의 여신은 바로 그런 도전에만 깃드는 까다로운 수호신이다.

—박경철(의사, 1964~　)

에필로그

꼭 이기시기 바란다!

"내가 으스러지게 설움에 몸을 태우는 것은 내가 바라는 것이 있기 때문이다."(김수영) 내가 시대에 도무지 어울리지 않게끔 이토록 비장 투를 무릅쓰는 것은 내가 간곡하게 바라는 것이 있기 때문이다. 우리가 지난 70년 동안 줄기차게 불러 온「우리나라 좋은 나라」, 이 노래가 앞으로 몇 번의 70년 동안 더 불린다 할지라도 우리나라 좋은 나라는 결코 될 수 없는 실로 기막힌 현실. 정말 환장할 노릇이다. 그런데 환장한 사람은 없다. 적어도 외관으로는 거의 모두가 유들유들하거나 편안하거나 무심하거나 할 뿐. 현재, 지금만은 아니다. 이성복이 1980년에 낸 시집에 실려 있는 "모두가 병들었는데 아무도 아프지 않았다"라는 시구로 본다면, 이런 현상의 연원은 매우 깊고, 그래서 이런 현상의 의미는 더 위중하다. 더구나 '우리나라'의 미래인 청년들을 무기력하기 짝이 없는 순응주의자로 몰아가고 있는 현재, 지금의 문화를 부정하지 못한다면 더욱더 그렇다. 그래서 바로 그 현실에 가능성의 작은 씨앗 하나라도 뿌려 놓고 싶어 감히 시작하기는 했지만, 아마도 자기가 사랑하는 사람이 빠져 죽은 바다를 메우려 했다는 고사古事 '정위전해精衛塡海'의 '정위' 같은 어리석음일 가능성이 크다. 그러나 어찌하랴. 안간힘이라도 한번 써 보고 싶었다. 그리고 이제, 막중한 미진감에도 불구하고 이 글을 끝맺어야 할 시간이 되었다.

25세의 신영복

수많은 책들이 쏟아져 나오고 있기는 하지만, 그래도 이 세상에는 당신들이 꼭 읽었으면 하는, 읽는 이에게 큰 은혜나 축복 같은 책들이 많다는 이야기, 앞에서 『월든』을 예로 들며 한 적이 있다. 『청구회 추억』(신영복, 돌베개, 2008)도 그런 책들 가운데 하나다. 이 책에 나오는 저자는 그 당시 지금 당신들과 비슷한 25세인데, 25세 청년이 간직하고 있는, 다른 무엇보다도 타인을 보는 그의 눈에 나는 아예 감복한다.

이야기에 나오는 '타인' 여섯이 볼품없이 가난한 어린이들이어서 더욱더 그렇다. 이미 사형 선고를 받은 상태에서 언제 죽게 되는지도 모르는 그 절박한 순간에 세속적으로 보자면 무지렁이에 지나지 않는 그 아이들과의 약속을 지키지 못한 것을 잊지 못하는 그 마음은 또 어떤가. 타인은 고사하고 나 자신마저 추스르지 못해 허둥거리던 나 자신의 그 나이 시절을 회상해 보면 내 몸과 마음은 사정없이 오그라든다. 당신들에게 이 세상 꼭 한 권의 책을 권한다면, 나는 서슴지 않고 이 책을 권하겠다. 바로 타인을 보는 그의 눈 때문이다. 이토록 귀하게 생각하는 이 책 뒤에 저자의 후기처럼 덧붙인 「'청구회 추억'의 추억」에 이런 대목이 있었다.

그리고 마룻바닥에 엎드려 쓰기 시작했다. 하루 두 장씩 지급되는 재생 종이로 된 휴지에, 항소 이유서를 작성하기 위해서 빌린 볼펜으로 기록하기 시작했다. 기록이라기보다는 회상이었다. 이 글을 적고 있는 동안만은 옥방의 침통한 어둠으로부터 진달래꽃처럼 화사한 서오릉으로 걸어 나오게 되는 구원의 시간이었다.

이 묘사에도 타인을 향한 그의 눈이 느껴지는데, 나의 요즘은 '침통한 어둠', 그런 것은 아니다. 그러나 더러나마 우중충한, 그런 느낌에 잠기게 되는 것은 사실이다. 노년의 우울, 그런 것 때문은 아니다. 지난 세월을 돌아보아 아쉬움, 그런 게 없을 수는 없지만, 그래도 내 인생을 그만큼이나마 살아 낼 수 있었던 것, 그리고 노후도 이만큼이나마 유지해 낼 수 있는 것, 두루 감사하고 있다. 그러므로 나의 더러나마 우중충은 순전히 세상 모습 때문이다. 특히 세월호 참사를 두고 정치권이 벌이고 있는 한심한 네 탓 공방이나, 그 참사로 말미암은 희생자 유족을 향해 조금씩 식어 가는 사람들의 관심, 더구나 그들을 국가를 교란시키는 세력의 중심쯤으로 몰아가고 있는 현실, 아주 조금만 생각해도 마음이 조용할 수가 없다. 때로는 속이 뒤집히기까지 한다. 적개심, 그런 것도. 그런데 당신들을 향한 이 글을 적고 있는 동안에는 "진달래꽃처럼 화사한 서오릉으로 걸어 나오게 되는 구원의 시간"에 견줄 수 있을 만큼, '우중충함' 대신 '화사함'을 느끼게 되고는 했다. 왜냐하면 어떤 형태의 것이든 격문은 희망이 희망에게 띄우는 글이기 때문이다. 그래서 이런 글을 쓴다는 것 자체가 희망의 발전發電이기 때문이다. 그래서 한시라도 빨리 당신들을 만나고 싶은 충동에 마음이 마구 조급해지기까지 했다. 화사하지 않을 수 없다.

그런데도 이 글을 쓰는 일은 자못 힘이 들었다. 나에게 글쓰기는, 글의 종류와 관계없이 재미있다. 결코 쉬웠다 할 수 없을 나의 생애를 버텨 준 것은 바로 글쓰기의 법열처럼 황홀한 재미였다 할 수도 있다. 그런데 이 글은 재미있다기보다는 몹시 힘이 들었다. 다른 무엇보다도 당신들에게 간곡하게 하고 싶은 이야기들을, 내가 하고 싶은 그대로 써낼 수 없었기 때문이다. 한계를 자주 느껴야 했다. 그만둬 버릴까, 여러 차례 망설이기도 했다. 그러면서도 어떻게든 끝까지 나아가 보려고 애썼다. 희망을 포기할 수 없었기 때문이다. 희망 한 낱도 없는 세상이 두려웠기 때문이다. 그리고 마침내 여기에 이르렀다. 예의 한계에도 불구하고, 하고 싶은 말, 해야 할 말, 할 수 있는 말, 대강이나마 쏟아 낸 듯하니까 더 보탤 말은 별로 없다. 다만 긁히는 속 다스려 가며 여기까지 읽어 온 당신에게 고맙다는 말씀, 꼭 적어 두고 싶다. 혹시 나와 이야기하기를 바란다면 서슴지 마시기 바란다. 기다리고 있겠다.

28세의 헨리 데이비드 소로

이제 막 끝나 가고 있는 이 책 이후, 우리 서로 다시 만날 기회가 있을까? 그렇게 되지 못한다 할지라도, 부디 통념에 묻히지 말고, 스스로 수긍할 수 있고, 될 수 있는 대로 후회가 적은 생애를 살아가시기 바란다. 하버드 졸업 뒤, 교사로 일하게 된 중학교에서 체벌 반대로 학교 당국과 갈등하면서 학교를 그만두고 비판과 저항과 자유를 실천하는 생애를 산 것만으로 보자면 전교조 교사들의 까마득한 선배가 될 헨리 데이비드 소로가, 그의 나이 스물여덟에 숲으로 들어가 세상과 격리된 삶을 2년 넘게 살았던 이유는, "마침내 죽음을 맞이했을 때 헛되이 살지 않았노라고 깨닫고 싶었기 때문이다. 산다는 것은 그토록 소중한 일이기에 나는 진정한 삶이 아닌 삶은 살고 싶지 않았다"였다.

당신들도 꼭 그런 삶을 살아 내시기 바란다. 나의 이런 소망, 정말 간곡하다. 왜냐하면 당신들 세대가 제대로 살아나야 우리나라가 정말 좋은 나라가 될 수 있기 때문이다. 언제까지나 '도대체 이게 나라냐!' 그런 탄식만 되풀이하고 있을 수는 없기 때문이다. 정말 중요한 것은 합당한 분노의 능력이며, 그 분노를 일시적인 것이 아닌, 항구적 실천으로 이어 가는 집념이다. 우리는 정말 너무 쉽게 잊는다. 김예슬도, '안녕하십니까?' 대자보도, 그리고 물론 세월호도, 일시적 격분, 그걸로 끝이었다. 어찌 된 셈인지, 모든 분노는 무늬뿐이었다. 무늬뿐인 그것이 민주주의의 적들을 언제나 환호작약하게 했다. 그들의 세월을 영원하게 했다. 그들의 부귀영화를 무궁무진하게 했다. 이제 그래서는 안 된다. 결코 무늬만이 아닌, 실천이 지속되는 분노로 우선 당신 자신을 벼려 내면서 민주주의의 적들을 극도로 긴장시켜, 그들로 하여금 꼭 같은 행패를 부려서는 살아남을 수 없다는 것을 알아차리도록 해야 한다. 민주주의를 제물로 황음의 세월을 즐기며 히죽히죽 웃기를 되풀이하고 있는 그들의 웃음을 멈추게 해야 한다. 죽여야 한다면 죽일 수밖에 없다. 그래서 세상과의 싸움에서 꼭 이겨야 한다. 당신들의 승리가 대한민국의 승리이기 때문이다. 꼭, 정말 꼭, 이기시기 바란다.

끝으로 앞에서 한 구절을 인용한 바 있는 「청춘(Youth)」이라는 시 한 수를 원문 그대로 작별 선물 삼아 적어 두겠다. 청춘이란 무엇인가, 청춘은 어때야 하는가, 청춘에 대해 여러 가지를 음미해 보게 하는 이 시를 꼭꼭 씹어 읽어 보면, 그 맛이 꽤 각별하리라 믿는다.

Youth

Youth is not a time of life; it is a state of mind; it is not a matter of rosy cheeks, red lips and supple knees; it is a matter of the will, a quality of the imagination, a vigor of the emotions; it is the freshness of the deep springs of life.

Youth means a temperamental predominance of courage over timidity of the appetite, for adventure over the love of ease. This often exists in a man of sixty more than a body of twenty. Nobody grows old merely by a number of years. We grow old by deserting our ideals.

Years may wrinkle the skin, but to give up enthusiasm wrinkles the soul. Worry, fear, self−distrust bows the heart and turns the spirit back to dust.

Whether sixty or sixteen, there is in every human being's heart the lure of wonder, the unfailing child−like appetite of what's next, and the joy of the game of living. In the center of your heart and my heart there is a wireless station; so long as it receives messages of beauty, hope, cheer, courage and power from men and from the Infinite, so long are you young.

When the aerials are down, and your spirit is covered with snows of cynicism and the ice of pessimism, then you are grown old, even at twenty, but as long as your aerials are up, to catch the waves of optimism, there is hope you may die young at eighty.

Samuel Ullman(1840~1924)

사자, 포효하다

초판 1쇄 인쇄일 • 2015년 1월 20일
초판 1쇄 발행일 • 2015년 1월 25일
지은이 • 유순하
펴낸이 • 임성규
펴낸곳 • 문이당

등록 • 1988. 11. 5. 제 1-832호
주소 • 서울시 성북구 동소문로, 65-2 삼송빌딩 5층
전화 • 928-8741~3(영) 927-4990~2(편)
팩스 • 925-5406
ⓒ 유순하, 2015

전자우편 munidang88@naver.com

ISBN 978-89-7456-481-0 03800

값은 뒤표지에 표시되어 있습니다.